FUSION FANTASTIC STORY
미더라 장편 소설

괴짜 변호사 : 악마의 저울 5

미더라 장편 소설

초판 1쇄 찍은 날 § 2015년 7월 7일
초판 1쇄 펴낸 날 § 2015년 7월 14일

지은이 § 미더라
펴낸이 § 서경석

편집책임 § 이창진

펴낸곳 § 도서출판 청어람
등록번호 § 제387-1999-000006호
등록일자 § 1999. 5. 31
어람번호 § 제1-2168호

주소 § 경기도 부천시 원미구 부일로 483번길 40 서경B/D 3F (우) 420-822
전화 § 032-656-4452 팩스 § 032-656-4453
http://www.chungeoram.com
E-mail § chungeorambook@daum.net

© 미더라, 2015

ISBN 979-11-04-90303-8 04810
ISBN 979-11-04-90196-6 (세트)

ODD LAWYER

Devil's Balance

괴짜 변호사
악마의 저울

⟨5⟩

FUSION FANTASTIC STORY

미더라 장편 소설

청어람
도서출판

CONTENTS

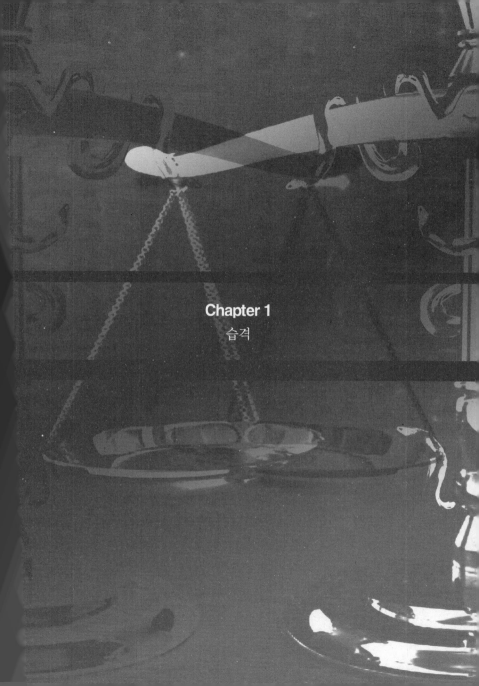

Chapter 1
습격

"뭘 그렇게 매일 보십니까?"

장중범은 무언가를 열심히 들여다보고 있는 배인수에게 이야기했다.

장중범을 구해주었던 인물. 본명은 밝히지 않았던 그가 한국에서 활동하기 위해서는 신분이 필요했다. 그래서 지금은 배인수라는 신분으로 살아가고 있었다.

"범죄 관련해서. 심리나 분석학 쪽으로 요즘 흥미로운 것들이 많이 있더군."

배인수는 컴퓨터를 통해서 무언가를 보고 있었는데, 전부 외국 사이트였다. 장중범도 보고자 하면 못 볼 건 없었다. 요원이라고 한다면 영어와 일본어는 기본이고 거기다가 다른 외국어 한 가지 정도는 정통해야 하니까.

하지만 굳이 그런 것까지 공부할 생각은 없었다. 그런 게 아니더라도 할 일이 많았으니까.

'참 신기한 사람은 신기한 사람이야.'

요원이라고 생각하고는 있었지만, 정말 다재다능했다. 격투 능력만 봐도 그렇다. 나이를 제법 먹었지만, 아직 일반인이라면 너덧 명은 손쉽게 제압할 수 있다고 자신하는 장중범이었다. 하지만 배인수와 대련을 하면 번번이 패했다. 그것도 상당한 실력 차이로.

하지만 그것만이 아니었다. 배인수는 범죄심리학이나 프로파일링과 관련해서도 상당한 조예가 있었다. 언어도 최소한 5개국어는 자유자재로 구사하는 걸 보았고.

'그런데 왜 갑자기 신분이 필요하다고 했을까?'

그게 여전히 의문이었다. 한동안 그런 건 필요 없다고 했다가 사 년 전쯤에 갑자기 신분이 필요하다고 했다. 그래서 배인수라는 신분이 된 것이다. 건장한 체격에 어울리지 않는 순둥이 같은 이름이었지만 적당한 신분이 그것뿐인지라 어쩔 수가 없었다.

신분을 만든다는 건 쉽지 않은 일이다. 외국에는 아예 전문적으로 신분을 만들어놓고 그걸 가지고 장사를 하는 조직도 있지만, 국내에는 그런 조직은 없다. 그래서 실종자 중에서 적당한 사람을 골라서 신분세탁을 하는데 배인수라는 인물이 딱 적격이었다.

친인척도 없고 인간관계도 많지 않았던 사람이었다. 산속에 살고 있었는데 아마도 예전에 무슨 변을 당한 게 아닌가 싶었다. 그래서 적당히 약을 치고 배인수라는 신분을 얻게 된 것이다.

"요즘 그 변호사는 어떤가? 별다른 일은 없겠지?"

"실력은 정말 좋더군요. 평판이 좀 좋지 않아서 그렇지 다른 문제는 없습니다."

"평판이라… 평판이 좋지 않다는 건 적이 많다는 뜻인데……."

"예. 의뢰인한테는 든든한 아군이겠지만, 상대방한테는 아주 지독하게 굴거든요. 그러니 좋지 않은 얘기도 많이 돌 수밖에요."

전부 혁민에게 당한 사람들이 퍼뜨린 말이었다. 당연히 좋은 얘기는 없었다.

"흐음… 적이 많아서 좋을 건 없는데……."

배인수의 말에 장중범은 껄껄 웃으면서 대답했다.

"그렇다고 일을 대충 할 수야 없는 일 아닙니까. 그리고 그렇게 일하니까 사람들이 만족해하는 거겠죠. 그렇게 지랄 맞은 변호사라서 말이에요."

장중범은 자신이라도 그런 변호사를 찾아가겠다고 이야기했다.

"하지만 적이 많으면, 그것도 원한을 느낄 정도가 되면 곤란한데……."

배인수야 혁민이 하루라도 빨리 소원을 이루길 바라는 사람이다. 그런데 그런 식으로 적을 많이 만들면 혹시라도 무슨 일이 생길까 걱정되는 거였다.

한국이 세계적으로도 안전한 나라라고는 하지만, 그래도 원한을 사게 되면 무슨 짓을 당할지 모르는 일이다. 하지만 장중범은 염려를 할 정도는 아니라고 말했다.

"소송하면서 그런 걸 신경 쓸 수가 있겠습니까. 승패가 걸린 판에서 인정사정 봐주는 경우는 없습니다. 그리고 상대 변호사가 잘못해서 그런 거 아닙니까. 그렇게 당하고 나면 오히려 나중에 소송할 거리가 있으면 찾아옵니다. 실력 확실한 걸 아니까 말이죠."

장중범은 오히려 나중에는 당한 사람들이 전부 정혁민을 찾아올 거라고 이야기했다. 소송이 걸리면 가장 먼저 생각나는 게 누구겠는가.

"그렇다면 다행이기는 한데……."

"그리고 법조계 사람은 쉽게 건드리지 못합니다. 지금이야 워낙 수가 많아져서 끈끈한 게 많이 줄어들었지만, 그래도 법조계 사람들끼리는 서로를 챙겨주는 그런 게 있거든요."

예를 들어서 변호사가 폭행을 당했다. 그러면 검사나 판사가 다른 사건보다 더 신경을 쓰게 된다. 동료라는 의식이 있기 때문이다. 지금이야 워낙 수가 많아져서 예전만은 못했지만, 그래도 그런 의식이 남아 있다.

"그건 그렇고 간만에 몸이나 한번 풀까?"

"저야 좋지요. 그럼 준비를 하겠습니다."

장중범은 캐비닛에서 안전 장비를 꺼냈다. 워낙 파워와 스피드가 좋은 두 사람이라 그냥 붙었다가는 부상을 당할 위험이 있었다. 그래서 항상 안전 장비를 하고 대련을 했다.

"오늘은 쉽지 않을 겁니다. 그동안 준비를 좀 했거든요."

장중범의 말에 배인수는 격투 글러브와 보호대를 차면서 대답했다.

"결과야 항상 같지 않았던가?"

"글쎄요. 지금까지 그랬다고 앞으로도 그러란 법이야 없는 거죠."

장중범은 글러브를 낀 손을 팡팡 두드리며 대답했다. 그리고 준비가 끝나자 서로 거리를 재면서 움직이기 시작했다. 덩치가 큰 두 남자였지만 움직임은 아주 가벼웠다.

불빛이 희미한 지하실에는 훅훅거리는 숨소리와 강인한 육체가 부딪치는 둔탁한 소리가 울려 퍼졌다. 때로는 리드미컬하게, 때로는 아주 격정적으로 타악기를 두드리는 공연을 듣는 그런 느낌이었다. 그리고 그런 소리는 한동안 계속되었다.

*　　　*　　　*

"전관예우? 당연히 있지. 그런 거 없다고 그러는데 다 있어."

"그렇지? 그러면 정말 그런 사람만 선임하면 다 해결되는 거냐?"

혁민의 고등학교 동창인 신용찬이 근처에 볼일이 있었다면서 사무실에 들렀다. 같이 이야기를 나누다가 혁민은 법원에 가야 할 일이 있어서 일어섰는데, 마침 신용찬의 다음 목적지도 법원 근처였다.

그래서 같이 차를 타고 이동하는 중이었는데, 용찬은 지인 중에서 소송하는 사람이 있다면서 여러 가지를 물어왔다.

"일단 전관예우를 받으려면 고위직이어야지. 어쭙잖은 자리 있다가 나오면 누가 알아주기나 하겠어? 판사는 적어도 부장판사, 검사는 검사장 정도는 되어야지."

"그래? 그 정도면 높은 자린가?"

혁민은 피식 웃었다. 말을 해줘도 잘 모를 것이다. 부장판사나 검사장이 얼마나 대단한 자리인지를 알려면 법조계 시스템을 좀 알아야 하니까.

"그런데 무슨 사건인데 그래?"

"아니, 아는 형인데 죄가 없는데 이상하게 엮여서 그러는 거라고 하더라고."

신용찬은 지인이 사기죄로 고소를 당했는데, 절대로 그럴 사람이 아니라고 말했다.

"무죄… 하아~ 무죄판결 받는 게 쉬운 게 아닌데……."

"왜? 아니 죄가 없는데 뭐가 어려워?"

혁민은 뭐라고 대답해야 하는지 난감했다. 사실 일반인에게 이런 이야기를 하는 게 껄끄럽기도 했다. 하지만 신용찬은 절친한 친구 아닌가. 혁민은 자세히 설명하기 시작했다.

"일단 변호사도 무죄 입증하는 거 별로 좋아하지 않아. 손이 많이 가거든. 증거를 찾아서 무죄를 증명한다? 그런 거 많지 않다고 보면 돼. 그냥 있는 증거와 정황만 가지고 소송한다고 보면 되는 거야."

신용찬은 조금 놀란 눈치였다. 당연히 변호사가 무죄를 입증할 것이라고 생각하는 듯했다.

"그리고 그것만 문제가 되는 게 아니야. 판사도 무죄판결 별로 좋아하지 않아."

"판사가? 판사는 또 왜?"

혁민은 잠시 망설이다가 이야기를 이어나갔다.

"유죄판결은 아주 간단해. 증거 인정해서 선고하면 그만이니까. 그런데 무죄를 선고하려면 판결문을 열 장, 스무 장 써야 하거든."

형사사건에서 무죄판결문은 검사에게 보여주기 위한 것이나 마찬가지다. 검사가 죄가 있다고 주장한 것에 대해 이러이러해서 잘못되었다고 조목조목 적어야 하니까.

"그냥 간단하게 말하면 무죄판결문 하나 쓸 때, 유죄판결문은 한 40건은 쓸 수 있을 거야. 무죄판결은 판사도 무척이나 공을 많이 들여야 하는 거라고."

문제는 여기서 발생한다. 판사에게 배당된 사건이 있다. 사건 하나당 엄청난 양의 서류를 검토해야 한다. 형사사건이나 민사사건이나 마찬가지다. 형사사건의 경우에는 검사와 변호사, 민사사건의 경우에는 양측 변호사가 서류를 낸다는 것만 다를 뿐이다.

워낙 검토해야 할 양이 많다 보니 집에까지 서류를 가지고 가서 검토하는 판사도 있다. 그런 상황에서 무죄판결을 하려면 추가로 시간과 노력이 들어가야 한다. 당연히 다른 사건의 처리가 늦어지게 되고.

"다른 사건이라고 중요하지 않은 건 아니잖아. 그리고 그걸 떠나서 일처리가 늦어지게 되면 위에서 어떻게 볼 것 같아? 아, 이 판사는 사건 하나하나 꼼꼼하게 챙겨 보는구나? 이렇게 생각할 것 같아?"

그렇지 않다. 배당된 사건을 늦게 처리하는 판사가 되는 거다. 그래서 무죄판결을 받는다는 건 현재의 법체계에서 결코 쉬운 일이 아니다.

"거기다가 무죄를 주장하는 건 위험할 수도 있어."

솔직하게 말해서 이 부분은 혁민도 잘못되었다고 생각하는 부분이었다.

"무죄를 주장하다가 유죄판결을 받게 되면 형량이 늘어나게 되거든. 반성의 기미가 보이지 않는다고 하면서 말이지."

그래서 억울하지만, 죄를 인정하고 집행유예 정도로 끝내는 게 좋다고 권유하는 변호사도 있었다. 그리고 어떻게 보면 그게 더 현명할 수도 있다는 게 참 어이없는 현실이었다. 신용찬도 그 이야기를 듣더니 그게 정말이냐고 되물었다. 믿을 수가 없다면서.

"뭔가 잘못되어 있기는 해. 이게 바뀌기는 바뀌어야지. 무

죄라고 다투게 되면 반성의 기미가 없다고 낙인을 찍어버리는
게 말이 안 되는 거잖아."

"아니, 뭐가 그러냐? 정말 내가 아는 법원과 법이 맞는 거
야? 니 얘기 들으니까 이거 우리나라 법원 하나도 못 믿겠다."

"뭐, 사실은 사실이지. 하지만 그렇게까지 문제가 있는 건
아냐. 문제가 있는 부분도 약간 있기는 하지만."

말은 그렇게 했지만, 문제가 적은 건 아니라고 혁민은 생각
하고 있었다.

'물론 계속 나아지고 있기는 하지만. 그래도 아직은 부족한
면이 많지.'

아직도 자백이 증거의 왕이라는 인식이 강했다. 그래서 검
사는 자백을 받아내는 데 주력한다. 그리고 어떤 식으로든 자
백을 받아내면 그걸 가지고 실형까지 받아낸다.

"어이가 없다. 어이가 없어."

"그리고 1심에서 무죄를 받더라도 특별한 경우가 아니면 검
사가 무조건 항소할 거야. 검찰청 규칙에 구형의 절반 이하로
선고되면 무조건 항소하게 되어 있으니까. 양형 부당을 이유
로 말이지."

그래서 판결을 잘 보면 검사가 구형한 절반을 선고하는 경
우가 있다. 검사가 징역 3년을 선고했으면 징역 1년 6월을 선
고하는 식이다. 그러면 검사도 실형을 받아냈으니 만족스러운
결과이고, 정상참작을 할 요소가 있다고 생각한 판사도 만족
스러운 결과가 되는 것이다.

그런 식으로 판결하는 판사도 있다. 물론 그렇지 않은 판사도 많지만. 혁민도 사건을 검토할 시간이 부족하다는 것도 잘 알고, 시스템이 어떤 식으로 돌아가는지도 잘 안다. 하지만 답답했다. 이런 상황이 정상은 아니었으니까.

"그렇다고 다 그런 사람만 있다고 생각하지는 마라. 정말 애쓰는 분들도 많으니까."

차동출 검사나 이채민 판사가 그랬다. 정말 맡은 일에 최선을 다했다. 그리고 그렇게 자기 일에 사명감과 긍지를 갖고 일하는 사람도 많았다. 그래서 무언가 계기만 생기면 정말 좋은 방향으로 바뀔 수도 있지 않을까 하는 생각도 들었다.

"아, 너는 여기쯤 내리면 된다고 했지?"

"어, 그래. 야, 고맙다. 다음에 내가 또 연락할게."

"그래. 언제 술이나 한잔하자."

혁민은 용찬을 내려주고는 법원으로 향했다. 하지만 입맛이 썼다. 현실이 이렇다는 걸 알고 있었지만, 절친한 친구에게 직접 말을 하려니 발가벗은 기분이 들었던 것이다.

하지만 현실이 그렇다는 걸 부정할 생각은 없었다. 현실을 제대로 파악하고 있어야 그걸 개선할 수도 있는 법이다.

"그건 그렇고 판사가 왜 나를 보자고 한 거지?"

사건 관련해서 물어볼 것이 있다고 했는데, 이런 경우는 처음이었다. 판사도 여러 종류가 있기는 하지만, 사람들과 잘 만나지 않는 경우가 많다. 판사가 사람들과 자주 접촉하면 아무래도 여러 가지 말이 나오기 때문이었다.

하지만 혁민은 몸가짐을 조심하는 건 좋지만, 지나친 건 오히려 독이라고 생각하고 있었다. 세상 물정도 모르고, 인생의 굴곡도 느껴보지 못한 사람이 어떻게 사람을 제대로 판단할 수 있겠는가.

그래서 혁민은 너무 어린 나이에 판사가 되는 건 좋지 않다고 생각하고 있었다. 이런저런 경험도 하고 사회가 어떻게 돌아가는지도 알고 나서 판사가 되는 편이 더 좋다는 판단이었다.

"경험이 많다고 제대로 된 판단을 하는 건 아니겠지만, 그래도 경험을 무시할 수는 없는 거니까."

혁민은 법원 주차장에 차를 대고, 자신을 부른 판사의 방으로 갔다. 부장판사의 방은 찾기가 쉬웠다.

"어서 오세요."

부장판사는 자리에서 일어나 혁민을 맞이했다. 혁민은 문을 닫으려고 했는데, 부장판사는 웃으면서 그러지 말라고 했다. 그러더니 오히려 문을 활짝 열었다.

"이상하게 오해를 할 수도 있어서 그런 겁니다. 사건 관련해서 이야기할 거니까 불편하게 생각하지는 마세요."

처음에 연락을 받았을 때, 혁민은 혹시라도 이 판사가 뭔가를 원하는 게 아닌가 하는 생각도 했었다. 하지만 주변에 알아보니 그런 사람은 아니라는 거였다. 그리고 지금 보니 그 말이 전부 맞는 말이었다.

"이해가 잘 안 되는 부분이 있어서 오시라고 했습니다."

부장판사는 궁금했던 점을 묻기 시작했다. 살인 사건이라 그런지 부장판사는 상당히 신중한 태도를 보였다. 혁민은 성심성의껏 대답했다. 이런 만남이라면 얼마든지 환영이었다.

"그랬군요. 이게 문서로만 봐서는 알 수 없는 그런 게 있어요. 그렇다고 현장검증을 나가는 건 쉽지 않은 일이고……."

어지간한 사건은 이렇게까지 부르거나 하지는 않지만, 살인 사건이라 소홀히 다룰 수 없어서 그랬다면서 판결을 내리기 전에 검사와도 대화를 나눌 거라고 했다.

혁민은 아까 신용찬과 대화를 하면서 씁쓸했던 기억이 말끔히 지워지는 걸 느꼈다. 아까 이야기한 것도 분명한 현실이다. 하지만 지금 혁민이 경험한 일도 현실이다.

문제는 분명히 있다. 하지만 동시에 희망과 가능성도 존재한다는 걸 확인했다. 그거면 충분했다. 앞으로 어떻게 되는지는 하기 나름이니까.

"바쁘실 텐데 정말 대단하시네요."

"제가 좋아서 하는 일이라서요. 저는 오히려 이런 일이 즐겁더군요. 인간 세상에 태어나서 이렇게 다양한 면을 경험하는 것도 좋은 거 아니겠습니까."

부장판사는 허허 웃으면서 말했다. 그 소리를 듣고 있으니 혁민은 마음이 푸근해지는 걸 느꼈다.

* * *

혁민은 일과를 마치고 즐거운 마음으로 집으로 향했다. 오늘 만난 부장판사 생각을 하니 무척이나 기분이 좋았던 것이다. 그는 자신을 잘 안다고도 했다.

"역시 사법개혁 모임 출신이라 그런지 마인드가 달라. 그리고 김태구 교수님하고도 아는 사이라니까 잘된 거지."

부장판사는 혁민의 서류가 무척 인상적이었다고 했다. 정말 판사들이 좋아하게 정리를 잘했다며 칭찬을 한 거였다. 요지가 명확했고, 근거와 법리도 아주 탄탄하게 정리되어 있어서 판결문을 쓰기에 정말 편할 것 같다면서 말이다.

하지만 안면이 있다고 판결에 영향이 있지는 않을 테니 그런 기대는 하지 말라고 했다. 혁민도 그런 건 기대하지 않았다.

"그나저나 계약 기간도 끝나가니까 슬슬 이사할 데를 알아봐야 할 것 같은데……."

혁민이 사는 곳은 서울 외곽에 있는 원룸이었는데, 조금 낡은 건물이었다. 원룸 개수는 많았지만, 시설은 그다지 좋지 못했다.

변호사 사무실을 개업하고 나서 얼마 후에 계약을 한 곳인데, 당시만 해도 여유 자금이 많지 않아서 형편에 맞추어 구하다 보니 지금 원룸에 살게 된 거였다.

"그래도 지금이 좀 한가한 편이니까 조만간 옮기는 게 좋겠어. 사건 하나 터지면 언제 시간이 날지 모르는 일이니까."

옮기기 전 사무실에서는 가까웠지만, 지금 사무실에서는 거리도 제법 되었다. 사무실이야 당분간 옮길 생각이 없으니 사무실 근처에다가 방을 얻을까 생각 중이었다.

혁민은 건물 지하에 있는 주차장으로 차를 몰았다. 그리고 평소처럼 지정된 위치에 주차하고 차에서 내렸다.

"아저씨가 어디 가셨나?"

항상 주차장 입구에 있던 경비원 아저씨가 오늘은 모습을 보이지 않았다. 가끔 다른 일 때문에 자리를 비우는 일도 있는지라 그러려니 하고 방으로 올라가려는데, 갑자기 무언가 섬뜩한 느낌이 들었다.

뒷골이 짜르르하고 찬물을 확 뒤집어쓴 것 같은 그런 느낌이었다. 그래서 주변을 살펴보니 주차장 어두운 구석에서 사람들이 몇 명 자신을 향해서 걸어오는 게 보였다.

평소라면 별다른 의심을 하지 않았을 것이다. 건물에 사는 사람이 한둘이 아니었으니까. 그리고 친구들과 함께 오는 경우도 있었고. 하지만 이상하게 꺼림칙했다. 그래서 혁민은 뒤로 돌아 자신의 차가 있는 곳으로 향했다. 마치 차에다가 무언가를 두고 온 듯이.

"야, 잡아."

아주 작은 소리였다. 워낙 조용해서 소리가 들렸는지 아니면 환청을 들은 것인지 모르겠지만, 혁민의 귀에 그런 소리가 들렸다. 혁민은 그 소리를 듣자마자 자신의 차를 향해 뛰었다. 그리고 곧바로 뒤에서 타다다닥 하는 요란한 구두 소리가 들렸다.

"야, 이 새꺄. 안 나와?"

아주 간발의 차이였다. 혁민은 재빨리 문을 열고 차 안으로 들어갔는데, 문을 닫자마자 야구방망이가 창문을 두들기기 시작했다. 조금만 늦었더라면 그 방망이가 혁민의 몸을 때리고 있었을 터.

혁민은 문을 잠그고 다행이라고 생각하면서도 정신이 아찔했다. 이런 식으로 자신에게 해코지할 것이라고는 생각지 못했기 때문이었다. 하지만 혁민은 차분하게 마음을 가라앉히고 핸드폰을 꺼내 바로 신고했다.

"예. 여기가 어디냐 하면요……."

혁민은 다급한 목소리로 자신이 있는 위치를 말했다. 그렇게 신고를 하는 동안 밖에서는 난리가 났다. 건장한 남자 여러 명이 야구방망이로 유리창과 차를 두들기면서 온갖 험악한 분위기는 다 연출했다.

"이런 씨불! 니가 이러고도 멀쩡할 줄 아냐!? 얼른 문 열고 안 기어 나와?"

"아우, 야 인마. 나와! 나오라고!!"

유리창이 거미줄처럼 갈라져 있어서 잘 보이지는 않았지만, 어차피 자세히 본다고 해도 별다른 소용은 없었을 것이다. 전부 마스크에 선글라스를 하고 있어서 얼굴을 알아볼 수가 없었으니까.

"빨리 와주세요. 빨리요. 지금 대여섯 명이 흉기를 가지고 차를 내려치고 있다니까요. 아!! 그런 한가한 소리 하지 말고 빨리 움직이라고!! 사람 죽고 난 다음에 출동할 거야???"

혁민은 버럭 소리를 질렀다. 한가하게 위치가 맞느냐며 확인하고 있었다. 혁민은 고래고래 소리를 지르고는 전화를 끊었다.

'이래 가지고 경찰이 글렀다는 거야. 급박한 사건인지 아닌지 판단해서 대응을 해야지. 무슨 처삼촌 벌초하듯 대충대충 일을 하니……'

혁민은 초조하게 경찰을 기다리면서 상황을 살폈다. 얼핏 보기에는 조폭이나 양아치같이 보이기는 했는데, 확신할 수는 없는 일. 혁민은 빨리 경찰이 오기만을 기다리면서 콰지직 하는 소리와 함께 유리창이 점점 부서지는 걸 보아야 했다.

'왜 이렇게 안 와? 이거 이러다가 무슨 일 당하는 거 아냐?'

자동차 유리라고 부서지지 않는 건 아니다. 계속 두들기다 보면 구멍을 낼 수도 있다. 만약 그렇게 되면 정말 위험해질 수도 있다. 밖에 있는 남자들은 약이 바짝 오른 상태였으니까. 하지만 기다려도 경찰은 오지 않았다.

'닝기미. 굼벵이를 삶아 먹었나. 차를 타고 오는 게 아니라 기어 오냐?'

입술이 바짝 말라서 자꾸만 혀로 핥게 되었다. 하지만 그래도 어느새 입술이 말라서 까끌까끌한 게 느껴졌다. 그리고 자꾸만 입술을 질겅질겅 물어뜯게 되었다.

워낙 강하게 두들겨 대니 이제 조금만 더 하면 유리창에 구멍이 날 것 같았다. 불안했다. 구멍이 뚫리고 나면 문을 열 테고, 그러면 자신은 밖으로 끌려 나가 내동댕이쳐질 것이다. 그리고 자신의 몸뚱어리 위로 몽둥이가 쏟아질 테고.

귓가에 와지직 하고 뼈가 부러지는 소리가 들리는 듯했다. 그런 상상을 하자 온몸에 소름이 쫙 돋았다. 그리고 불안함에 몸이 이리저리 꿈틀거렸다.

'씨발. 뼈 몇 개는 부러지겠지? 설마… 설마 그 이상 손을 쓰려고? 그런데 경찰 이 새끼들은 국민의 돈을 받아 처먹으면 빨리빨리 움직여야지. 어우…….'

불안한 생각은 꼬리에 꼬리를 물고 이어졌다. 그리고 숨이 점점 가빠졌다. 그런데 갑자기 남자들이 뒤로 물러섰다. 무슨 일인가 싶어서 보니 무전기 같은 걸 가지고 있는 남자가 사람들에게 손짓을 하는 게 보였다.

"야, 너 운 좋은 줄 알아. 그리고 앞으로는 나대지 말고 겸손하게 살라고, 겸손하게. 계속 그렇게 살다가는 남이 떠먹여 주는 음식 먹어야 할 테니까."

남자 한 명이 창문에 대고 그렇게 얘기를 하더니 뒤돌아 갔다. 남자들은 일사불란하게 주차장 밖으로 나갔는데, 그들이 나가고 난 뒤 얼마 지나지 않아 경찰차가 요란한 사이렌 소리를 내면서 주차장 안으로 들어왔다.

혁민은 차에서 내려 경찰차를 노려보았다. 경찰은 자신들이 생각한 것보다 상황이 심각했는지 후다닥 차에서 내려 혁민에게 다가왔다.

"아니, 어떻게 된 겁니까?"

"그거야 저도 모르죠. 지금부터 여러분들이 알아봐야 할 것 같은데요."

사실 출동한 경찰이 무슨 죄가 있겠는가. 하지만 혁민의 말투는 무척이나 퉁명스러웠다. 이런 일을 당하고 난 사람이라면 누구나 그러지 않겠는가. 경찰은 자신들이 잘 조사하겠다고 하고는 부산하게 움직이기 시작했다.

*　　*　　*

―이봐, 어떻게 된 일이야?

"저도 지금 알아보고 있어요. 워낙 갑자기 당한 거라서."

습격 사실을 어떻게 전해 들었는지 장중범이 곧바로 연락을 해왔다.

―어디 다친 데는 없고?

"차 안에만 있어서 다친 데는 없어요. 차가 많이 다쳤지."

혁민은 농담이라고 했지만, 분위기는 썰렁했다.

―나도 조사를 해보지. 경찰한테 맡겨봐 봐야 지지부진할 게 뻔하니까.

"그래주세요. 누군지 알아보고 확실하게 손을 봐야 하니까. 그런데 좀 이상한 게 있더군요"

―어떤 게 이상한데?

혁민도 어떻게 된 일인지 알아보았다. 그런데 이상한 점이 한둘이 아니었다.

"워낙 낡은 건물이라서 주차장에는 CCTV가 없더라고요. 그리고 경비원은 건물을 둘러보러 한 바퀴 돌았다고 하는데 아무래도 돈을 받고 잠깐 자리를 비켜준 것 같고요."

─그거야 일을 꾸민 놈이 대가리가 빈 놈이 아니라면 당연히 그렇게 했겠지.

"거기까지야 그럴 수 있는데, 밖에 있는 CCTV도 몇 개 막아놨더라고요. 그래서 이 사람들이 어디서 왔고 어디로 갔는지 전혀 알 수가 없어요."

자세하게 조사를 해봐야겠지만, 그냥 양아치들을 쓴 것 같지는 않았다.

─아무튼, 당분간은 좀 조심하라고. 내가 애들 풀어서 조사할 테니까 뭐라도 나오겠지.

"그래야겠어요. 이런 일이 있었으니 당분간이야 별일 없겠지만, 그래도 조심하는 게 좋으니까……."

─그래서 말인데 경호원을 한 명 두면 어떨까 하는데…….

"경호원이요?"

평소라면 됐다고 거절했을 제안이었다. 설마 별일 있겠느냐면서. 공연히 귀찮기만 할 거라고 말하면서 말이다. 하지만 이런 일을 당하고 나니 경호원 한 명쯤은 있어도 좋지 않을까 하는 생각이 들었다.

─이쪽에서 한 명 보낼 생각이야. 실력은 내가 보장하지.

"그래요? 그래주시면 감사하죠. 어떤 사람인데요?"

─자네도 몇 번 봤지. 내 뒤에 있던 그 사람인데…….

혁민은 순간적으로 흠칫했다. 자꾸만 인적이 없는 곳에서 밤중에 따로 만나자고 해서 이상하게 생각했던 사람 아닌가.

"저기, 그 사람 말고 다른 사람이 좋을 것 같은데……."

─실력으로만 따지면 우리 중에서 최고야. 공연히 어설픈 놈 붙여놓는 것보다 그 사람 한 명이면 만사 해결이라고. 자네도 기왕이면 든든한 실력자가 옆에 있는 게 좋지 않아?

실력자가 옆에 있는 게 좋기는 하다. 하지만 어쩐지 찜찜하다는 게 문제였다.

─한번 믿어보라고. 그리고 자네한테는 미처 이야기하지 못했는데, 배인수라고 부르면 돼. 그렇게 신분 세탁을 했으니까.

이름이야 뭐라고 부르든 무슨 상관이 있겠는가. 어떤 사람이냐가 문제인 것이지. 하지만 워낙 장중범이 강하게 권유해서 거절하기가 어려웠다. 게다가 최고의 실력자라는 말에 귀가 솔깃하기도 했고.

"뭐, 그럼 한번 보고 결정하는 걸로 하죠."

─그래. 보고 나면 생각이 달라질 거야.

그렇게 혁민은 배인수를 만나기로 약속을 잡았다.

그리고 바로 다음 날, 배인수는 혁민의 사무실로 찾아왔다.

"오랜만에 뵙네요."

"그렇군요. 앞으로 잘 부탁합니다."

배인수는 180㎝가 조금 넘는 키에 아주 탄탄한 몸을 가지고 있었고, 짙은 선글라스를 끼고 있었다. 그냥 보기만 해도 든든하다는 느낌이 들 정도였다.

"아직 확정된 건 아닌데……."

아직도 꺼림칙한 느낌이 남아 있어서 혁민은 주저했다. 하지만 배인수는 담담하게 말했다.

"다른 사람을 쓰는 것보다는 내가 있는 게 여러모로 좋을 겁니다. 주변에만 있을 테니 일에 방해가 되거나 하지는 않을 겁니다. 그냥 비싼 경호원 공짜로 쓴다고 생각하시죠."

그렇게 이야기하니 딱히 거절할 명분이 없었다. 혁민은 잠시 대화를 더 나누었는데, 정말 경호원 같은 든직한 모습을 보여주었다.

'혹시 내가 오해를 한 건가?'

장중범의 강력한 추천도 있었고, 오늘 보니 든든하게 보이기도 했고. 게다가 이야기를 나누어보니 예전에 느꼈던 그런 찝찝함은 느껴지지 않았다.

"장중범이 걱정을 많이 합니다. 정 변호사 신변에 무슨 문제가 생기면 큰일이라고 하면서 말입니다."

"그래요? 그거 참 고맙네요."

혁민은 장중범이 자신을 그렇게까지 생각하는지 몰랐다면서 기뻐했다. 하지만 배인수는 엉뚱한 대답을 했다.

"정 변호사 신변에 문제가 생기면 아내와 딸이 걱정이라고 하더군요."

혁민은 그러면 그렇지 하면서 피식 웃었다. 그리고 마음을 굳혔다.

"그럼 앞으로 잘 부탁합니다. 그럼 언제부터 나오실 건가
요?"

"지금부터 같이 움직일 겁니다."

"아, 그렇군요. 그런데 혹시 집은 어떻게 할 생각인지……."

"사무실 근처에 얻을 생각입니다. 그건 사람 시켜서 하면 됩
니다. 어차피 짐이 많은 것도 아니니까요."

배인수는 오늘 집에 들어가는 것까지 확인하고 내일 아침에
출근하는 시간에 맞춰 집으로 찾아가겠다고 했다.

다른 사람 같았으면 집을 구할 때까지 며칠만이라도 자신의
방에 머무르라고 했겠지만, 배인수는 조금 껄끄러웠다. 그래
서 그 말이 목까지 올라왔다가 다시 들어갔다.

"그러면 같이 있게 되었으니 사람들하고 인사나 하죠."

혁민은 배인수를 데리고 나가서 성만과 보람에게 소개했다.

"앞으로 사무실에 같이 있게 될 분입니다. 배인수 씨인데 사
건 관련해서 도움을 주실 분입니다. 배 실장님이라고 하면 될
것 같네요."

혁민은 일종의 조사원 같은 업무를 할 사람이라고 소개했
다. 성만과 보람도 별다른 의심 없이 넘어갔다. 풍기는 분위기
가 그런 쪽 일을 하는 사람처럼 느껴졌기 때문이었다.

인사를 마치고는 자리를 배정해 주었다. 사람이 늘 것을 생
각해서 자리를 두 개 더 만들어놓은 터라 따로 준비를 할 필요
가 없었다.

혁민은 사람들과 이야기를 하다가 방으로 들어가 일을 했고, 배인수도 자신의 자리에 가서 앉았다.

'아무것도 하는 것 없이 멀뚱멀뚱 있으면 어떻게 하지?'

혁민은 그런 걱정을 하면서 밖으로 나왔다. 그런데 배인수는 무척이나 집중해서 모니터를 보고 있었다. 도대체 뭘 하나 궁금해서 슬쩍 보았는데, 외국 사이트였다. 혁민이 대충 보니 프로파일링과 관련된 사이트인 것 같았다.

"제가 관심이 있는 분야라서요."

배인수는 고저장단 없는 무미건조한 음성으로 대답했다.

"아, 그렇군요. 프로파일링에 관심이 있으신가 보네요."

"범죄심리학이나 프로파일링 쪽으로 좀 관심이 있습니다."

혁민은 요원이라서 그런 쪽으로 관심이 있나 보다 생각을 하고는 다시 방으로 들어갔다. 그리고 형사 사건을 맡게 되면 혹시 도움을 받을 일이 있을 수도 있겠다고 생각했다. 물론 그렇게 빨리 도움을 받으리라고는 이 당시에는 생각지 못했지만 말이다.

확실히 든든하기는 했다. 처음에는 그렇게까지 다를까 하는 생각을 하기도 했었다. 하지만 아니었다. 경호원, 그것도 실력이 좋은 사람이 항상 옆에 있다고 생각하니 확실히 불안하지가 않았다.

습격을 받고 난 이후로 혁민은 불안해하고 집중하지 못하는 증상을 겪었다. 심하지는 않았지만 사실 그런 사건을 겪었으니 놀라는 건 당연한 일일 것이다. 하지만 배인수가 혁민의 주변을 지키고 난 이후로는 이내 예전의 모습을 되찾았다.

'괜찮네. 그냥 조용히 있으니 특별히 신경이 쓰이지도 않고.'

혁민이 가장 좋다고 느낀 점은 배인수가 있는 듯 없는 듯하다는 거였다. 그래도 덩치가 큰 사람이 따라다니면 사람들의 시선도 받을 것이고 불편하지 않을까 걱정이 되었었는데, 전혀 그렇지 않았다.

원래 경호원이 그런 것인지 아니면 배인수가 특별한 것인지는 모르겠지만, 아무튼 혁민은 만족스러웠다. 혁민은 사무실 유리창을 통해서 밖에 앉아서 컴퓨터를 보고 있는 배인수를 보면서 그런 생각을 했다.

'하기야. 내가 언제 경호 같은 걸 받아본 적이 있어야 알지?'

그렇게 생활을 다시 안정감은 되찾았지만, 마음에 안 드는 구석도 있었다. 경찰의 수사가 영 지지부진하다는 거였다. 일부러 대충 수사를 하는 것 같은 생각마저 들 정도였다. 종종 사건의 진행 상황을 물어보았는데, 속 시원한 대답이 나오지는 않았다.

경찰의 답변은 항상 비슷했다. 특별한 증거가 나오지 않아서 곤란해하고 있다, 최선을 다하고 있으니 기다려 달라. 뭐 대충 이런 이야기였다. 그래도 혁민이 변호사인지라 담당 경찰이 친절하게 답변을 해주는 거였다.

하지만 사건은 해결될 기미가 보이지 않았다. 그래도 최선을 다하고 있다는데 뭐 어쩌겠는가. 혁민은 오히려 장중범이 떠 빨리 누구의 소행인지 찾을 것 같다고 생각했다.

그리고 누구인지는 모르겠지만, 확인만 되면 이런 짓을 한 것을 뼈저리게 후회하게 해주겠다고 생각했다. 대가를 치르게 할 방법은 많았다. 그리고 누군지는 모르겠지만, 분명히 가지고 있는 게 많은 사람일 터.

가지고 있는 게 많을수록 대가를 치르게 할 방법은 더 많아진다. 그러니 다시는 이런 일이 없게 하기 위해서라도 자신을 건드리면 어떻게 된다는 걸 확실하게 알려줄 생각이었다.

"저기……."

삼십 대 초반으로 보이는 남자가 혁민의 사무실로 주저하면서 들어왔다.

"무슨 일 때문에 오셨습니까?"

"그게… 동생이 억울한 누명을 쓰고 있어서요……."

"아, 일단 이쪽으로 앉으시죠."

성만이 어떤 일인지 대화를 나누었다. 한참 동안 이야기를 나누던 성만은 조금은 심각한 표정으로 혁민의 방으로 찾아왔다. 혁민은 성만이 평소와는 다른 표정이라는 걸 보고는 먼저 물었다.

"무슨 사건인데 그래?"

"음… 살인 사건이야."

"살인 사건?"

과거로 돌아와서 사무실을 개업한 이후로 살인 사건은 처음이었다. 그것도 성폭행한 뒤에 살인한 사건이었다.

"여기 온 사람은 형인데 동생은 무죄라고 하고 있고."

"흐음… 살인 사건이라…….."

혁민은 일단 어찌 된 사건인지를 알아보고 난 후에 사건을 맡을지 말지를 결정하기로 했다. 이건 그냥 이야기만 듣고서 결정할 문제가 아니라는 생각이 들어서였다. 그리고 당사자도 직접 만나서 이야기를 해봐야겠다고 생각했다.

그리고 사건에 관해서 좀 알아보니 당연히 경찰이 범인으로 지목할 만하다고 생각되었다.

"이거 경찰도 당연히 범인이라고 생각할 만하겠는데?"

범행 현장에서 피의자의 지문이 나왔다. 그리고 그가 범행 현장으로 들어가는 CCTV도 있었고. 게다가 시간이 조금 흐르기는 했는데, 피의자는 예전에 성폭행 범죄를 저지른 경력도 있었다.

하지만 조금 이상한 점도 있기는 했다. 혁민이 이런 분야의 전문가는 아니지만, 그래도 약간은 아는 바가 있다. 그런데 이번 경우는 우발적인 게 아니라는 생각이 들었다.

"이건 아예 작정하고 준비해서 살해한 것 같은데…….."

살인이라는 게 결코 간단한 게 아니다. 실제로 누군가를 죽인다는 건 무척이나 어려운 일이다. 그런 식으로 의문을 갖다 보니 이상한 점이 또 있었다.

"다른 건 준비를 철저하게 했는데, 지문을 현장에 남겼다?"

범죄자들도 자신의 범행이 걸리게 되면 어떻게 된다는 걸 안다. 그래서 범인들은 잡히지 않기 위해서 노력한다. 그런데 이번 사건은 어떤 면에서는 아주 능숙한 것처럼 보였는데, 어떤 면에서는 아주 허술해 보였다.

"알아볼 필요는 있겠어."

계획적으로 살인한 경우라면 용서의 여지가 없는 일이다. 하지만 만약 누명을 쓴 거라면? 그렇다면 한 사람의 인생이 송두리째 망가지게 된다. 죄를 지은 사람은 그에 합당한 처벌을 받아야겠지만, 억울한 피해자가 나와서는 안 되는 거 아닌가.

"그런데 증거가 너무 명확한데… 게다가 전력도 있어서 불리하고……."

혁민은 마지막으로 피의자를 만나서 직접 이야기를 해보고 결정하기로 했다. 그래서 피의자를 만나기 위해서 구치소로 향했다.

피의자의 몰골은 무척이나 초췌했다. 그리고 이야기를 하면서 자신이 잘못되는 게 아닌가 하는 두려움과 공포의 감정을 고스란히 드러냈다.

"저는 안 했다니까요……."

무척이나 지친 표정이었다. 아직 의뢰를 맡은 건 아니었지만, 의뢰를 맡는다고 해고 의뢰인의 말을 100% 믿을 수는 없다. 사람은 누구나 자신에게 유리한 방향으로 말을 하니까. 그래서 범행을 저지르고도 끝까지 하지 않았다고 하는 사람도 있다.

"그러면 증거들은 어떻게 된 겁니까?"

"그게 이유가 다 있는 거라니까요… 그러니까 말입니다…….."

남자는 자신의 억울함을 이야기했다. 그리고 이야기를 들어보니 그게 사실이라면 억울해할 만하기도 했다. 하지만 자신이 사건을 맡을 만큼 확신이 들지는 않았다.

사실 변호사는 사건을 가리면 안 된다. 의뢰인이나 사건의 내용이 사회적으로 비난을 받는다는 이유로 수임을 거절해서는 안 된다고 윤리 강령에 나와 있으니까.

그리고 변호사는 있는 죄를 없게 하는 그런 사람이 아니라 그 사람이 죄를 지은 만큼 형벌을 받게 하는 사람이라는 게 혁민의 생각이었다. 죄가 없으면 무죄, 지은 죄가 있으면 그 죄만큼만 형벌을 받게 한다. 그게 혁민의 변호 원칙이었다.

"알겠습니다."

남자는 자신의 변호를 맡아주는 것이냐면서 물었지만, 혁민은 가타부타 대답하지는 않았다. 아직은 마음의 결정을 내리지 못했기 때문이었다.

사무실로 돌아온 혁민은 사건 기록을 보면서 고민에 빠졌다. 무언가 찜찜한 구석은 있었는데, 굳이 자신이 맡아야 하는 사건인지는 확신이 서질 않았으니까.

딱히 답을 원해서 물어본 건 아니었다. 그냥 쉽게 결정을 하기 어려워서 고민하던 중에 밖에 나왔는데, 마침 배인수가 보여서 질문을 던진 거였다. 게다가 배인수는 범죄 관련해서 상당한 지식을 가지고 있는 것처럼 보였으니까.

"깔끔하네요."

범행 현장의 사진을 보자마자 배인수가 한 말이었다.

"깔끔하다?"

"음… 범죄는 진화하게 마련입니다. 그래서 범행을 보면 이 범죄자가 어느 정도 레벨에 있는지를 판단할 수 있는 거죠."

배인수는 혁민의 생각보다 훨씬 박식했다. 사진과 간단한 정보만 가지고도 여러 가지를 추론했는데, 혁민이 듣기에도 상당히 그럴듯하게 들렸다.

"일단 제한된 정보이기 때문에 정확도는 떨어질 수 있다는 걸 전제로 하겠습니다."

그런 전제를 말한 후 자신이 생각하는 바를 털어놓았다.

"시체를 방치했다는 건 시체가 발견되더라도 자신이 잡힐 가능성이 낮다고 판단했을 확률이 높습니다. 자신이 범인으로 의심받을 확률이 크다고 생각했으면 어떻게든 시체를 처리하려고 했을 테니까요."

그런 이유로 피해자의 주변 인물은 아닐 가능성이 높다고 했다.

"피해자와 연인 관계라거나 평소 잘 알고 지내는 사이였다면 당연히 어떤 식으로든 시체가 발견되지 않게 하려고 여러 방법을 동원했을 겁니다. 그리고……."

물론 우발적으로 사건이 일어난 경우, 당황해서 현장을 벗어나는 경우가 있기는 하다. 하지만 이 경우는 그렇지는 않은 것 같다고 했다.

"범행 수법으로 볼 때 상당한 경험치가 있는 것처럼 보이는군요."

배인수는 현장을 직접 본 건 아니라고 확신하기는 어렵지만, 한두 번 해본 솜씨가 아닌 것 같다고 했다. 아무래도 초보자는 서툴게 마련이라면서.

"일반적으로 살인 사건은 돈이나 치정 관계일 확률이 높습니다. 하지만 그런 경우는 이렇게 능숙하기 어렵죠."

혁민은 점점 배인수의 설명에 빠져들었다. 그리고 실제로도 그럴 가능성이 있을 것 같다는 생각이 들었다.

"이건 일반적인 연결 고리가 없는 연쇄 범죄일 가능성이 있어 보입니다."

연쇄살인. 충격적인 말이었다. 혁민도 기사로는 수차례 접한 적이 있었지만, 실제로 사건을 맡은 적이나 주변에서 그런 일이 일어난 적은 없었다.

"그렇다면… 만약 범인이 그렇게 능숙한 사람이라면 범죄 현장에 지문을 남기거나 하는 실수는 하지 않았겠죠?"

"그럴 확률이 높죠. 당연히 장갑을 끼거나 지문이 묻었더라도 전부 닦아냈을 테니까요. 지문이 남지 않게 투명 매니큐어를 바르는 경우도 있고."

분명히 석연치 않은 구석이 있었다.

"아무래도 이번 사건은 맡아야 할 것 같은데……."

만약 지금 잡혀 있는 사람이 범인이 아니라면? 그런데 경찰에서는 범인을 잡은 것으로 생각하고 수사를 끝내려 하고 있었다. 그렇다면 연쇄살인범이 또 다른 피해자를 노리고 있을 것 아닌가. 그런 생각을 하니 섬뜩한 생각이 들었다.

'이건 그 남자가 범인이든 아니든 간에 확실하게 알아보는 게 좋겠어.'

어떤 운명 같은 게 느껴졌다. 이런 사건이 마침 자신에게, 그것도 배인수라는 인물이 오고 나서 찾아왔다는 건 어떤 운명의 이끌림 같은 게 아닌가 싶었다.

그리고 그런 게 아니더라도 상관없었다. 어쨌든 이런 사실을 알고서도 그냥 넘어갈 수는 없는 일이었으니까.

*   *   *

"이게 일부 자백이라고 몰고 가면 골치가 아픈데……."

사건에서 증거가 가장 중요하게 생각되어야 맞다. 하지만 보통은 자백을 더 중요시하는 풍조가 있다. 명확한 증거를 찾는 건 시간도 오래 걸리고 손도 많이 가지만, 자백을 받아내는 건 그것보다는 쉬우니까.

그래서 자백을 잘 받아내는 검사나 경찰을 유능한 사람이라고 생각한다. 혁민의 생각은 전혀 그렇지 않았지만.

"일부 자백이요?"

피의자인 한성철의 형 한윤철이 물었다.

"이게 참 안 좋은 거긴 한데……."

피의자가 범행을 자백하지 않아도 진술 일부를 가지고 일부 자백을 했다고 인정해서 유죄판결을 내리는 경우가 있다.

"이번 같은 경우에 그 집에 들어가서 그 여자를 만났다. 그건 동생분이 인정했잖습니까. 그러면 그걸 일부 자백이라고 해서 유죄 판단의 근거로 삼는 경우도 있거든요."

"예? 아니, 그게 어떻게 유죄 판단의 근거가 될 수 있어요?"

말도 되지 않는 일이지만, 실제로도 그런 경우가 있다. 물론 범인이 자신의 범행을 자백하지 않을 때도 있다. 그럴 때는 여러 증거나 증언을 가지고 판단해야 한다.

"아홉 명의 범죄자를 놓치더라도 한 명의 억울한 피해자를 만들어서는 안 된다고 말은 하지만, 그건 현실과는 동떨어진 얘깁니다. 현실에서는 오히려 범인을 만들어내기도 합니다."

한윤철은 믿을 수 없다는 표정이었다. 혁민도 이런 이야기를 하는 게 싫었지만, 현실은 알고 있어야 하지 않겠는가.

"그런 건 저기 남미나 아프리카의 독재국가에서나 벌어지는 일 아닌가요?"

"다 그런 건 아니지만, 그런 경우도 있다는 건 알아두세요. 물론 그렇게 되지 않게 하려고 노력을 할 거지만 말입니다. 그렇긴 한데 시간이 너무 부족해서……."

원래는 다른 변호사를 선임하려고 했는데, 그 변호사는 증거가 너무 명확하다면서 죄를 인정하고 선처를 바라는 게 좋겠다고 했단다. 사실 그 입장도 이해가 된다. 무죄를 주장하다가는 오히려 반성의 기미가 없다고 무거운 형을 선고받을 수도 있으니까.

하지만 그럴 수는 없다고 해서 혁민을 찾아온 거였다. 하지만 지금부터 조사해서 무죄의 증거를 찾아야 하는데, 아무래도 시간이 부족할 것 같았다.

"저기. 혹시 판사 기피 신청이나 그런 걸 하면 안 됩니까? 미드에서 그런 걸 하면 시간을 끌 수 있다는 걸 본 것 같은데……."

혁민은 헛웃음을 지었다.

"미국과 우리나라는 법체계가 달라서요. 판사 기피 신청을 하는 건 휘발유를 들고 불길로 들어가는 격이죠."

법관 기피 신청은 유명무실한 방법이다. 기피 신청을 해봐야 그걸 심사하는 판사가 바로 그 재판부의 판사다. 판사는 바로 기각 결정을 내린 후에 재판을 속행할 것이다. 판사를 불공정하게 생각한다는 좋지 않은 이미지만 심어준 채 말이다.

"일단은 증인 신청을 통해서 증인신문기일을 잡는 방법으로 시간을 벌어야겠어요. 지금으로써는 그 방법이 가장 좋을 것 같네요."

혁민은 일단 선입견부터 벗겨내는 게 좋겠다고 생각했다. 피의자에서 이제는 정식재판으로 넘어가서 피고인이 된 한성철. 그가 무죄라는 증거를 찾으면서 판사가 가지고 있는 선입견을 일단 걷어낸다. 이게 혁민의 선택이었다.

"무죄 추정의 원칙이라는 게 있지만, 사람인 이상 선입견이 없을 수가 없거든요. 그러니까 그 부분을 일단 걷어낼 필요가 있죠."

구치소에서 입원해서 재판을 연기하는 방법도 있다. 보통 유력자들이 많이 사용하는 방법인데, 한성철은 그 정도로 건강에 문제가 있지는 않았다.

하지만 시간 끌기를 한다는 인식을 갖게 하면 곤란했다. 그러면 검사는 시간 끌기를 한다는 이유로 증인 신청을 기각해 달라고 할 것이고, 그 문제를 두고 법정 공방을 벌여야 할 테니까.

"시간이 문제네요. 시간이……."

혁민은 쉽지 않은 일이라면서 중얼거렸다.

*　　　*　　　*

혁민은 다른 일은 모두 잊고 한성철의 사건에 매달렸다. 그가 범인이라는 게 사실이라고 하면 거기에 맞추어 변론하면 된다. 예전에는 간혹 그런 경우가 있었다.

"누가 봐도 의뢰인이 범인인 게 분명한데 본인은 부인하는 경우가 있어요. 의뢰인이 얘기하는 것도 조사해 보면 대부분 거짓말인데 그러면서도 자신은 무조건 아니라고 하는 사람도 있으니까요."

혁민은 배인수에게 이야기를 하면서 쓸쓸하게 웃었다. 그럴 때는 정말 변호를 할 맛이 안 난다. 당연히 변호할 때도 의욕도 떨어지고 일단 판사에게 하는 말부터 달라진다.

"범인이 무죄라는 확신이 있으면 변호사도 열정적이 될 수밖에 없습니다. 내 의뢰인이 이렇게 억울한 일을 당했는데 내가 어떻게든 누명을 벗겨줘야겠다. 이런 생각이 들면 판사 앞에서 확신에 찬 어조로 이야기하게 되거든요."

이렇습니다. 저렇습니다. 증거와 정황으로 볼 때, 이런 것이 확실합니다. 이런 말을 하게 된다. 그런데 반대로 범인이라는 게 확실하면 말이 전부 '의뢰인은 이렇게 주장하고 있습니다'는 걸로 바뀐다.

그렇다고 변호를 하지 않을 수는 없는 일이라 하기는 해야겠으니 그런 식의 말투가 나오는 것이다. 한성철의 경우에는 어떤지 아직 판단을 내리기에는 일렀다. 하지만 일단 무죄라고 혁민은 생각하고 움직이고 있었다. 그게 원칙에 부합하는 거였으니까.

"그나저나 이렇게 CCTV가 없는 지역도 있나?"

최근에는 정말 곳곳에 CCTV가 달려 있어서 그것만 잘 조사해도 증거를 많이 찾을 수 있었다. 그런데 약간 산동네 비슷한 곳이라서 그런지 CCTV가 거의 보이지 않았다.

"그나마 이 건물은 입구에 있으니까……."

사건이 일어난 건물 입구에는 CCTV가 있었다. 그래서인지 건물에 여자들이 많이 살고 있었다. 하지만 여기저기를 살펴보니 그것도 문제가 있었다.

"여기 뒤쪽으로는 CCTV가 없군요."

건물 뒤쪽으로도 문이 있었는데, 거기에는 CCTV가 없었다. 혁민은 만약 누군가가 범행을 하려고 했다면, 당연히 뒷문을 통해 움직였을 것이라는 생각이 들었다.

"범인이 이쪽을 통해서 움직였다고 한다면……."

혁민과 배인수는 근처 길을 살펴보았다. 건물의 뒷문으로 가려면 길은 하나였다.

"가만. 저거 CCTV 아닌가?"

자세히 살펴본 것도 아니었다. 그냥 근처를 둘러보다 보니까 옆 건물에 CCTV가 있는 게 보였다. 그리고 만약 누군가가 뒷문으로 움직였다면, 그 CCTV에 걸리지 않고서는 움직일 수 없을 것 같았다.

"저 정도면 뭔가 찍혔을 것 같은데……."

"정상적으로 작동하고 있다면 그럴 겁니다. 이쪽 길로 가려면 저걸 피해서 가는 건 불가능해 보이는군요."

혁민은 옆 건물로 가서 주인을 찾았다. 사정 이야기를 하니 주인은 흔쾌히 CCTV 영상을 복사해 주었다.

"그런데 아저씨. 혹시 경찰이나 다른 데서 와서 여기 CCTV를 보자고 한 적이 있나요?"

"아니? 그런 거 없었는데?"

혁민은 확실히 수사 과정에서 문제가 있다고 생각했다. 다른 것도 아닌 살인 사건 아닌가. 그러면 더욱 신경을 써야 하는데, 이건 눈에 뻔히 보이는 CCTV도 찾아볼 생각을 하지 않았다니.

고개를 저을 수밖에 없었다. 지문이 나오니 옳다구나 했을 것이다. 그리고 CCTV에 건물에 들어오고 나가는 게 찍혔고, 찾아보니 성폭력 관련 범죄 사실도 있고. 게다가 사망추정시간에 한성철이 건물 안에 있었다. 게다가 그 여자의 방에 들어갔다는 건 인정했고.

"그러니 범인이라고 확신하고 잡아들인 다음에 자백을 받아내는 데만 집중했겠지."

혁민은 그렇게 중얼거리다가 배인수를 슬쩍 보았다. 그는 언제나처럼 무표정한 얼굴로 혁민을 따라오고 있었다.

"어떤 것 같습니까?"

혁민은 배인수가 무척이나 이런 방면으로 아는 것이 많다는 걸 확인한 후로는 자주 자문을 구했다. 일부러 범죄심리 전문가나 프로파일러의 의견을 들으러 가기도 하는데, 얼마나 편한가. 그런 전문가가 바로 옆에 있으니.

배인수는 언제나 그렇듯 고저장단 없는 무미건조한 음성으로 이야기했다.

"저번에도 이야기했지만, 범죄는 경험치의 함수입니다. 모든 일이 그러겠지만, 자신이 하지 않았던 걸 하는 건 어려운 일이거든요."

그래서 배인수는 이번 사건이 전문가의 소행이라고 이야기했다. 처음 살인을 한 사람이라면 이런 식으로 깔끔하게 처리를 할 수 없다는 거였다.

"기록에 보니 지문을 제외한 다른 건 아주 깨끗하더군요. 증거를 남기지 않겠다는 의지가 확실하게 보입니다. 그런데 지문을 남겼다?"

실수로 지문을 남긴 것일 수도 있지만, 한성철의 주장대로 컴퓨터를 고치는 과정에서 남은 것일 수도 있다. 한성철은 컴퓨터 수리 기사였는데, 당연히 수리하다 보면 지문이 남을 수밖에 없지 않으냐는 거였다.

"실수로 남겼을 가능성은 없는 겁니까?"

"아마도 그럴 가능성은 없을 겁니다. 왜냐하면, 범인은 살해하고 난 후에 주변 정리를 했거든요."

"주변 정리요?"

배인수는 범인은 목을 졸라 살해를 하고 난 후에 청소를 하고 현장을 빠져나간 것 같다고 했다. 그러니 본인의 지문이 남아 있는 건 쉽게 납득하기 어렵다고 했다.

"정황상 그렇다는 겁니다. 그렇다고 한성철이 범인이 아니라고 확신을 할 수는 없는 거니까요."

아닐 것 같다는 느낌만 들 뿐이지 명확한 증거가 없었다. 그래서 둘은 사무실로 돌아와서 영상을 돌려보았다.

"어? 잠깐. 이게 뭐지?"

CCTV 영상을 보는데 갑자기 영상 전체가 희끄무레하게 변했다가 다시 정상으로 돌아왔다.

"고장이 난 건가?"

하지만 그 순간만 그랬다. 그런데 그런 게 한두 번이 아니었다. 그리고 피해자의 사망추정시간, 그러니까 한성철이 건물 밖으로 나온 직후에도 그런 현상이 있었다.

"이건 뭔가가 있군요. 누군가가 들어간 것 같습니다."

"그런데 화면상에는 아무것도 나오지 않아서……."

이건 증거라고 낼 수도 없을 것 같았다. 누군가가 안으로 들어가는 장면이 찍혔다면야 당연히 한성철 말고도 유력한 용의자가 있는 것이다. 하지만 그냥 화면이 뿌옇게 나왔다. 순간적으로 고장이 난 것처럼.

"뭔가가 있는 것 같기는 한데, 이래서는……."

혁민은 난감한 표정을 지었다. 뭔가가 있는 것 같기는 한데 그 실체가 보이질 않았다. 만약 진범이 따로 있다고 한다면 정말 교활한 인물인 것 같다는 생각이 들었다.

*　　　*　　　*

조사를 하면 할수록 급하게 끼워 맞추었다는 느낌을 지울 수 없었다. 잘 살펴보면 분명히 이상한 점이 있었는데, 검찰과 경찰은 자신들에게 유리한 증거만 가지고 한성철을 범인으로 몰아가고 있었다.

"지금은 이러는 게 당연한 시대인가?"

솔직한 이야기로 혁민도 헷갈렸다. 이게 한 10년 정도 미래라고 한다면 있을 수도 없는 일이다. 그 시대라고 해서 억울한 일이 없고 불합리한 게 없는 건 아니었지만, 적어도 이런 일은 없었으니까.

하지만 지금 돌아가는 걸 보면 이런 식으로 되는 걸 사람들이 그다지 이상하게 생각하지 않는 듯했다. 하기야 IT 기술이 하루가 다르게 변하는 것처럼 수사 관련해서도 엄청난 발전이 이루어졌다.

"하기야 유전자 감식 기술만 해도 시대에 따라서 엄청나게 발전했으니까."

하지만 이건 좀 아니다 싶었다. 그래서 장중범에게도 자신을 습격한 무리를 찾는 것보다 이 사건에 집중해 달라고 부탁했다. 그리고 자신은 검사와 법리적으로 싸울 준비를 하고 있었다.

그래서 한성철 본인과도 이야기를 많이 나누었지만, 형인 한윤철에게서도 정보를 많이 들었다. 그런 것 하나하나가 사건을 풀어가는 데 도움이 될 수도 있으니까.

"사실은 수사 과정에서도 문제가 있기는 했는데… 그걸 지금 문제 삼기는 좀 그렇고……."

구타와 같은 일은 많이 줄어들었지만, 아직도 없지는 않다. 그리고 폭언이나 강압 수사는 일상적인 상황이다. 하지만 혁민은 그걸 지금 문제 삼지는 않을 생각이다. 그런 지엽적인 것보다는 다른 쟁점을 가지고 분위기를 바꾸는 게 좋다는 게 혁민의 판단이었다.

판사도 다들 성향이 다를 수밖에 없다. 범죄에 대해서 단호한 판사도 있고, 인정이 많은 판사도 있다. 절도에 유독 엄한 판사도 있고, 경제사범에게 유독 관대한 판사도 있다. 사람이니 그런 성향을 가지고 있는 건 어쩔 수가 없는 일이다.

"그러면 어쩌면 좋습니까?"

형인 한윤철은 동생이 걱정되는지 한숨을 푹 내쉬었다.

"일단은 예전 사건이 억울한 누명이었다는 걸 밝혀야죠. 지금 재판장이 누명에 조금 민감한 분이거든요."

한성철이 예전에 처벌받은 사건은 억울한 경우였다고 했다. 회사에 다니다가 알게 된 여자가 있었는데 한성철은 당연히 미혼인 줄 알고 사귀게 되었다. 여자의 나이가 겨우 스물넷이었고, 결혼했다는 말을 하지도 않았으니까. 반지도 끼지 않고 다녔고.

그런데 알고 보니 유부녀였다. 그리고 남편이 사실을 알게 되자 여자는 자신의 위기를 모면하려고 한성철에게 성폭행을 당했다고 주장했고.

'사건이 일어난 2000년대 초반만 해도 입증하기가 어려웠지. 남자보다는 피해자인 여성의 말에 더 신빙성이 있다고 생각하기도 했고.'

한성철은 당연히 누명을 벗을 것이라고 생각했지만, 결과는 그렇지 못했다. 그런데 이런 사실을 모르고 그냥 성폭행 전과가 있다는 한두 줄만 본다면 어떻게 될까. 전과자가 범죄 수법이 더 악랄해졌구나. 이런 생각을 할 수도 있게 되는 것이다.

"그러니까 이 부분은 짚고 넘어가야 합니다."

"그런데 그게 가능하겠습니까? 이미 시간도 많이 흐른 일인데……."

"해야죠. 일단 여기부터 시작해야 앞으로 풀어나가기가 좋습니다. 그때처럼 누명을 썼을 수도 있다는 인식을 심어줄 수도 있고, 철저하게 증거 위주로 재판을 몰고 가야 가능성이 더 높아지거든요."

한윤철은 수심이 가득한 표정으로 말했다.

"내 동생한테 왜 자꾸 이런 일이 생기는지 모르겠어요. 세상에 이런 식으로 억울한 일을 당하는 사람들이 많은 겁니까? 세상이 원래 이런 건가요?"

그의 목소리에는 한 같은 게 섞여 있었다. 억울했지만 하소연할 데도 없었던 지난 시절도 힘겨웠는데, 이런 일까지 생기니 정말 세상이 싫다는 그런 표정이었다. 혁민은 그런 모습을 보면서 참 안타깝다는 생각이 들었다.

형이 저 정도인데 본인은 어떨까 하는 생각이 들었기 때문이었다.

"없다고는 말할 수 없겠네요. 하지만 이번에는 그때와는 같지 않을 겁니다."

"제발 그랬으면 좋겠네요."

혁민은 한윤철을 보내고 자신의 사무실로 들어갔다. 그러자 컴퓨터를 보고 있던 배인수가 노크를 하고는 바로 따라 들어왔다.

"무슨 일이죠?"

"확실하지는 않지만, 무언가 짚이는 게 있어서요……."

배인수는 자신의 자리로 혁민을 인도했다.

"범죄는 진화한다. 그렇다면 지금 범인이 분명히 다른 범죄도 저질렀을 거란 말이죠."

"음… 그렇겠네요."

"그런데 사람들은 잘 모르지만, 성범죄는 아주 자세하게 기록을 해놓습니다. 어떤 체위로 관계했는지까지 말이죠."

범행이 일어났던 지역에서도 성범죄가 있었다. 그리고 그중 몇 명의 집이나 원룸은 한성철이 컴퓨터를 수리한 곳이었다. 그래서 한성철이 범인이라고 경찰이 더욱 확신하는 것이기도 했다.

사실 이런 사건은 극히 일부만 신고가 된다. 여성이 이런 일을 신고한다는 게 쉽지는 않은 일이니까. 그래서 일반적으로 그 지역에 신고된 성범죄의 10배 정도가 실제로 일어나고 있다고 보기도 한다.

"그런데 찾아보니까 지방의 미제 사건 중에 비슷한 패턴이 있더군요."

배인수는 초기에는 비접촉성 성범죄. 몰래 지켜본다거나 하는 것으로 시작해서 점차 진화한다고 했다.

"점점 더 강한 자극을 원하게 되거든요. 보통 6개월 안에 접촉성 범죄로 넘어가고 1년 안에 강간범으로 진화한다는 발표도 있습니다. 사회나 개인에 따라서 편차가 있기는 하지만 말이죠."

배인수는 지방에 있는 두 곳이 의심스럽다고 했다. 둘 다 범인은 결국 잡지 못했는데, 1년 정도의 시간 차이를 두고 있었다. 배인수는 범인이 처음 장소에서 이동했고, 1년 정도 분위기를 살피다가 다시 범행을 시작한 게 아닌가 싶다고 했다.

"보시면 아시겠지만, 패턴은 비슷한데 점점 사건의 강도가 강해지고 있어요. 그래서 처음에 이곳에 있을 때는 아주 약한 범죄만 일어났는데, 이쪽으로 옮긴 뒤에는 실종 사건도 보고가 된 게 있습니다."

그리고 다시 1년 정도 시간이 흐른 뒤 범행이 벌어진 장소에서 사건이 일어나고 있었다.

"아마도 경찰의 수사력이 집중되니 자리를 옮긴 게 아닐까 싶군요. 잡히고 싶은 범인은 없으니까요. 그렇다고 범행을 그만둘 수는 없었겠죠."

아직은 막연했지만, 충분히 가능성이 있는 이야기였다.

"그러면 그 지역에 있다가 이곳으로 오게 된 사람을 중심으로 알아보면 되는 건가?"

"그건 좀 어려울 것 같은데요. 사는 장소가 이곳이 아닐 수도 있고, 이 부근에 사는 사람들을 전부 다 조사할 수도 없는 일이고……."

하지만 배인수는 적어도 한성철과는 무언가 접점이 있지 않겠느냐고 말했다.

"일부러 죄를 뒤집어씌웠다는 생각이 듭니다. 공들여서 함정을 파서 말이죠."

"그렇다면 한성철을 아는 사람?"

무언가 잡힐 것 같으면서도 그림이 제대로 그려지지 않았다.

"하나씩 풀어갈 수밖에. 일단은 공판에서 한성철이 누명을 썼을 가능성이 있다는 걸 최대한 부각하고… 그리고 CCTV가 어떻게 그렇게 되는 건지는 알 수 없습니까? 무슨 짓을 했길래 CCTV 영상이 그렇게 되는지 도무지 알 수가 없네."

"그건 아직 확실하게는 모르겠습니다. 혹시라도 알게 되면 바로 알려 드리죠."

혁민은 수고해 달라고 이야기했다.

'이런 일이라면 얼마든지.'

배인수는 피를 갈망하는 인간과 관련된 거라면 얼마든지 도울 수 있다고 생각했다. 원래 관심이 있는 분야였기도 했고, 혁민을 돕는 길이기도 했으니까.

*   *   *

혁민은 계속 증거를 찾았지만, 소송을 쉽게 풀어갈 유리한 증거는 잘 나오지 않았다. 분명히 다른 누군가가 있는 것 같기는 한데, 실체를 잡을 수가 없었다. 그리고 그런 상황에서 일은 계속 꼬여만 갔다.

"정당한 증인을 신청하는 것까지 시비를 걸고 난리야. 아직 공판은 제대로 시작하지도 않았구만."

검사는 한성철을 범인이라고 확신하고 날을 바짝 세우고 있었다. 사실 범인이라고 오해할 만한 상황이기는 했다. 게다가 혁민이 워낙 괴팍한 짓을 많이 한다는 소문이 나서 처음부터 혁민이 뭐만 하려고 하면 반대부터 했다.

"그런 거야 대기업이나 권력자들이나 하는 거지. 내가 무슨 힘이 있다고⋯⋯."

힘이 있으면 재판도 유리하게 끌고 간다. 대기업의 경우 재판부나 담당 검사가 반재벌 성향이 강한 경우 인사이동 기간까지 재판을 지연시키고 재판부나 담당 검사를 교체하는 힘을 발휘하기도 한다.

그런 후에 재판을 진행하면 아무래도 유리하니까 말이다. 그래서 어떤 경우는 담당 검사가 다섯 번이나 교체된 일도 있다.

혁민은 조수석에서 그렇게 불평불만을 구시렁거렸다. 일이 잘 풀리지 않아서 요즘 기분이 아주 좋지 않은 거였다.

혁민은 목적지에 도착하자 배인수에게 기다리라고 하고는 차에서 내렸다.

"여기가⋯ 맞구나."

혁민은 자그마한 카페 앞에서 주소와 카페 이름을 확인하고는 문을 열고 들어갔다. 한성철에게 누명을 씌웠던 바로 그 여자가 하는 카페였기 때문이었다. 딸랑거리는 소리가 들리자 여자는 혁민을 보더니 웃으면서 인사했다.

"백은영 씨?"

예전 사건의 당사자인 백은영. 그녀가 증인으로 나와서 직접 증언할 수만 있다면야 가장 확실한 일이었으니까. 자그마한 카페를 하고 있던 백은영은 자신의 이름을 남자가 부르자 흠칫 놀라며 경계했다.

"변호사 정혁민이라고 합니다."

혁민이 변호사 명함을 내밀자 그녀는 조금 경계를 풀었다. 그래도 여전히 불안한 눈치였다. 변호사와 연관된 일 중에서 좋은 일이 얼마나 되겠는가. 그리고 직감적으로 한 남자의 이름이 떠올랐다.

"무슨 일 때문에 그러시는지……."

"잠깐 이야기를 나눴으면 하는데요. 한성철 씨 관련해서요."

한성철의 이름이 나오자 여자는 살짝 눈을 감고 숨을 몰아쉬었다. 절대로 듣고 싶지 않았지만, 변호사라는 말을 듣자마자 떠오른 이름이었다. 시간이 꽤 지났지만, 여전히 마음에 남아 있는 이름. 백은영은 잠시 숨을 고르다가 크게 심호흡을 했다.

"잠시만요."

백은영은 카페 문에 잠시 외출 중이라는 패를 걸더니 커피 두 잔을 가지고 와서 놓았다. 그리고 자리에 앉자마자 먼저 입을 열었다.

"저는 할 얘기가 없어요."

쉽지는 않을 것이라고 생각했다. 하지만 생각보다 백은영의 태도는 완강했다. 말을 듣기도 전에 무조건 자신은 어떤 것에도 연관되고 싶지 않다고 단호하게 말했다.

"지금 한성철 씨가 누명을 쓰고 있어서요."

누명이라는 말에 백은영은 약간 흔들리는 듯했다. 혁민은 그녀의 눈치를 보면서 말을 이었다.

"그때 있었던 일 때문에 더 곤경에 처해 있습니다."

"하아~ 그건… 그 얘기는 하고 싶지 않네요."

이야기를 꺼내는 것 자체를 꺼린다는 걸 알 수 있었다. 하지만 멈출 수는 없었다.

"만약 한성철 씨가 그때 누명을 썼다는 사실을 증언해 준다면 큰 도움이 될 겁니다."

혁민은 가능한 한 백은영을 자극하지 않는 수준에서 조곤조곤 이야기했다. 위증죄는 공소시효가 지나서 지금은 증언해도 상관없다는 이야기도 했다. 하지만 그녀는 요지부동이었다.

"죄송해요. 하지만 그 일을 다시 꺼낼 수는 없어요."

그녀는 그 일을 다시 수면 위로 올라오게 해서 가정을 흔들리게 할 수는 없다면서 고개를 저었다. 혁민은 계속해서 설득하려 했지만, 백은영은 거절하는 대화가 계속되었다. 이렇게 가다가는 끝도 없겠다 싶자 혁민은 살짝 이야기를 틀었다.

"좋습니다. 그러면 그때 정말로 한성철 씨가 누명을 쓴 건지는 이야기를 해주실 수 있으시죠? 제가 사실을 제대로 알아야 변호를 할 수 있어서 그럽니다."

혁민은 이미 다 지난 일 아니냐며 원한다면 비밀을 지키겠다고 말했다. 그렇게 말을 했어도 백은영은 쉽게 입을 열지 않왔다. 혁민이 여러 차례 변호사의 윤리 규정 같은 걸 들먹이면서 비밀로 하겠다고 하자 그제야 입을 열었다.

그것도 무척이나 주저하면서 말을 빙빙 돌리다가 이야기를 꺼냈는데, 결론적으로 한성철이 누명을 쓴 게 맞았다.

"하아… 저도 제가 나쁜 년인 거 알아요. 하지만… 그때는… 그땐 정말 어쩔 수가 없었어요."

백은영은 여러 이야기를 했다. 그 당시 자신의 상황과 주변 이야기를. 혁민은 그냥 듣고만 있었다. 여자는 무척 긴 시간을 이야기했다. 아마도 마음속에 남아 있는 게 많았던 모양이었다.

구구절절하게 그럴 수밖에 없었던 이야기를 했고, 지금 증언 같은 걸 할 수 없는 이유도 죽 늘어놓았다.

혁민은 백은영의 이야기가 멈추자 입을 열었다.

"사람은 말입니다. 모두 자기 이익이 가장 우선이죠. 그래서 일어날 수 없을 것 같은 일들이 어쩔 수 없이 벌어지는 거거든요."

백은영이 무언가 이야기를 하려고 했지만, 혁민은 재빨리 말을 이었다.

"잘잘못을 이야기할 생각은 없습니다. 어차피 개인의 판단이니까요. 그런데 묻고 싶은 게 있네요. 한성철 씨는 어떤 사람이었나요?"

뜻밖의 질문이어서 그랬는지 그녀는 대답하지 못했다. 그리고 한참 뒤에 아주 짧게 대답했다. 자신을 바라보는 혁민의 시선을 살짝 외면하면서.

"좋은 사람이었어요."

"그렇군요."

혁민이 입을 열지 않자 침묵이 계속되었다. 백은영은 침묵을 견디기 힘든지 스푼으로 얼마 남지 않은 커피를 저으며 달그락거리는 소리를 냈다.

혁민은 오늘은 이 정도만 하는 게 좋겠다고 생각했다. 처음부터 너무 밀어붙이면 오히려 반감을 갖게 되니까. 그래서 다음에 또 오겠다고 하면서 자리에서 일어섰다.

"오지 않으셨으면 좋겠어요."

"찾아와서 이야기하는 정도는 이해를 좀 해주시죠. 사건이 워낙 심각해서 그러는 거니까요."

혁민은 아주 심각한 표정으로 대답했다. 그렇게 하고 문으로 나가려는데 백은영이 그를 불러 세웠다.

"저기……."

혁민이 뒤돌아보자 백은영은 주저하다가 질문을 했다.

"심각한 사건이라는 게 무슨 의민가요?"

"심각할 수밖에요. 사건이 살인 사건이니까요."

"예? 살인 사건이요?"

백은영은 정말로 깜짝 놀란 표정이었다. 아마도 지금까지는 예전 같은 종류의 사건인 줄 알고 있었던 모양이었다.

"예. 살인 사건이요. 저도 최선을 다하고는 있지만, 상황이 좋은 편은 아닙니다. 하지만 그대로 둘 수는 없는 거 아닙니까. 두 번이나 그런 일을 당하게 하는 건… 후우~"

혁민은 그렇게 대답하고 카페에서 나왔다. 조금 걷다가 뒤를 돌아다보았는데, 카페 안에 있는 백은영은 멍한 표정으로 제자리에 우두커니 서 있었다.

혁민은 주차해 놓은 자신의 차에 타면서 중얼거렸다.

"두 번은 아니지. 두 번은……."

*　　　*　　　*

업무를 마치고 혁민은 지하 주차장으로 들어섰다.

"뭐야? 이 아저씨는 또 어딜 갔어?"

지하 주차장으로 들어갈 때 항상 경비원이 있는지 확인하는 버릇이 생겼는데, 지금도 경비원이 보이지 않았다. 조금은 꺼림칙한 느낌은 있었지만, 배인수가 동행하고 있었기 때문에 별일이야 있겠느냐는 마음으로 움직였다.

그런데 주차를 하고 배인수과 함께 내렸는데, 배인수가 갑자기 혁민에게 주의를 주었다. 그래서 주변을 보니 양복을 입은 남자 셋이 다가오는 게 보였다.

"정혁민 씨?"

남자들은 절도 있는 걸음으로 다가와서는 다짜고짜 이름을 확인했고, 혁민은 상대의 정체를 물었다.

"맞습니다. 그러는 그쪽은 누구신지?"

"그거야 아실 것 없고. 저희랑 잠깐 어디를 좀 가셔야겠습니다."

가뜩이나 습격을 받은 일이 있어서 신경이 날카로웠는데, 일도 잘 풀리지 않아서 기분이 아주 엉망인 상황이었다. 그런 상황에서 상대가 막무가내로 나오니 말이 곱게 나갈 리가 없었다.

"당신들이 누구인지 알아야 갈지 말지 판단을 할 거 아닙니까. 그리고 어디로 어떤 용무 때문에 가는 건지도 알아야 하고."

말은 별게 아니었지만, 말투는 무척이나 거칠었다. 너희가 뭔데 지금 이러냐는 그런 투. 혁민의 말에 양복을 입은 남자들이 피식 웃었다.

"자세한 건 말씀드릴 수 없고, 그냥 조금 특별한 정보기관이라고 해두죠."

"그래요? 그러면 따라가는 건 좀 어렵겠군요."

혁민의 말에 남자 한 명으로 앞으로 다가오면서 말했다.

"이거 일을 어렵게 만드시네. 우리 바쁜 사람들입니다. 서로 시간 낭비 하지 맙시다."

"미안하군요. 저는 졸라 바쁜 변호사라서……."

혁민은 그렇게 이야기하고는 주차장 밖으로 나가려고 했다. 저들이 누군지 알고 따라간단 말인가.

"나 참. 변호사가 뭐 대단한 벼슬이라도 되는 줄 아는 모양인데… 글쎄 가보면 안다니까!!"

남자는 혁민을 가로막으며 혁민의 어깨를 잡으려고 했는데,

성공하지는 못했다. 배인수가 그의 손을 툭 하고 쳤기 때문이었다. 하지만 배인수가 방해를 하리라는 걸 알고 있었는지, 곧바로 남자는 배인수의 팔을 잡았다.

아니, 정확하게 이야기하면 잡으려고 했다. 하지만 배인수는 가볍게 움직이면서 손을 몇 차례 뻗었고, 팔과 팔꿈치, 손바닥이 남자의 몸에 닿았다. 남자도 공격과 수비를 했지만, 배인수의 손바닥에 가슴을 맞으면서 서너 발자국을 뒤로 밀려야 했다.

"이런……."

뒤로 밀린 남자는 무척이나 자존심이 상한 것 같은 표정이었다. 잘 모르는 혁민이 보기에도 배인수의 실력이 위라는 걸 알 수 있었다. 문외한이 보기에도 그럴 정도라면 실력의 격차가 현격하다는 것일 터.

그리고 상대도 전처럼 혁민에게 무슨 해코지를 하려는 것처럼 보이지는 않았다. 그런 판단이 내려지자 조금 여유가 생겼다.

'정말 정보기관인가? 정보기관이면 정체를 이야기하지 못할 이유가 없을 것 같은데…….'

남자들은 설마하니 동료가 밀릴 줄 몰랐다는 듯한 표정이었다. 게다가 배인수의 실력에 놀라기도 하는 듯했고. 고수는 고수를 알아보는 법. 모차르트의 실력을 제대로 알아보려면 살리에리 정도는 되어야 하는 거다.

그래서 남자들은 쉽사리 움직일 수 없었다. 자신들과 같은 계통의 훈련을 받은 사람이라는 생각을 했기 때문이었다. 그것도 자신들보다 윗줄의 실력. 남자 중 한 명의 손이 품으로 들어갔다. 하지만 옆에 있는 남자가 그를 말렸다.

"미쳤어?"

"저놈들이 틀림없다고. 분명히 그놈들하고 접점이 있는 거라니까?"

둘은 살짝 티격태격했지만, 선임으로 보이는 자가 반대를 표시했다. 하지만 남자 한 명이 반발했다.

"문제를 일으키는 건 곤란해. 우리가 잡으려는 건 저들이 아니야."

"그래도 증거를 가지고 있을 때 덮쳐야 하는 거 아닙니까. 시간을 줘서 좋을 게 없는 일입니다."

"확실하지는 않으니 서두를 것 없다. 그리고 앞으로 계속해서 지켜보다 보면, 언젠가는 뭔가가 나오겠지. 정말로 연관이 있다면 말이야."

남자들은 혁민이 주차장 밖으로 나가는 걸 지켜만 보았다.

"그런데 저 친구는 누굴까요? 보통 실력이 아닌데."

"그러니까. 저 친구 정체도 캐보라고. 오히려 저쪽에서 단서가 나올지도 모르겠어. 저 정도 실력자가 흔한 건 아니니까."

남자는 정보기관의 네트워크를 통해서 협조를 구해야겠다고 생각했다. 그리고 그러는 사이에 혁민과 배인수는 주차장 밖으로 나갔다.

"아니, 이거 신고를 해야 하는 건가?"

혁민은 신고를 하려다가 그만두었다. 어차피 경찰이 올 때쯤이면 이미 자리에 없을 것이고, 도망가지 않는 걸 보니 뭔가 믿는 구석이 있는 듯해서였다.

혁민은 이상한 사람들이라고 생각하고는 빨리 안전한 곳으로 이사 가야겠다고 마음먹었다. 그런데 배인수가 잠시 누군가와 통화를 하더니 혁민에게 다급하게 말을 전했다.

"아무래도 백 선생과 장중범을 노리는 자들인 것 같습니다."

그렇게 말을 하더니 그동안 그들과 통화를 하던 핸드폰을 가져갔다.

"이건 제가 안전하게 처리하도록 하죠. 그리고 당분간은 그들과 연락할 수 없을 겁니다."

"혹시 무슨 일이 있는 건 아니겠죠?"

그래도 자신에게 큰 도움이 되는 사람들이었다. 걱정스러운 마음에 안위를 물었는데 그건 문제가 없다고 했다.

"접근해 오는 것 같아서 아마도 다른 곳에 자리를 잡으려고 하는 것 같습니다."

"그러면 다행이기는 한데……."

그러다가 그쪽에서 하던 조사도 모두 중단되었다는 사실을 깨닫게 되었다.

"아!! 이거 큰일인데… 한성철 씨 사건이……."

가뜩이나 조사할 것도 많고 복잡한 사건이었는데 도움까지 받지 못하게 되었으니 정말 큰일이었다. 게다가 시간이 많은 것도 아닌데 말이다.

"공판이 바로 코앞인데……."

시간을 끈다고 해도 이런 사건에서 증거를 찾는다는 건 정말 어려운 일이다. 그게 손을 빌려서 해도 쉽지 않은데, 손발까지 묶이게 되었으니 암담하다는 생각이 들었다.

"이거 정말로 총체적 난국이네……."

시간도 부족, 손도 부족. 증거는 찾을 길이 없고, 검사는 재판을 빨리 진행하려고 힘을 쓰고 있었다. 하지만 어떻게든 방법을 찾아야 했다. 알면서도 누명을 쓰도록 내버려 둘 수는 없지 않은가.

"그래. 내가 맡았던 사건 중에서 언제 쉬운 사건이 있었냐."

혁민은 결의를 다졌다. 어떻게든 사건을 해결하자고.

Chapter 2
새로운 목격자

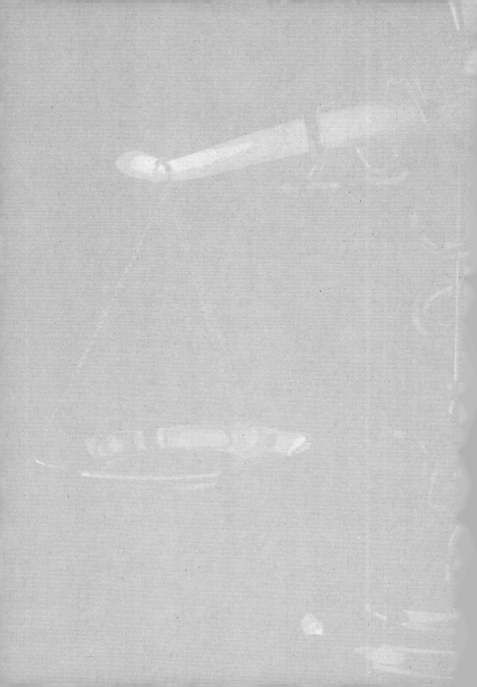

"어떻습니까, 변호사님."

한윤철은 동생이 걱정되는지 자주 문의를 해왔다. 그리고 자신이 도울 일이 있으면 이야기를 해달라고도 했고. 하지만 아직 딱히 무어라고 이야기를 해줄 게 없었다.

"계속 노력 중입니다."

이런 이야기밖에 할 수 없는 상황이 싫었지만, 정말 어쩔 수가 없는 상황이었다. 법적으로야 어떻게든 할 수 있었다. 시간을 끌 수도 있고, 주장을 펼 수도 있었다. 하지만 증거가 없으면 아무런 소용도 없는 일이다.

"제가 은영 씨를 만나볼까요?"

한윤철이 답답했는지 백은영의 이야기를 꺼냈다. 뭐라도 하고 싶어 하는 기색이 역력했다. 하지만 의욕만 가지고 일이 해결되는 건 아니다.

"음… 지금은 그러실 필요는 없을 것 같네요. 나중에 필요하면 제가 이야기를 드리겠습니다."

백은영은 그렇게까지 중요한 증인은 아니었다. 사실 한성철 말고 또 다른 용의자가 있다는 사실만 증명할 수 있으면 다른 건 필요 없을 수도 있다. 그게 쉽지 않으니 다른 부분까지 준비하는 것뿐이었다.

하지만 전망은 여전히 어두웠다. 범행 시각에 그 건물에 들어가는 게 CCTV에 찍힌 사람은 한성철이 유일했다. 게다가 한성철의 지문이 범행 현장에서 발견되었다. 그리고 본인도 그 여자의 방에 간 적이 있다고 말했고.

"이번 사건은 워낙 어려운 사건이라 각오를 단단히 하셔야 할 겁니다. 증거를 계속 찾고 있지만, 그게 쉬운 일은 아니라서요."

"저도 일이 이상하게 꼬였다는 건 알고 있습니다. 하지만 동생은 아니에요."

한윤철도 답답하다는 듯 말했다. 그런 생각은 혁민도 마찬가지였다. 일이 꼬여도 어떻게 이렇게까지 꼬일 수가 있을까 하는 생각마저 들 정도였으니까.

사실 살인 사건의 경우 누군가가 살해 장면을 직접 목격하는 경우나 그런 장면이 CCTV 같은 데 찍힐 가능성이 얼마나 되겠는가. 대부분은 아무도 없는 곳에서 사건이 일어난다. 그래서 여러 증거를 가지고 범인을 찾는다.

그 증거가 100% 확실할 필요는 없다. 그 정도까지 확실한 증거가 나오는 경우는 그리 많지 않으니까. 충분히 범인이라고 단정할 만한 증거가 있으면 되는데, 그 '충분히'라는 개념이 문제가 되는 것이다.

"제가 만나서 자꾸만 좋지 않은 이야기만 하는 것 같아서 죄송하지만, 현실을 알고 계셔야 하니 이야기를 하지 않을 수가 없네요."

혁민은 이상과 현실의 차이가 분명히 있다는 걸 이야기했다.

"원래 유죄판결은 합리적 의심에 침묵을 명할 수 있을 정도로 압도적인 증거가 있을 때 내려져야 하는 겁니다. 무죄의 의심이 드는 경우에는 피고인의 이익으로 판단하여 무죄판결을 선고하여야 한다고 하거든요."

라틴어로 'in dubio pro reo'라고 하는데, '의심스러울 경우 피고인의 이익으로' 내지는 '의심스러울 때는 피고인에게 유리하게' 정도의 뜻이다.

사실 법정에서 모두가 진실만을 말한다면 문제가 없겠지만, 그런 경우는 없다. 자신에게 유리한 이야기를 하고, 불리한 사실은 감추려고 한다.

"그래서 현실에서는 그렇지 않은 경우가 많습니다. 유죄의 증거가 있으면, 그보다 우월한 무죄의 증거가 제시되어도 무시당하는 경우도 있고요."

증거가 조작되는 경우도 있고, 피고인에게 유리한 증거가 없어지는 경우도 있다.

"제가 잘못 알고 있었던 것 같네요. 열 사람의 범인을 놓치더라도 한 사람의 억울한 죄인을 만들어서는 안 된다고 들었는데……."

한윤철은 헛웃음을 지었다.

"하기야 전에도 겪어서 알고 있습니다. 시간이 좀 지나서 나아졌나 했는데, 아직도 크게 변하지는 않았나 보네요."

혁민은 법조인의 한 사람으로서 면목이 없었다. 하지만 완벽한 제도나 시스템이 어디 있겠는가. 그걸 보완하고 고쳐 나가면 된다. 그래도 완전무결해지지는 않겠지만, 그것에 가까워질 수는 있는 거니까.

"소개를 해준 친구가 그러더군요. 변호사님이 안 되면 다른 사람을 찾아가도 마찬가지일 거라고요."

한윤철의 친구는 현백정밀 직원이었는데, 직원 대표로 혁민이 어떻게 일했는지를 본 사람이었다. 그래서 친구가 물어왔을 때 찾아가 보라고 알려준 거였다. 그리고 한윤철은 그 친구가 왜 그랬는지 알 수 있었다. 지금까지 보아왔던 변호사와는 확실히 달랐으니까.

"결과가 좋지 못하면 과정이 무슨 소용이 있겠습니까. 결과가 좋아야죠. 제가 할 수 있는 건 다 하겠습니다."

혁민은 그렇게 이야기했고, 한윤철은 고개를 끄덕였다.

　　　　　　*　　　*　　　*

　"모두 자리에서 일어나 주십시오."

　법정 경위가 이야기하자 법정 안에 있던 사람들이 모두 일어났다. 그리고 판사 세 명이 들어와 자리에 앉았다.

　"모두 자리에 앉아주십시오."

　법정 경위가 이야기하자 가운데 앉은 재판장이 이야기했다.

　"지금부터 서울서부지방법원 합의부 279호 피고인 한성철에 대한 공판을 개정하겠습니다."

　사건별로 다른 부호가 붙는데, 민사사건 1심의 경우 단독 사건은 가단, 합의부 사건은 가합이라는 부호가 붙는다. 마찬가지로 형사사건 1심은 단독 사건일 경우 고단, 합의부 사건은 고합이라는 부호고 붙고.

　혁민의 옆에 앉아 있는 한성철은 무척이나 긴장한 표정이었다. 반대로 혁민의 앞에 있는 검사는 승소를 확신하는 듯 자신감이 넘치는 얼굴을 하고 있었다.

　"먼저 인정신문을 하겠습니다."

　재판장은 한성철의 이름과 생년월일, 주소 등을 물어보았다. 긴장했는지 한성철은 약간 떨리는 목소리로 가끔 침을 삼켜가면서 대답했다. 인정신문은 특별할 것 없는 절차라 주소 변동이 있을 때는 법원에 보고하라는 의례적인 말을 끝으로 금방 마무리되었다.

　"검사는 기소 요지를 진술해 주세요."

재판장의 말에 검사는 자리에서 일어나 기소장에 적힌 기소 요지를 이야기했다.

"피고인 한성철은……."

검사는 한성철이 언제 어디서 피해자를 어떻게 살해했는지 이야기했다.

"스타킹으로 목을 졸라 살해한바, 형법 제250조에 의하여 살인죄로 기소하는 바입니다."

검사가 자리에 앉자 재판장이 말을 이었다.

"지금부터 피고인 한성철에 대한 신문을 시작하겠습니다. 피고인은 검사, 변호인, 재판장의 각 물음에 대하여 형사소송 법 제286조에 의하여 그 권리를 보호함에 필요한 진술과 이익 되는 사실을 진술할 수 있고, 또 동법 제289조에 의하여 물음의 진술을 거부할 수 있습니다."

그리고 재판장은 공소 사실에 이견이 없는지 물었다. 그러자 혁민은 자리에서 일어서면서 대답했다.

"인정하지 않습니다. 피고인의 무죄를 주장합니다."

그렇게 본격적인 재판이 시작되었다.

*   *   *

1차 공판은 혁민이나 한성철에게 유리할 것 없는 시간이었다. 검사는 CCTV 영상과 지문을 증거로 한성철이 범인이라고 몰아붙였다. 한성철은 컴퓨터가 고장 났다는 신고를 받고 수리를 하기 위해서 갔다며 부인했고.

혁민은 건물로 들어가는 뒷문이 있으니 그 시각에 다른 사람이 들어갔을 가능성도 있다는 점을 주장했고, 지문이 책상과 컴퓨터에만 있다는 점을 들어 범인이 아니라고 주장했다. 다른 곳의 지문을 다 지웠으면서 그곳에만 지문을 남겼을 리가 있느냐면서.

하지만 분위기는 좋지 않았다. 무죄의 증거는 그럴 수도 있다는 정황증거일 뿐이었고, 유죄의 증거는 그것보다는 확실한 증거였으니까.

"한 달 정도라……."

2차 공판이 열리는 날까지는 한 달 정도의 시간이 있었다. 한 달. 어떻게 생각하면 무척 긴 시간이라고 생각하겠지만, 생각보다 많은 시간은 아니다. 이래저래 발품을 팔면서 돌아다니다 보면 정말 눈 깜짝할 사이에 지나갈 수 있는 그런 시간이었으니까.

혁민은 일단 현장 근처에서 정보를 더 모으기로 했다. 그래서 차를 타고 범행 현장 인근으로 이동했는데, 배인수가 운전을 하다가 조용히 말을 건넸다.

"미행이 붙었습니다."

"미행?"

혁민은 뒤쪽을 슬쩍 살폈다. 그런데 계속 뒤따라오는 차량은 보이지 않았다. 혁민이 보기에는 계속해서 차량이 바뀌었으니까.

"차량 미행은 보통 두 대로 합니다."

영화나 드라마에서 보면 차량 한 대로 뒤를 쫓는 장면이 자주 나온다. 하지만 실제로는 그렇지 않다는 게 배인수의 설명이었다.

"한 대로 하면 들키기도 쉽고 놓치기도 쉽습니다. 그래서 두 대가 미행하는 차량의 앞뒤로 번갈아 가면서 이동하는 방식으로 합니다."

한 대가 뒤쪽에 위치하면 다른 한 대가 앞쪽에 있고, 긴밀하게 연락하면서 상대가 눈치채지 못하게 한다는 거였다. 혁민은 처음 듣는 이야기였다. 영화나 드라마에서처럼 한 대로 뒤를 따라가는 줄만 알았으니 말이다.

"하긴 그게 더 확실할 것 같기는 하군요."

"미행이 붙었다고 하더라도 걱정할 건 없습니다. 선은 다 끊어냈으니 헛수고만 하는 걸 테니까요."

그리고 그 시각 미행하는 차량 안에서는 다른 대화가 오가고 있었다.

"그냥 잡아들이죠? 그 정도는 어떻게든 무마할 수 있지 않습니까. 잡아다가 족치면 자기가 안 불고 어쩌겠습니까."

"그래도 변호사야. 가뜩이나 분위기가 좋지 않은데 분란을 일으킬 건 없다."

팀장은 이번에 있었던 선거 때문에 말이 많다면서 가능하면 문제를 만들지 말라고 했다.

"아니, 그건 우리 팀이 한 것도 아니지 않습니까. 간신히 배신자 놈들 꼬리를 잡았는데, 이대로 보고만 있으실 겁니까?"

남자는 무척 격앙된 목소리로 말했다. 하지만 팀장은 침착한 톤을 유지한 채 말했다.

"나 역시 당장에라도 끌고 가고 싶은 심정이야. 하지만 지금은 아니다. 공연히 문제를 일으켰다가는 배신자 놈들은 놓치고 우리만 문책을 당할 수도 있어. 그러니 참아라. 반드시 때가 올 거다."

차 안에서는 장중범과 백 선생의 이름이 사람들의 입에 오르내렸다. 그리고 혁민의 차가 멈추자 근처에 나누어 두 대의 차량이 주차했다.

혁민은 은근히 신경이 쓰였지만, 그렇다고 일을 소홀히 할 수는 없는 일이었다. 시간이 지날수록 증거나 증인을 찾는 일이 어려워졌으니까.

CCTV도 마냥 저장하는 게 아니다. 일정 시간이 지나면 삭제한다. 다른 증거들도 비슷하다. 그리고 사람의 기억력도 마찬가지.

"며칠만 지나도 기억이 가물가물하니까. 그래서 뭐든지 빨리 찾아야 하는 건데."

사건 초기가 그래서 중요하다. 그런데 벌써 시간이 상당히 지난 후였다. 그리고 앞으로 시간이 흐르면 흐를수록 증거나 증인을 찾는 건 더욱 어려워질 것이다.

그런데 사건이 일어난 옆 건물, 그러니까 이상한 게 찍힌

CCTV 영상을 흔쾌히 주었던 건물 주인이 새로운 이야기를 해 주었다.

"그날 누가 그쪽으로 가는 걸 봤다는데?"

"정말입니까?"

"그래. 나도 몰랐지. 그 친구가 어디 보자, 203호에 살던가?"

건물 주인은 관리비가 안 들어와 있어서 연락을 했다고 말 했다.

"다른 사람이 받잖아. 핸드폰을 바꾼 모양이더라고. 그래서 방에 있나 초인종을 눌러봐도 계속 없고 말이지."

혹시 무슨 문제가 생긴 게 아닌가 싶었다고 했다. 옆 건물에 서 사고가 났으니 겁이 더럭 났던 것이다.

"그래서 걱정을 하고 있는데, 초인종을 눌러보니까 집에 있 더라고. 알고 보니까 출장을 다녀왔다는 거야."

그래서 관리비 이야기를 하면서 자연스럽게 옆 건물 이야기 를 하게 되었는데, 그날 누가 거기로 들어가는 걸 보았다는 거 였다.

"시간도 대충 그 시간인 것 같던데… 왜 이상한 거 찍혔다고 한 시간 있잖아. 그 부근이라고 하는 것 같더라고."

혁민은 다급하게 그 사람의 연락처를 물었다. 만약 그 사람 이 정말로 그 시간에 누군가가 거길 들어가는 걸 봤다면, 엄청 나게 중요한 목격자인 셈이다. 한성철 말고도 용의자가 있다 는 거니까.

"내가 어디다가 적어뒀는데……."

건물 주인은 나이가 많아서 핸드폰에 저장하기보다는 수첩 같은 데 전화번호를 일일이 적어두고 있었다. 그는 잠시 수첩을 뒤적이더니 번호를 보여주었다. 혁민은 바로 전화를 걸었는데, 일이 있는지 전화를 받지 않았다.

"집에는 보통 언제쯤 오나요?"

"시간이 대중없는데, 대부분 밤에 좀 늦게 오지. 아니면 아예 새벽같이 들어오든가."

혁민은 일단 문자를 남기고 그 사람을 기다렸다. 그가 목격한 게 사실이라면 판결에 중대한 영향을 줄 수 있을 것이다. 하지만 아직 안심할 수는 없었다. 이미 상당한 시간이 흐른 후의 기억이었으니까.

"그러면 그 친구가 무죄라는 게 밝혀지는 건가? 나도 그 친구 아는데 그럴 젊은이 같지는 않았거든. 내 컴퓨터도 고치러 왔었는데 사람이 아주 괜찮더라니까."

"그러면 좋겠는데 아직은 알 수 없죠. 이게 간혹가다가 날짜와 시간을 착각하는 경우도 있거든요."

전에도 그런 경우가 있었다. 기껏 목격자를 찾았다고 했는데, 기억이 정확하지 않았던 경우가. 그리고 정확하지도 않으면서 목격했다고 주장한 이유가 무언가 주목을 받고 싶어서였다. 정말 허탈한 일이었다.

혁민은 계속해서 기다렸다. 하지만 밤이 깊도록 별 연락이 오지도 않았고, 목격자가 집에 들어오지도 않았다. 혁민은 무작정 기다리고 있다가 혹시나 다른 정보가 있을까 싶어서 건물 주인과 이야기를 나누었다. 그리고 시간이 자정이 거의 다 된 시각이었다.

"가만, 저기 오는 것 같은데?"

건물 옥상에서 담배를 피우면서 거리를 내려다보던 주인이 한 남자를 가리키면서 이야기했다. 그리고 그 남자는 곧장 건물로 걸어왔다.

"맞는 것 같다. 맞아, 맞아. 203호 청년이야."

혁민은 재빨리 뛰어서 아래로 내려갔다. 쿵쾅거리는 발소리를 내면서 계단을 서너 개씩 건너뛰면서 내려갔는데, 2층으로 가니 그 남자가 막 문을 열고 들어가려던 참이었다.

"저기요."

혁민은 숨을 헐떡이면서 그를 불렀다.

사정을 이야기하고 혁민은 방 안으로 들어가서 이야기를 나누었다. 혁민이 방에 들어가서 느낀 점은 남자가 사는 방 같지 않게 무척 깔끔하고 정리정돈이 잘되어 있다는 거였다.

"그날 옆 건물에 누가 들어가는 걸 보셨다던데……."

"예. 옥상에서 내려오다가 봤거든요. 그런데 자세하게 보지는 못했습니다."

하지만 그는 분명히 어떤 남자가 그 안으로 들어가는 걸 봤다고 했다.

"그러니까 누군가가 건물 안으로 들어가는 걸 보기는 보신 거군요."

그게 중요했다. 그리고 그는 목격한 시각이 오후 4시 언저리였다고 했다. 한성철이 밖으로 나온 시간이 오후 3시 53분이니 그 직후에 들어갔다고 볼 수 있는 상황. 게다가 이 건물의 CCTV에 이상한 게 찍힌 그 시각도 그 정도였다.

"예. 자세히 본 건 아닌데 안으로 들어가는 건 확실하게 봤습니다."

"조금 더 자세하게 이야기를 해주시죠. 기억나시는 건 전부 다요."

자세하게 못 보았다고 했지만, 그는 제법 소상하게 당시를 기억하고 있었다.

"평소에 사람들이 거의 다니지 않는 길이거든요. 게다가 건물로 들어가기 전에 주변을 두리번거렸거든요. 그래서 그냥 좀 이상하다고 생각했죠."

하지만 워낙 순식간에 본 터라서 얼굴은 기억이 나지 않는다고 했다.

"유심히 살폈으면야 생각나는 게 있었겠지만, 설마하니 그런 일이 있으리라고 생각이나 했겠습니까."

30대 초반, 혁민과 거의 비슷한 나이로 보이는 그 남자는 아쉽다는 듯 이야기했다.

"키도 별로 크지 않고 몸집도 마찬가지인 것 같았어요. 건장하다는 느낌보다는 남자치고는 약간 왜소하다는 그런 느낌이었으니까. 그리고 뭘 들고 있었는데, 그게 뭔지는 모르겠습니다. 하지만 손에 뭘 들고 있었던 건 확실해요."

이 정도면 대박이었다. 목격자의 증언이 구체적이면 구체적일수록 신뢰도는 높아진다.

"오래전 기억인데 그런 걸 다 기억하고 있으시다는 게 신기할 정도네요. 제 입장에서는 정말 다행이지만 말입니다."

혁민은 조심스럽게 질문을 했다. 중요한 건 이 사실을 법정에서 증언할 수 있느냐는 거니까.

"혹시 그날 보신 거에 대해서 증언을 해주실 수 있으십니까?"

"그러죠. 어려운 일도 아닌데요. 언제인지 알려주시면 증언하겠습니다."

남자는 별일 아니라는 듯 쿨하게 대답했다. 혁민은 정말 다행이라고 생각했다. 이 정도로 협조적이면 정말 다행스러운 일이다. 귀찮다는 이유로, 혹은 혹시라도 해코지를 당할까 봐 비협조적으로 나오는 사람도 많았으니까.

'하아, 정말 다행이야. 이제 뭔가 풀리기 시작하는 것 같은데?'

그렇게 새로운 목격자를 증인으로 확보한 혁민은 다른 증거들을 모으면서 2차 공판을 준비했다.

그리고 시작된 2차 공판.

"그냥 자연스럽게 대답하시면 됩니다. 분위기상 그러기가 쉽지는 않겠지만 말이죠."

혁민은 법정에 들어가기 전에 목격자의 긴장을 풀어주기 위해서 농담을 던졌다. 하지만 남자는 특별히 긴장한 것처럼 보이지는 않았다. 오히려 가벼운 농담으로 맞받아쳤다.

"변호사님은 패션 감각은 없으신 것 같네요. 넥타이 좀 바꾸세요. 회색 양복에 짙은 감색 넥타이를 하니까 너무 칙칙해 보이는 것 같습니다. 그리고 그 이상한 꽃무늬 같은 건 뭡니까?"

"그런가요? 제가 이런 건 신경을 거의 쓰지 않아서……."

혁민은 그냥 대충 괜찮다 싶은 걸 걸치고 나왔는데, 정말로 그렇게 칙칙해 보이느냐고 물었다. 남자는 약간 그렇다고 대답했고.

"아직 결혼 안 하셨나 보네요. 애인도 없으시죠?"

"뭐… 그렇죠… 그래도 긴장하지 않으신 걸 보니 마음이 놓입니다."

바짝 긴장하면 생각이 잘 나지 않는다. 그래서 답변할 때 실수를 하는 증인도 있다. 그러면 증언에 신빙성이 떨어진다고 판사가 받아들일 수도 있어서 신경을 쓴 거였는데, 남자의 상태를 보니 그런 걱정은 하지 않아도 될 듯했다.

법정에 들어서면서 혁민은 목격자의 말이 생각나서 검사의 넥타이를 보았다. 정열적인 붉은색에 얇은 줄이 있는 넥타이였다.

'검사복하고도 잘 어울리는데?'

혁민은 그런 부분도 신경을 좀 써야겠다고 생각하면서 자리로 가서 앉았다. 그리고 잠시 후 판사들이 들어오면서 2차 공판이 시작되었다.

혁민이나 검사나 가장 신경을 쓴 건 바로 목격자에 대한 신문이었다. 혁민은 어떻게든 또 다른 용의자가 있다는 사실을 주장하려 했고, 검사는 목격자의 진술이 신빙성이 없다는 쪽으로 몰고 가려고 했다.

혁민은 한성철이 건물에서 나온 직후 다른 인물이 뒷문을 통해 건물로 들어갔다는 사실, 그리고 무언가를 들고 있었으며 건물 안으로 들어가기 전에 주변을 살폈다는 사실을 확인했다.

그리고 검사는 그 사실에 의문을 제기했다.

"증인이 목격한 게 지금으로부터 석 달 정도 전이죠?"

"그렇습니다."

"그런데 그렇게 자세하게 기억하는 게 가능합니까? 바로 어제 일도 잘 생각나지 않는 경우도 많은데 말입니다."

하지만 목격자는 아주 침착하게 대답했다.

"다음 날 사건이 일어난 걸 알지 못했다면 기억하지 못했을 겁니다."

목격자는 워낙 충격적인 사건이 일어나서 전날 보았던 게 강하게 기억에 남았다고 했다.

"아! 제 블로그에도 기록이 남아 있네요. 제가 사건이 일어났다는 걸 듣고는 어제 이상한 걸 봤다는 걸 적어놓았거든요."

검사는 살짝 당황한 기색을 보였다. 목격자가 너무나도 침착하고 자세하게 증언을 했기 때문이었다.

"사람이 스쳐 지나가는 사람을 모두 기억할 수는 없습니다. 증인도 그 사람을 얼핏 보았다고 했는데, 그렇다면 그의 체격이나 무얼 들고 있었다는 것까지 기억한다는 건 이상하지 않습니까?"

"만약 그가 이상한 행동을 하지 않았다면 그랬을 겁니다. 하지만 그 길은 사람들이 거의 다니지 않는 길이라서 누군가가 거기에 있다는 게 이상하게 보였고, 건물에 들어가기 전에 주변을 살피기 위해서 두리번거렸습니다. 그래서 인상에 남았습니다."

혁민은 박수라도 치고 싶은 심정이었다. 자신이 본 증인 중에서 손가락 안에 꼽을 만큼 훌륭한 증인이었다. 말하는 게 조리가 있었고, 듣고 있으면 믿음이 갔다. 오히려 검사가 더 당황한 듯 보였다.

다른 증인들에 대한 신문도 있었지만, 목격자의 진술에 힘이 실리는 분위기였다. 만약 증언이 사실이라면 여러 정황으로 볼 때 확실히 의심스러웠으니까.

사람들의 눈을 피해 뒷문으로, 그것도 한성철이 나온 직후에 건물로 들어간 남자가 있다면, 그 역시 용의자로 생각할 수 있었다. 게다가 한성철이 계속해서 주장하는 상황과도 맞아떨어졌고.

그리고 3차 공판은 보름 정도 후에 열리는 것으로 일정이 잡혔다. 혁민은 이 사건을 맡고 나서 처음으로 조금 편안한 마음이 되었다. 피고인인 한성철이나 그의 형 한윤철도 마찬가지였는지 표정에 안도하는 기색이 보였다.

　　　　＊　　　＊　　　＊

　　검사는 방에 돌아와서는 거칠게 서류를 집어 던지면서 짜증을 냈다.

　　"아니 어디서 갑자기 저런 목격자를 구한 거야?"

　　"왜? 무슨 일 있어?"

　　동료 검사가 소리를 들었는지 문을 빼꼼 열고는 물었다.

　　"야. 너 잠깐만."

　　검사는 동료를 부르더니 질문을 던졌다.

　　"너 석 달 전에 있었던 일 기억할 수 있어?"

　　"석 달 전? 야, 며칠 전에 있었던 것도 기억이 안 나는데 무슨……."

　　둘은 인간의 기억력을 주제로 잠시 이야기를 나누었는데, 석 달 전에 있었던 일을 그렇게 자세하게 기억한다는 건 석연치 않다는 결론으로 이어졌다.

　　"그렇지? 이거 아무래도 이상하단 말이야……."

　　"뭐 증인을 사서 물타기를 하는 걸 수도 있고. 어차피 위증은 입증하기도 쉽지 않으니까."

　　특별한 경우이긴 하지만, 증인을 만들어내는 경우도 있다. 검사는 그런 방향에 초점을 맞추고 조사를 해야겠다고 결심했다.

　　그리고 같은 시각, 혁민은 CCTV에 찍힌 영상을 보고 있었다. 핸드폰에 영상을 가지고 다니면서 틈만 나면 보고 있었는데, 도대체 무엇 때문에 그런 것인지 알 수가 없었다.

"물어봐도 오작동이나 렌즈 문제 같은 얘기만 하고 말이지……."

여러 곳에 문의를 해봤는데, 속 시원한 답변을 듣지는 못했다. 이 문제를 해결하려는 건 재판 때문에 그런 것도 있지만, 진범을 잡기 위함이기도 했다.

"쉽게 움직이지는 않을 겁니다."

배인수가 의견을 내놓았다.

"만약 진범이 있다면 공들여 한성철을 함정에 빠뜨렸으니 지켜보고 있겠죠. 공연히 지금 움직여서 한성철이 진범이 아닐 수도 있다는 걸 확인시켜 줄 필요는 없으니까요."

게다가 이런 범죄자들은 범행하고 난 후에 일정 기간 휴지기를 가진다.

"사건을 보셔서 아시겠지만, 이 사건은 범행 동기가 없죠."

한성철과 피해자는 아는 사이가 아니었다. 그래서 검사는 강간한 후, 얼굴을 알고 있어서 살해했다고 주장하고 있었다. 혁민은 말도 안 되는 주장이라고 반박하고 있었고.

"이런 부류의 범죄자들은 준비를 철저하게 합니다. 정보를 수집하고 덫을 만들어서 피해자가 그 덫에 빠지게 합니다. 그리고 범행을 하죠."

배인수는 범행을 한 후에는 반드시 일정 기간 휴지기를 가진다는 게 일반적인 패턴이라고 했다.

"정확한 통계는 아니지만, 미국에서 활동 중인 연쇄살인범이 오천 명 정도라는 말도 있습니다."

"오천 명?"

혁민은 깜짝 놀라서 소리를 질렀다. 설마하니 그렇게 많을 줄은 상상도 하지 못했기 때문이었다. 연쇄살인범이 오천 명이나 돌아다닌다는 생각을 하니 소름이 저절로 돋았다.

"그래서 그런 범죄에 대응하기 위해서 프로파일링이나 연쇄살인 관련된 수사가 발달한 거죠. 하지만 한국에서는 무척이나 드뭅니다. 사건을 경험한 사람도 극소수이고, 수사 기법도 아직은 미흡한 점이 있죠."

그리고 그런 것보다 더 문제가 되는 건 사건이 일어나도 아예 연쇄살인이라고 인식을 하지 못한다는 점이다.

"하기야… 이번 사건도 연쇄살인이라고는 전혀 생각지도 못하는 것 같으니까."

"한국은 땅도 좁고 도서 국가나 다름없어서 범죄를 저지르고 도망가기가 어렵거든요. 그래서 지금까지는 연쇄살인과 같은 범죄가 거의 없었을 겁니다."

삼면이 바다인 데다가 북쪽으로도 막혀 있으니 사실상 섬이나 마찬가지라는 거였다. 혁민은 그런 생각을 지금까지는 해 보지 않았는데, 듣고 보니 그럴듯했다.

"한성철도 한성철이지만 이거 진범을 빨리 잡아야 다른 피해자가 나오지 않을 텐데……."

연쇄살인범이 어딘가에서 다른 목표를 노리고 있다는 생각을 하니 섬뜩했다. 그 목표가 자신이 아는 사람이 될 수도 있는 일 아닌가. 혁민은 재판에서도 이기고 진범을 잡기 위해서 단서를 더 찾아야겠다고 생각했다.

하지만 보름이라는 시간은 빨리 흘렀다. 별다른 단서를 찾지 못한 채, 3차 공판이 시작되었다.

"증인은 건물에 들어간 남자의 체격이 왜소한 편이라고 이야기했습니다. 맞습니까?"

"예. 그렇습니다."

검사는 목격자의 증언에 문제가 있다는 걸 증명하기 위해서 계속해서 질문을 던졌다.

"증인은 옥상에서 내려오다가 창문을 통해서 그 광경을 봤다고 했죠?"

"예. 그렇습니다."

"4층이었나요? 아니면 3층이었나요?"

"3층에서 2층으로 내려오는 곳에 있는 창문이었습니다."

"그러면 상당히 위에서 내려다본 거네요. 그 정도면 옆에서 볼 때와는 느낌이 많이 다를 것 같은데요. 그런데 그런 각도에서 체격이 어떤지 판별을 할 수가 있습니까?"

목격자는 잠시 생각하더니 대답했다.

"옆에서 볼 때만큼 정확하지는 않겠지만, 가능하다고 생각합니다."

"뭐, 체격이야 그럴 수 있다고 칩시다. 키가 170 정도 되는 것 같다고 하셨죠?"

혁민은 검사가 준비를 단단히 해서 나온 것 같다고 생각했다. 당연한 일 아니겠는가. 한성철이 범인이라는 게 확실해지려면 또 다른 용의자 같은 건 없어야 하니까. 그러려면 목격자 증언을 신뢰할 수 없다고 몰아가야 한다.

"위에서 바라보고서 어떻게 키를 알 수가 있죠? 그리고 그 사람이 남자라는 건 어떻게 확신할 수 있습니까?"

"키는 얼추 짐작한 겁니다. 그리고 남자라는 건 체형과 얼굴을 보고 그렇게 생각했습니다."

"얼굴이요? 얼굴은 기억이 나지 않는다고 하지 않았던가요?"

검사가 강하게 압박하자 목격자는 생각이 많아지고 답변하는 게 느려졌다.

"어떻게 생겼는지는 잘 기억이 나지 않지만, 남자 얼굴이라는 정도는 기억이 납니다."

"얼굴이 기억나지 않는데 어떻게 성별을 알 수 있습니까? 혹시 성별을 착각한 건 아닐까요? 그럴 가능성은 없습니까?"

검사의 질문에 목격자는 곤혹스러운 표정이 되었다. 그런 식으로 강하게 검사가 몰아붙이는 동안 혁민은 같이 온 성만에게 무언가를 속삭였다. 그리고 검사가 자리로 들어가자 혁민이 나섰다.

"증인은 기억력이 좋은 편이라고 했죠?"

"예. 기억력은 꽤 좋은 편입니다."

"잠시 저쪽 문을 봐주시기 바랍니다."

혁민은 법정으로 들어오는 문을 가리켰다. 모든 사람의 시선이 문으로 쏠렸는데, 그 문이 열리더니 어떤 사람이 살짝 보였다가 바로 문이 닫혔다. 성만이 대기하고 있다가 신호를 받고는 아주 빠르게 문을 열었다가 닫은 것이다.

"증인은 지금 문밖에 서 있던 사람의 얼굴이 기억납니까?"

"예? 아니요. 너무 얼핏 보여서……."

"그러면 그 사람이 남자인지 여자인지는 알 수 있었습니까?"

"예. 남자였습니다."

문이 열리고 성만이 어떤 남자와 함께 들어왔다. 법정에 오오 하는 소리가 낮게 퍼졌다.

"증인은 당시 그 사람이 건물 뒷문을 향해 움직이고 주변을 두리번거리다가 들어가는 걸 보았습니다. 지금처럼 아주 잠깐 본 것도 아니라 상당한 시간 동안 보았다는 게 됩니다. 그런데 그 사람의 성별을 알고 있는 게 그렇게 이상한가요?"

혁민의 말에 검사의 표정이 좋지 않게 변했다.

목격자의 증인신문은 무척이나 편했다. 차분하고 말솜씨도 좋은 데다가 기억도 아주 확실했으니까.

'기억이 왔다 갔다 하면 아주 골치 아픈데 그런 게 없으니까 편하네.'

사람의 기억력이라는 게 시간이 갈수록 희미해진다. 그래서 공판이 계속되다 보면 증인의 기억이 가물가물해지는 경우가 있다. 그러면 전에 했던 증언과 조금 다른 말을 하는 경우도 있는데, 그렇게 되면 검사가 바로 물고 늘어진다.

'증언에 신빙성이 없다면서 말이지.'

하지만 지금까지는 목격자의 증언은 일관되었다. 처음 혁민이 들은 말과도 정확하게 일치했다. 당연히 목격자의 증언을 재판부도 인정하는 듯 보였다. 하지만 거기에서 포기할 수는 없는 검사는 여전히 허점을 찾으려고 애썼다.

검사는 오히려 증언이 너무 구체적이고 일관되다는 점을 이상하게 생각하고 있었다. 인간의 기억력은 그렇지 않다고 생각했으니까. 그래서 혁민이나 한성철에게 매수된 사람일 수도 있다고 생각하고 있었다.

"증인은 그 광경을 목격하고 다음 날 사건에 관해 듣고서 블로그에 글을 남겼다고 했습니다. 맞지요?"

"예. 그렇습니다."

검사는 프린트된 종이를 들고 읽었다.

"'어제 건물 뒤쪽으로 들어가는 사람을 보았다. 두리번거리다가 들어가는 게 조금 수상해 보였는데, 설마 그 사람이 범인?' 이 내용이군요. 맞습니까?"

"예."

"그런데 말입니다, 이 내용은 사건이 일어난 다음 날 오후에 작성된 글이군요. 그러니까 목격을 한 날 다음 날이지요?"

"그렇습니다."

"그렇다면… 이 글이 목격했다는 걸 증명한다고 보기에는 조금 무리가 아닐까요? 만약 사건이 알려지기 전에 이 글을 썼다면야 당연히 신빙성이 있다고 보겠지만 말입니다. 사건이 알려지고 나서 자신이 본 장면을 착각했거나, 아니면 과장 왜곡되었을 가능성도 있는 것 아닙니까?"

그러면서 검사는 키나 체형, 그리고 무언가 들고 있었다는 구체적인 내용은 블로그에 없다는 점을 들었다. 성별도 남자가 아닌 사람이라고 적은 것도 포함해서.

"진술은 구체적인 데 반해 블로그에 적힌 글은 아주 단편적이고 짧습니다. 혹시 구체적인 부분은 나중에 상상력에 의해 만들어진 내용이 아닙니까?"

목격자는 어이가 없는지 헛웃음을 지었다.

"아닙니다. 원래 블로그에는 그냥 간단하게 메모하듯이 적어서 그렇습니다. 제가 본 건 이미 말한 내용과 같습니다."

하지만 검사는 계속해서 의문점이 있다는 걸 강조하다가 들어갔다. 그러자 혁민이 일어서서 반대신문을 진행했다.

"증인. 블로그에 일기처럼 작성을 한 것이 4년 정도 되었죠?"

"예. 그 정도 되었습니다."

"제가 내용을 잠깐 읽어보겠습니다. '집에 오는 길에 편의점 앞에서 남녀가 다투는 걸 보았다. 연인 사이 같은데 왜 저러는지……. 저녁에 회사 근처에서 식사를 하는데 여자아이들이 건물 앞에서 서성거리는 게 보였다. 알고 보니 지하에 작은 연예기획사가 있었다.'"

혁민은 그런 식으로 간략하게 블로그에 적힌 내용을 몇 개 읽었다.

"보시면 아시겠지만, 증인은 아주 간략하게 메모하듯 그날 있었던 일을 적어놓았습니다. 개중에는 조금 자세하고 긴 내용도 있지만, 그건 대부분 본인과 직접 관계가 있는 일들입니다. 아무래도 자신과 상관이 있는 일은 자세하게 적게 마련이겠죠."

하지만 그 외의 일들은 대부분 비슷했다. 짧고 간략하고. 하기야 주변에서 일어나는 일을 누가 시시콜콜 자세하게 적겠는가. 그냥 인상에 남는 일 정도를 간략하게 언급하는 정도일 것이다.

혁민은 오히려 남자가 그런 기록을 하는 게 신기했다. 하지만 그거야 뭐 개인의 취향이니 뭐라고 할 건 아니었다. 그리고 오히려 그런 것 때문에 도움을 받고 있기도 했고.

"이건 4년 전부터 계속되어 온 일종의 패턴이라고 볼 수 있습니다. 그렇다면 그날 적은 내용이 뭐가 이상한지 저는 모르겠군요."

혁민은 적절한 제스처와 말투로 법정 안에 있는 사람들의 눈과 귀를 사로잡았다. 엄청난 달변이라는 느낌은 아니었는데, 말하는 내용이 귀에 쏙쏙 들어왔고 쉽게 이해할 수 있었다.

방금 한 말만 해도 그렇다. 패턴이라고 볼 수 있다는 부분에서 일단 마무리를 하고는 몸을 돌리면서 '그렇다면' 이라는 말을 하면서 손짓을 해서 시선을 끌어모았다. 그러고는 양손을 들면서 말했다. 뭐가 이상하냐는 말투와 포즈로.

사람들은 증인이 그런 식으로 블로그에 적은 걸 아주 당연한 일로 받아들였다.

'보통내기가 아니라는 말은 많이 들었지만, 이 정도로 능수능란하리라고는…….'

검사는 마치 한 편의 연극이나 드라마를 보는 듯한 느낌마저 들었다. 아는 법조계 사람 중에 변호사가 정혁민이라는 말을 듣고는 안됐다는 표정으로 자신을 쳐다본 사람이 있었다. 그때는 몰랐다. 왜 그런 표정으로 자신을 보는지를.

하지만 이제는 정말 만만치 않은 상대라는 걸 확실하게 알수 있었다. 그렇다고 쉽게 물러설 수야 없는 일. 오히려 전의가 불타올랐다.

혁민이 한바탕 법정을 휘어잡고 나자 다시 검사가 자리에서 일어났다.

"증인. 증인은 남자가 건물로 들어가는 걸 목격한 날, 혹시 그날 있었던 다른 일 중에 기억나는 게 있습니까? 본인과 직접적인 연관이 있는 일 말고 그냥 보았거나 들었던 일 중에서요."

"다른 일이요? 음… 글쎄요. 기억나는 게 없는 것 같은데요?"

"그러면 그날 이후로는요? 그날 이후로 대략 일주일이나 보름 사이에 있었던 일 중에서 지금까지 기억에 남는 일이 있습니까?"

목격자는 골똘히 생각하다가 고개를 저었다.

"아니요. 기억에 남는 게 없는 것 같습니다."

그러자 검사는 바로 말을 이었다.

"그것참 이상하군요. 그렇다면 다른 건 다 기억이 나지 않는데, 유독 그 기억만 또렷하게 기억한다는 것 아닙니까."

"그렇습니다."

검사는 살짝 말이 엉켰다. 말을 하려는 순간에 증인이 의외의 대답을 했기 때문이었다. 하지만 헛기침을 몇 차례 하면서 다시 침착함을 되찾고는 말을 이어나갔다.

"어떻게 그럴 수가 있습니까? 사람의 기억력이라는 건 시간에 따라서 변하게 마련입니다. 본인은 정확하다고 생각할지 모르지만, 자신이 원하는 방향으로 확대 재생산되는 경우가 허다하죠. 증인은 보름 전에 변호사가 어떤 색 양복을 입었는지 기억이 나십니까? 구두는요?"

검사는 석 달이나 지난 기억이 과연 믿을 수 있는 것이냐면서 강하게 의문을 제기했다. 검사가 판사들을 보면서 강한 어조로 이야기할 때, 뒤쪽에서 증인의 목소리가 들렸다.

"회색 양복에 구두는 검정 구두를 신었습니다. 넥타이는 감색이었는데 약간 촌스러운 꽃무늬 같은 게 있었고요."

검사는 미간을 찡그리면서 뒤를 돌아 증인을 쳐다보았다. 그리고 판사들과 법정에 있는 모든 사람의 시선이 증인에게로 쏠렸다.

"검사님은 붉은색 넥타이를 매고 있었죠. 오늘 맨 것과는 조금 다르군요. 그때는 푸른색과 회색 줄이 있는 스트라이프였는데, 오늘은 같은 붉은색이지만 물방울무늬가 있네요."

검사는 할 말이 없었다. 정혁민 변호사가 그때 뭘 입었는지는 자신도 기억이 나지 않았다. 하지만 증인이 이야기한 자신의 넥타이는 정확했다. 전에는 스트라이프를, 지금은 물방울무늬를 매고 있었다.

사람들이 웅성거렸다. 증인의 말이 맞는지를 의견이 분분했다. 재판장도 궁금했는지 혁민과 검사에게 물었다.

"증인이 한 말이 맞습니까?"

혁민은 그렇다고 대답했고, 검사는 다른 생각을 하는지 대답하지 못했다. 그러자 재판장이 다시 한 번 답변을 재촉했다.

"검사. 증인의 말이 맞습니까?"

"예? 네, 맞기는 한데……."

임기응변도 정도가 있는 것이다. 이런 상황에서 뭐라고 할 수가 있겠는가. 증인의 기억을 문제 삼아 증언의 신빙성이 떨어진다는 이야기를 하려고 했는데, 검사의 머릿속은 지금 하얀 백지나 마찬가지였다.

검사는 머뭇거리다가 자리로 돌아갈 수밖에 없었고, 혁민은 아주 즐거운 마음으로 증인을 향해 걸어 나갔다.

"증인은 기억력이 무척 좋은 편이죠?"

"예. 그렇습니다."

"특히 인상적이거나 특별히 기억하고자 하는 그런 일이 있으면 다른 사람들보다 더 오래 자세하게 기억을 하는 편입니다. 맞습니까?"

"예. 맞습니다."

"전에 공판을 할 때 법정은 처음이라 무척 인상적이었다는 얘기를 하셨죠?"

"그렇습니다. 처음 겪는 일이다 보니 무척 인상적이었고, 그래서 더 자세하게 기억이 나는 것 같습니다."

그것으로 충분했다. 사실 몇 달 전의 기억이 또렷하다는 게 쉽게 믿어지지는 않는 일이다. 하지만 증인의 기억력이 좋아서 기억한다는데 어쩔 것인가.

"방금 들으셨겠지만, 증인은 그날의 일을 잘 기억하고 있습니다. 다음 날 충격적인 사건이 일어났기 때문에 그 기억이 아주 또렷하게 남아 있는 것입니다. 오래전 일인데 그럴 수가 있느냐며 의문을 갖는 분도 계신 것 같습니다. 하지만!!"

혁민은 주변을 돌아보면서 말했다.

"어쩌겠습니까. 증인의 기억력이 대단히 좋은데 말입니다."

약간은 장난스러운 표정으로 분위기를 밝게 한 혁민은 다시 강한 어조로 말을 이었다.

"그날!! 한 남자가 그 건물로 들어갔습니다. 사람들이 거의 다니지 않는 뒷문으로. 그것도 손에 무언가를 들고 말입니다!! 이것이 증인이 본 광경이고, 우리가 알아야 하는 진실입니다."

강약 조절. 계속해서 강하게 이야기하면 무엇이 중요한 말인지 듣는 사람이 잘 모를 수 있다. 혁민은 중요한 말을 하기전에는 일부러 약간 가벼운 말을 던져서 분위기를 편하게 만

들었다. 그리고 그런 상황에서 쐐기를 박아 넣는 것이다.

상대방에게 강한 인상을 남기려면 강약 조절은 필수다. 재판장도 무척이나 대화 스킬이 좋은 변호사라는 생각을 했다. 그리고 혁민도 혁민이지만 증인도 무척 흥미로운 사람이라는 생각을 했다. 그래서 증인에게 질문을 던졌다.

"증인. 혹시 이전 공판과 법정 안에 뭔가 달라진 점이 있습니까?"

재판장의 질문에 증인은 곧바로 대답했다.

"다른 건 잘 모르겠고, 오른쪽에 계신 판사분이 바뀌었다는 건 알겠습니다."

재판장은 고개를 끄덕였다. 증인이 일반인보다 관찰력이나 기억력이 뛰어나다는 게 확실해졌으니까.

판사 중에서 부득이하게 문제가 생기면 다른 판사가 대신 들어가는 경우가 있다. 판사 한 명이 문제가 있다고 두 명만 들어가서 재판을 진행할 수는 없지 않은가. 그런 경우를 몸배석이라고 한다.

몸만 가서 대신 앉아 있는 것이다. 그리고 저번 공판에서 증인이 가리킨 판사가 일이 있어서 다른 판사가 자리를 지키고 있었다.

"증인 내려가도 좋습니다."

재판장이 이야기했고, 잠시 후 공판이 마무리되었다.

*　　　*　　　*

검사는 전략을 완전히 바꾸었다. 증언의 신빙성을 문제 삼는 방향에서 설사 그런 일이 있었다고 하더라도 한성철이 범인일 가능성이 더 높다는 방향으로. 그 남자가 건물에 들어갔다고 쳐도 어디로 갔는지야 모르는 일 아닌가.

그러니 범행 현장에서 지문이 발견된 한성철이 범인이라고 검사는 주장했다. 그리고 한성철이 범행 현장에 있는 걸 보았다는 목격자와 이상한 소리를 들었다는 목격자를 연이어 소환했다.

"그래도 동생이 범인이 아닐 가능성이 있다는 건 인정이 되는 거 아닙니까?"

"그렇긴 합니다만……."

문제는 그 남자가 범행과 관련이 있다는 아무런 증거도 없다는 점이었다. 건물에 들어간 남자가 또 있으니 한성철이 범인이 아닐 수도 있지만, 그래도 의심을 완전히 벗기에는 많이 부족했다.

"피해자는 애인도 없었고, 전에 사귀었던 남자는 지방에 있어서 알리바이가 확실하고……."

한윤철은 도대체 모르겠다면서 중얼거렸다. 그는 건물에 들어간 남자가 피해자에게 원한이 있는 사람이라고 생각하는 모양이었다.

하지만 피해자와 애정 관계로 얽인 사람은 알리바이가 확실했고, 돈을 빌리거나 빌려준 일도 없었다. 원룸을 얻을 때 대출을 약간 받은 게 피해자가 지고 있는 빚 전부였다. 경찰도 당연히 그런 방향으로 수사했었다. 그게 살인 사건이 나면 가장 먼저 하는 거였으니까.

하지만 혁민은 범인은 그런 관계로 얽혀 있는 게 아니라고 생각하고 있었다. 치밀한 계획범죄. 한성철에게 모든 것을 덮어씌운 다음에 자신은 빠져나갈 수 있는 덫을 놓은 놈.

'가장 좋은 건 진범, 그놈을 잡는 건데……'

하지만 어쩌나 증거를 남기지 않고 자신을 잘 숨기는지 도무지 누구인지 알 수가 없었다. 게다가 장중범의 도움을 받으면 그나마 좀 나을 것 같은데 그마저도 불가능하게 되었으니 더욱 답답했다.

'내가 그동안 장중범이나 백 선생의 도움에 너무 많이 의지한 건가?'

물론 대부분은 직접 해결했고, 도움을 받은 일부 사건도 법적으로 완벽한 우위에 서게 하고서 상대를 압박했다. 그래도 둘의 도움이 컸다는 건 부인할 수 없는 사실이었다. 하지만 지금은 그런 도움을 기대할 수 없는 상황.

"그런데 그 위층 여자는 왜 그런답니까?"

위층 여자는 검사 측 증인이었는데, 피해자의 방 바로 위에 살았다. 그런데 그날 이상한 소리를 들었다는 거였다. 그것도 한성철이 방 안에 있었던 시각에.

"뭔가 착오가 있거나 다른 이유가 있는 거겠죠."

"그래도 그렇게 주장을 하는 바람에 분위기가 이상해진 것 같아서……."

혁민은 웃으면서 이야기했다.

"그런 건 저에게 맡겨주시면 됩니다. 그런 거 요리하는 건
제가 전문이니까요."

혁민은 자신 있다는 미소를 보였는데, 한윤철은 그 미소가
어쩐지 무척 사악하다는 느낌을 받았다.

*   *   *

혁민이 증거를 찾으면서 공판 준비를 하는 동안 배인수는
인터넷을 통해 무언가를 뒤지면서 어딘가를 계속 나갔다가 왔
다. 하지만 혁민은 거기에 신경을 쓰지 못했다. 워낙 바쁜 시
간을 보내고 있었으니까.

증거를 모으랴 공판 준비를 하랴. 정말 정신없이 바빴다. 하
지만 승리를 향해 조금씩 앞으로 나가는 느낌이 들어서 힘들
다는 생각은 들지 않았다.

"툭탁거리는 소리를 들었다. 그다음 무언가가 쿵 하는 소리를
들었다. 그런데 그 시각이 한성철이 있던 4시 이전이다, 이거지."

법조인들은 일반인하고 생각하는 방식 자체가 좀 다르다.
사건을 하나하나 전부 쪼개서 생각한다. 검찰 쪽이 내세운 새
로운 증인. 위층에 사는 여자가 이야기한 것을 혁민은 전부 쪼
개서 쭉 살폈다.

그런데 혁민이 보기에는 허점이 많은 증언이었다. 그래서

다음 공판에서 그 부분을 집중적으로 캐물어서 증언의 신뢰도가 떨어진다는 걸 밝혀낼 생각이었다.

"언뜻 들어보면 그럴듯해 보이기는 하지만, 분명히 문제가 있는데……."

그런데 좀 이상하다는 생각도 들었다. 혁민은 검사도 이런 정도는 알 텐데 왜 증인으로 불렀는지 이해가 되지 않았다.

"뭐야, 검사도 시간을 끄는 건가?"

그렇게밖에 생각할 수 없었다. 사실 유력한 용의자가 있을 수도 있다는 점은 검사에게 무척 부담이기는 했다. 여기서 그 남자가 범인일 수도 있다는 증거가 하나만 더 나와도 한성철이 유죄를 받는 일은 없을 것이다. 한성철을 범인이라고 단정하기 어렵게 되니까.

그래서 혹시 그 부분의 증거나 다른 내용을 보강하기 위해서 시간을 끄는 게 아닌가 하는 생각이 들었다.

"하기야 검사도 정말 일이 많기는 하지."

대한민국의 검사는 아마도 세계에서 가장 권한이 강력한 검사일 것이다. 수사권은 검사에게만 있다. 구속을 청구할 수 있는 것도 검사가 유일하다. 변사체나 증거를 처리하는 것도 전부 검사의 재가가 떨어져야 할 수 있다.

검사가 허락하지 않으면 할 수 있는 게 별로 없다. 그만큼 엄청난 권력을 가지고 있는 것이다. 그런데 아이러니하게도 권력을 가지고 있는 대신 일도 그만큼 많아졌다.

그래서 검사들은 매일 밤늦게까지 일처리에 골머리를 앓고 있는데, 그런 상황은 앞으로도 계속될 것이다. 윗선에서는 절대로 권력을 내놓으려 하지 않고 있으니까.

"예, 어쩐 일로… 네…….."

혁민은 갑자기 걸려온 전화를 받았는데, 전화를 건 사람은 목격자였다. IQ 160에 비상한 기억력을 가진 두뇌의 소유자.

알고 보니 그는 몇 년 전 미국에 있을 때 포커 플레이어로 활동하기도 했었다. 한국에서야 그런 사람을 도박꾼이라고 무시하지만, 외국에서는 포커를 두뇌 스포츠로 인정하고 있다.

그리고 어마어마한 상금이 걸린 대회가 일 년 내내 열리고 ESPN을 통해서 중계방송까지 된다. 큰 대회는 우승 상금이 500만 달러가 되는 대회도 있을 정도였다.

"외국에 나가신다고요?"

그런 사실을 알고 나니 기억력과 암기력이 뛰어난 게 이해가 되었다. 물론 지금은 다 접고 한국에 돌아와서 개인 사업을 하고 있지만. 그런데 일 때문에 조만간 외국에 나가야 할 일이 있다고 했다.

"개인 업무 때문이면 어쩔 수가 없죠. 그동안 증언을 잘해주셔서 큰 문제는 없을 것 같습니다. 예… 뭐 계속 외국에 머무는 것도 아니고 들어올 거라고 하니까 별다른 문제는 없을 것 같네요."

혁민은 목격자를 다시 증인으로 부를 일도 아마 없을 것이라고 생각해서 그렇게 대답했다. 그리고 목격자와 통화를 마치자마자 바로 배인수가 노크를 하고는 방에 들어왔다.

"어떻게 된 건지 알 것 같습니다."

"예? 뭐가요?"

배인수는 희미하고 웃고 있었는데, CCTV 화면이 왜 그렇게 되었는지 알 것 같다고 말했다. 혁민도 궁금했던 터라 배인수가 이끄는 대로 밖으로 나갔다. 그리고 건물에서 복사한 CCTV 영상과는 다른 CCTV 영상을 보았다.

"어? 이거… 아주 비슷하네요?"

영상에는 건물에서 본 것 같이 희끄무레한 무언가가 휙 지나가는 그런 장면이 나오고 있었다. 혁민은 어떻게 된 것이냐는 표정으로 배인수를 쳐다보았는데, 그는 슬며시 웃더니 갑자기 우산을 꺼냈다.

그런데 일반적인 우산과는 조금 달랐다. 우산의 겉에 쿠킹 포일이 붙어 있었으니까. 그래서 무척이나 번득이고 있었다.

"여러 군데 알아보다 어떻게 된 것인가 찾았습니다."

"아. 이걸 이렇게 하고 지나가면 CCTV에 그렇게 나오나 보죠?"

"예. 외국에서도 이런 사례가 있더군요."

쿠킹 포일에 빛이 반사되어 마치 영상에 문제가 있는 것같이 보였던 것이다. 혁민은 정말 희한한 방법도 있구나 싶었다. 얼굴을 가리는 방법은 많지만, 이런 식은 처음 보는 거였다. 하지만 분명한 장점이 있는 방법이었다.

"이런 식이면 사람이 지나갔다고 생각하지 못할 수도 있겠어요."

"그걸 노리고 이렇게 하는 거겠죠. 그런 식으로 오해하게 되면 자신이 잡힐 확률이 그만큼 낮아지니까요."

혁민은 쾌재를 불렀다. 이 정도면 충분히 의심이 가는 상황 아닌가. 그냥 누군가가 건물 안으로 들어갔다는 것과는 차원이 다른 문제였다. 이런 식으로 사람들의 시선을 속이면서 움직였다는 건 무언가 켕기는 게 있다는 거니까.

어떤 사람이 그런 걸 사용해서 자신이 움직이는 걸 들키지 않고 움직이겠는가. 분명히 범죄와 관련 있는 사람일 것이다. 그렇다면 한성철이 아닌 유력한 용의자가 한 명 더 있다고 생각할 수 있다.

"이거면 재판에서 이길 확률이 훨씬 높아지겠는데요? 이제는 한성철이 유죄라고 말하기가 더 어렵겠어요."

혁민은 이 정도면 확실하게 유리한 고지를 점령한 것이라고 생각했다.

* * *

한성철의 사건에 시간을 쏟은 만큼 다른 재판에 할애할 시간은 줄어들었다. 하지만 다른 소송도 소홀히 할 수는 없는 일.

"아. 정말 피곤하네⋯⋯."

혁민은 그래도 회귀하기 전보다는 많이 나아졌다고 생각했다. 생각해 보면 그때는 정말 미숙하고 서툴렀었던 것 같았다.

그리고 그렇게 된 데에는 포텐이 늦게 터진 탓도 있었다.

'포텐이 터질 거면 빨리 좀 터지지. 나이 마흔이 되어서 터지다니.'

혁민은 피식 웃었다. 회귀하기 전, 법대를 다닐 때 리걸 마인드가 지금처럼 좋았다면 단번에 사법시험에 붙었을 수도 있었을 테니까. 그리고 전혀 다른 삶을 살았을 것이고.

"다 지나고 나면 이런저런 생각이 드는 거지 뭐. 그래도 이런 기회를 갖게 된 게 어디냐."

지금은 충분히 만족스러운 삶을 살아가고 있었다. 자신의 능력도 마음껏 펼치고, 대부분의 일이 자신이 원하는 대로 되어가고 있었으니까. 정말 이런 삶이라면 얼마든지 살아볼 만하다는 생각이 들었다.

그런 생각을 하고 있는데 사무장인 오성만이 곧바로 안으로 들어왔다. 그리고 우려 섞인 말을 건넸다.

"이번에 맡은 사건 있잖아. 그 사장이라는 사람은 바지야. 실제 소유주는 다른 사람인데 아주 악질이더라고. 게다가 한두 번 해본 솜씨가 아닌 것 같던데? 쉽지 않을 거야."

사무장 오성만의 이야기에 혁민은 피식 웃었다.

"쉬운 일은 재미없잖아. 어떤 식으로 할 건지 디자인 다 해놨으니까 걱정하지 않아도 돼."

"하기야 우리 정 변호사 솜씨야 알아줘야지."

정혁민은 자신감이 철철 넘치는 투로 말했고, 그 말을 들은 오성만은 고개를 끄덕였다. 혁민이 맡은 이상 어물쩍 넘어가는 일은 있을 수 없다는 걸 알고 있었으니까. 성만은 잠시 웃다가 손에 들고 있는 서류를 넘기면서 이야기를 했다.

"오늘 2시에 상담이 잡혀 있는 거 알지? 4시까지는 법원에 가야 하고……."

"하아~ 이거 이러다가 과로로 쓰러지는 거 아닌지 모르겠네. 그래도 한성철 사건이 조금 풀려가니까……."

"그래? 다행이기는 하네. 그런데 그것도 그거지만 음… 어디 보자… 그래, 이거. 박민수 건도 급하지 않아?"

"아, 그 깡치 사건."

깡치 사건이란 양측의 주장이 첨예하게 대립해서 검토해야 할 자료도 어마어마하고 처리하기도 쉽지 않은 사건을 일컫는 말이다. 혁민은 처음 그 사건을 맡았을 때의 암담했던 생각이 떠올랐다.

"그거는 괜찮을 거야. 내가 정리 다 해놨거든. 납품하기 힘들거니까 우리가 손 좀 덜어줘야지. 그거 담당이 이채민 판사지?"

"어. 주심 판사가 이채민이야."

법원에서 주심 판사가 판결서를 작성해서 부장판사에게 보내는 걸 납품한다고 한다. 혁민은 그 사건에 대한 정리가 거의 끝난 상태였다. 상대가 쟁점으로 들고 나온 부분도 모두 법리적으로 깔끔하게 정리를 했으니 재판부에서도 자신의 손을 들어줄 확률이 높았다.

"그래도 다행이야. 채민이가 맡은 거면 제대로 처리하겠지. 이게 판사 중에는 골치 아픈 사람도 있거든."

특히 고위직에 있는 판사를 만나서 이야기를 듣다 보면 얼마나 일반인과 거리감이 있는지 알게 된다.

"그런 판사들하고 얘기하다 보면 가장 많이 듣는 게 뭔지 알아?"

"글쎄? 법 해석하는 거? 아니면 판례 얘기?"

혁민은 웃으면서 말을 이었다.

"자기가 고등학교 때 1등 했다는 이야기를 가장 많이 들을 거야. 만나는 사람마다 그 이야기는 다 한다니까?"

그러면서 하는 말이 자기보다 공부를 못했던 친구. 그러니까 전교 2등이나 3등 했던 친구가 지금은 대기업 이사가 되어서 자신보다 몇십 배를 번다는 이야기를 한다. 그리고 그런 사실을 쉽게 받아들이지 못한다.

"그런 엘리트 판사들은 보통 자기가 공정한 판결을 내린다고 생각하거든. 그리고 법 해석도 올바르게 한다고 생각하고. 하지만 내가 보기에는 그런 엘리트 의식을 가지고 있는 사람들이 윗자리를 차지하고 있어서 문제가 있는 것 같아."

솔직한 이야기로 일반인이 생각하는 법 감정과 현실 사이에는 상당한 괴리감이 있다.

"저번에 기사 난 거 봤지? 가정폭력 때문에 시달리다가 남편이 자는 사이에 칼로 찌른 사건."

"아, 그거. 그것도 말이 좀 많았지."

혁민은 그 사건은 정당방위를 인정해 주어야 한다고 생각했다. 십여 년을 맞고 지내다가 정말 이렇게 살다가는 죽을 수도 있다는 생각에 그런 행동을 한 것인데 법원은 정당방위는 인정하지 않았다.

부인은 맞아서 기절해 있다가 깨어나서는 남편이 술에 취해 잠든 모습을 본 거였다. 그리고 공포감에 떨다가 자신도 모르게 칼을 들어 찔렀다고 했다.

"기존 법리에 문제가 있으면 그걸 보완하고 고쳐 나가야 하거든. 세상이 좀 빨리 변하느냐고. 그런데 그런 걸 따라가지 못하는 것 같아."

혁민은 안타깝다면서 한숨을 내쉬었다.

"그런 게 어디 한두 가진가."

칠판지우개로 사람을 때렸는데, 몽둥이를 들고 사람을 때린 것과 같은 형을 받는 게 현실이었다. 보통 사람이라면 누가 그걸 같다고 보겠는가. 그런 건 고쳐 나가야 했다. 하지만 그건 한둘의 의지나 행동으로 될 수 있는 게 아니었다.

*　　　*　　　*

"증인은 그날 아래층에서 이상한 소리를 들었다고 했죠?"

"예."

30대 중반의 여자는 그렇다고 대답했다. 짙은 화장을 하고 조금은 나이에 맞지 않는 옷을 입고 있었다. 마치 20대 중후반으로 보이고 싶어 하는 것 같았다. 의도는 의도일 뿐이었지만.

"네 시 조금 전이라고 하셨죠?"

"네."

여자는 뭐가 그렇게 기분이 좋은지 웃는 표정으로 주변에 있는 사람들을 계속해서 두리번거렸다.

"시간은 어떻게 아신 거죠?"

"핸드폰 시계를 봤으니까요."

혁민은 고개를 끄덕였다. 그러고는 다시 물었다.

"그렇군요. 아래층에서 어떤 소리가 났다고 하셨죠?"

"처음에는 쿵 소리가 났고 그다음에는 무언가 잡아끄는 소리? 뭐 그런 것도 나고 그랬어요."

혁민은 고개를 갸웃거리면서 물었다.

"보통 말입니다, 무언가 잡아끄는 소리 같은 건 위층에서는 잘 안 들리지 않나요? 그런 건 아래층에서 들리는 것 같은데요."

"예? 아니… 저는 들었는데……."

혁민은 손에 든 종이를 흔들면서 이야기했다.

"제가 그 건물에서 실험을 해봤습니다. 과연 아래층에서 나는 소리가 그렇게 잘 들리는지 말이죠."

혁민은 소리가 잘 들리지 않았다고 말했다.

"건물이 오래전에 지어졌는데 생각보다 방음이 괜찮더군요. 건물에 사는 다른 분들에게도 물어봤는데 다른 건 몰라도 방음에 불만이 있는 분은 없었습니다."

혁민은 실제로 실험을 한 내용을 여자 앞에 흔들었다.

"제가 그 방에서 양해를 구하고 실험을 한 거 알고 계시죠? 이게 그 내용입니다."

무언가를 끄는 소리 같은 건 거의 들리지 않았다. 그리고 그 날 있었던 일에 관한 다른 사람의 증언도 말했다.

"그날 증인이 있는 방 바로 위층에서 가구를 옮겼다고 하더군요. 혹시 그걸 아래층에서 들린 소리라고 착각한 건 아닙니까?"

"네? 저는… 그게… 아래층에서 난 소리라고 생각했는데……."

여자는 조금 당황해서 말을 더듬었다.

"그리고 가구를 옮긴 시간도 4시 반 정도였다고 했습니다."

혁민은 여자를 똑바로 보면서 물었다.

"정말 4시 이전에 아래층에서 난 소리를 들은 겁니까? 정말 그랬다면 엄청나게 큰 소리였을 것 같은데, 같은 시각 옆방에 있었던 사람은 아무 소리도 듣지 못했다고 했는데 말입니다. 정말 들은 게 맞습니까?"

여자는 안절부절못하다가 나지막한 소리로 중얼거리듯 말했다.

"잘 모르겠어요. 그렇게 들었다고 생각했는데……."

혁민은 거기서 멈추었다. 이 정도로 충분했으니까. 옆방에 있던 사람도 못 들은 소리를 그녀만 들었을 리는 없었다. 그리고 그 사실을 다른 사람도 충분히 알 수 있었다.

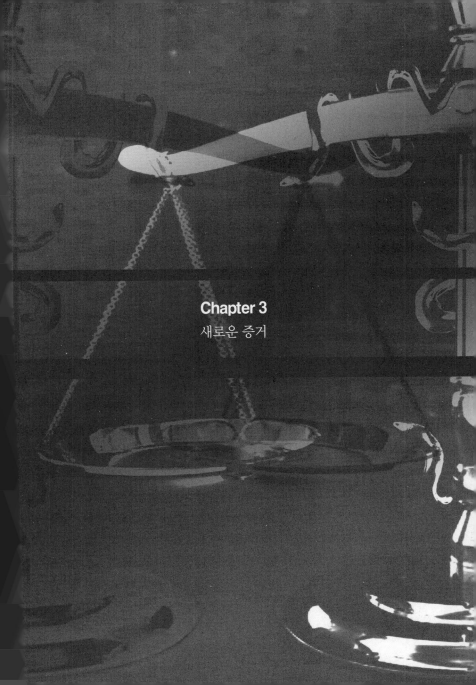

Chapter 3
새로운 증거

혁민은 CCTV의 자료를 추가로 제출했다. 그리고 내용을 확인한 검사는 무척이나 곤혹스러워졌다. 그래서 공판을 담당한 검사는 수사를 담당한 검사와 이야기를 나누었다.

"무슨 일이야? 증거라니? 그리고 뻔한 재판인데 왜 이렇게 헤매는 거야? 너답지 않게."

수사 검사는 문제가 될 게 도대체 뭐냐는 투로 물었다. 사실 그는 재판이 아주 수월하게 진행되리라 생각했었다. 그리고 아무런 문제도 없을 거라고 여겼고.

당연한 일이었다. 확실한 증거를 갖추어서 넘겨주었는데 무슨 일이 생기겠는가. 지문에다가 건물에 들어가고 나오는 CCTV 영상까지 확보해서 주었는데 재판이 말린다는 게 이해가 되지 않았던 것이다.

"그렇게 간단한 문제가 아니야."

공판 검사는 지금까지 진행된 내용을 간략하게 설명해 주었다. 그러자 수사 검사도 조금은 심각한 표정이 되었다. 자신이 생각했던 것과는 다른 방향으로 재판이 진행되고 있었으니까. 다른 방향 정도가 아니라 이제는 꽤 불리하다고 봐도 무방했다.

"그래? 정혁민… 그 친구 얘기는 나도 들은 적이 있지……."

수사 검사는 진행 상황을 살펴보더니 아주 피곤하게 된 것 같다고 말했다.

"CCTV에 찍힌 영상과 목격자의 증언으로 보면, 범죄의 의도를 가지고 건물 안으로 들어간 남자가 있다고 볼 수밖에 없겠네."

수사 검사는 일단 쿠킹 포일이 그런 효과가 있는지 몰랐다며 감탄했다. 그러면서 이런 게 범죄에 악용되면 문제가 될 수도 있다며 걱정스럽게 말했다.

"특별한 경우에 써먹을 수 있는 거겠지만, 분명히 문제가 될 만한 방법이야. 다른 거야 뭐라도 특징이 남으니까 어떻게든 추적을 할 테지만, 이건 아무것도 보이지가 않는 거잖아."

"그러니까. 가끔은 어떤 범죄자를 보면 천재가 아닌가 싶을 때가 있다니까? 어떻게 그렇게 창의적인 생각을 하는지. 그런 머리로 뭘 개발하든가 할 것이지 말이야."

하지만 아무 곳에서나 활용할 수 있는 방법은 아니었다. 사람들의 시선이 있는 곳에서 그런 걸 들고 다녔다가는 오히려 더 눈에 잘 뜨일 테니까.

"그건 그렇고. 확실히 수상한 놈인 건 맞네."

"뭐, 절도가 되었든 다른 게 되었든 범죄자인 건 확실하다고 봐야지."

세상에 어떤 사람이 CCTV에 찍히지 않기 위해서 우산에 쿠킹 포일을 씌우고 움직이겠는가. 분명히 범죄와 관련 있는 놈이었다. 그렇지 않으면 그렇게까지 자신의 정체를 드러내지 않으려고 하지는 않을 테니까.

"그런데 이 정도면 한성철을 유죄라고 하는 건 쉽지 않겠어. 저런 수상한 짓을 하고 움직인 놈이 있으니… 게다가 한성철이 줄곧 주장한 내용과도 맞아떨어지잖아."

한성철은 자신이 나올 때까지는 피해자는 멀쩡했다고 계속 주장해 왔다. 자신이 아니라 이후에 누군가가 범행을 저질렀다는 뜻이다. 하지만 건물에 들어간 사람이 없어서 그 주장은 받아들여지지 않았었다.

하지만 이제는 상황이 완전히 바뀌었다. 수사 검사는 혹시 한성철이 한 게 아닐 수도 있지 않으냐면서 의문을 제기했다.

"그거야 우리가 판단할 일이 아니지. 판단은 판사가 하는 거야. 죄가 있다는 걸 증명하기 위해서 최선을 다하는 게 우리 검사들이 할 일이지. 그리고 무죄라는 걸 증명하는 건 변호사가 할 일이고."

공판 검사는 본연의 업무에 충실하자면서 분위기를 환기했다.

"한성철의 범행을 입증할 방법부터 생각해 보자고. 이대로 가다가는 무죄로 풀려나게 생겼어. 어떻게 하면 입증을 할 수 있을까?"

"자백만 받았어도 이렇게까지 문제가 되지는 않는 건데……."

검찰에서는 자백을 증거의 왕이라고 부른다. 자백만 받으면 모든 게 끝이라는 생각을 하는 것이다. 그러니 어떻겠는가. 자백을 받아내기 위해서 수단과 방법을 가리지 않았다. 물리적인 힘을 포함한 수많은 방법이 동원되었다.

오죽 문제가 많았으면 아예 형사소송법에 자백이 유일한 증거일 때는 유죄의 증거로 쓸 수 없다는 조항까지 만들었겠는가.

"그러니까 조사할 때 좀 제대로 하지 그랬어?"

하지만 워낙 문제가 많아서 최근에는 폭력보다는 다른 방법을 사용한다. 검찰에서 조사할 때 피의자가 앉는 의자는 일반적인 의자와 조금 다른 경우가 있다. 앞으로 살짝 기울어져 있는 것이다.

딱딱하고 불편한 의자. 거기다가 수갑까지 차고 계속 앉아 있으면 아주 환장한다. 그런 것도 못 버티느냐고 말하는 사람이 있을 수도 있지만, 직접 당해보면 그런 소리 안 나온다. 이게 한두 시간은 상관없는데 대여섯 시간이 넘어가면 이야기가 달라진다.

"아니, 지문하고 다른 증거가 있으니 괜찮을 줄 알았지. 게

다가 독한 놈이더라고. 끝까지 꿈쩍도 하지 않았다니까."

수사 검사는 한성철을 조사할 때를 떠올리면서 말했다. 당시에 물도 상당히 많이 먹였었다. 강하게 압박을 하면 사람은 당황하게 되어 있다. 그러면 뇌가 자연스럽게 물과 당분을 원한다. 그래서 물을 많이 마시게 된다.

그런데 물을 많이 마셔서 방광이 긴장하게 되면 판단이 흐려진다. 이뇨 작용을 악용하는 건데 생각 외로 효과가 좋은 방법이다.

"그러니까 잘 꼬드겼어야지."

"이봐. 그 얘기는 그만하자고. 어차피 물 건너간 이야기니까."

사실 검찰이 마음만 먹으면 일반인은 당할 수밖에 없다. 예를 들어서 장난으로 위조지폐를 만든 사람이 있다고 치자. 정말 못된 장난이기는 하지만 그걸 술집에 가서 팁으로 뿌렸고, 그걸 받은 종업원이 화가 나서 신고를 했다.

그 사람은 술값은 제대로 냈고 팁을 가지고 장난을 친 거니까 문제가 없을 거라고 생각하고는 그런 짓을 한 거다. 누가 봐도 가짜 돈이라는 걸 알 수 있었으니까.

검찰에서는 조사할 때, '이거 어두운 데서 언뜻 보면 진짜 돈으로 오해할 수도 있잖아' 이런 식으로 슬쩍 물어본다. 그랬을 때 그럴 수도 있다는 식으로 대답하면 큰일 난다.

위조지폐의 요건은 남들이 보기에 오해할 만해야 한다는 거라고 법적으로 규정되어 있다. 쉽게 말해서 검찰은 그 요건을 충족시키는 대답을 듣기 위해서 함정을 판 거다. 오해할 수도 있다는 대답을 하게 되면 위조지폐를 만들었다고 자백하는 게 되는 거다.

검찰 수사가 그런 식이다. 법을 잘 모르는 사람은 아무것도 아니라고 생각하고 대답을 하고, 그것이 자백한 것이 되어서 재판을 받을 때 불리한 증거가 되는 것이다.

"그 자식 전에 조사를 받은 경험이 있으니까 그런 거라니까. 그런 쪽으로는 빠꼼이야."

공판 검사는 한성철이 아주 지능적이라고 말하면서 그래도 무언가 방법이 있을 거라고 말했다. 수사 검사는 사건을 다시 생각해 보자고 제안했다.

"한성철이 컴퓨터를 고치러 갔다. 그리고 피해자의 미모에 혹해서 강간을 했다."

"아니면 처음부터 의도하고 갔을 수도 있겠지. 그리고 자신의 얼굴을 보았으니 신고당할 걸 우려해서 살인을 했다."

"아니면 과정에서 어떤 다른 일이 있었는지도 모르지. 아무튼, 범인이라고 생각하고 떠올려 보자고. 그 안에서 뭘 했을지를 말이야. 범인이라면 그 안에서 도대체 뭘 했을까?"

둘은 범행 현장을 재구성했다. 그러다가 수사 검사가 무언가가 생각난 듯 미간을 찌푸리더니 말을 했다.

"가만. 보통 발발이들은 영상 같은 걸 남기지 않나?"

"영상? 음… 그렇지. 발발이들은 그게 전리품 같은 거니까."

성폭행범. 속칭 발발이들은 그 과정을 촬영하는 경우가 많다. 만약 이번 사건의 범인도 그런 영상을 찍었다면? 두 검사는 그런 영상이 남아 있다면 확실한 증거가 될 수 있다는 것에 생각이 닿았다.

"컴퓨터에는 아무것도 없었어. 집에도 없고, 핸드폰에도 없고……."

"그런 걸 사람들이 뻔히 알 수 있는 데다가 두지야 않았겠지. 안 그래? 머리가 잘 돌아가는 놈이니까 말이야."

"그렇겠지? 그러면 그걸 어디다가 뒀을까?"

둘은 곰곰이 생각하다가 가능성이 있는 걸 몇 가지 생각했다.

"지하철 같은 데 있는 사물함 어때?"

"사물함이라. 가능성이 있지. 그런데 수색을 했을 때 그거하고 관련이 있는 건 나오지 않았는데……."

"그걸 사람들 찾을 수 있는 데다 뒀을까. 어디 아주 구석에다가 숨겨놨을 테니까 다시 한 번 뒤져 보자고."

*　　　*　　　*

"참 멍청한 놈들이야. 밥상을 알아서 다 차려줘도 그걸 먹지를 못하네, 먹지를 못해."

남자치고는 키가 작은 편인 한 남자가 중얼거렸다. 그는 경찰이 지하철역에 있는 사물함을 열고 그 안에 있는 물건을 꺼내는 것을 아주 멀리서 보고 있었다. 남자는 계속해서 투덜거렸다.

"아니 좀 어려운 곳에 숨겼다고 그걸 못 찾으면 어쩌자는 거야?"

처음부터 열쇠는 그곳에 있었다. 남자가 미리 넣어놓았으니까. 하지만 경찰은 처음에는 열쇠를 찾지 못했다. 그래서 재판이 이상한 방향으로 흐른 거라고 남자는 생각했다. 그러니 당연히 짜증이 날 수밖에.

"애초부터 이걸 찾았으면 이렇게까지 헤매지 않아도 되는 거잖아. 멍청하게 대충 수사를 하고 대충 수색을 하니까 그 모양이지."

판을 잘 짜놓으면 뭐하겠는가. 그걸 움직이는 사람이 제대로 하지 못해서 엉망으로 만들어놓는데 말이다. 남자는 혀를 쯧쯧 하고 찼다. 그동안 계속 답답했기 때문에 그런 거였다.

"하지만 이제라도 안배를 해놓은 걸 찾았으니 다행이지. 그래도 아주 머저리들만 있는 건 아닌 모양이야. 큭큭큭."

남자는 마음에 쏙 들지는 않았지만, 그럭저럭 자신의 의도대로 충실하게 움직여 주는 인간들을 비웃으면서 비릿한 웃음을 지었다.

"그나저나 그 변호사 제법이던데… 설마하니 이번에도 빠져나가지는 못하겠지."

남자는 이대로 재판이 끝나기를 바라면서도 무언가 다른 일이 벌어졌으면 좋겠다는 아이러니한 감정을 느꼈다.

"아니야. 이쯤에서 마무리가 되는 게 좋아. 여기서 뭔가가 더 알려지면 위험할 수도 있으니까."

쾌락도 중요했지만, 안전도 그에 못지않게 중요했다. 겁이 나서 그런 게 아니었다. 자신이 잡히면 다시는 사건을 저지르면서 느끼는 쾌감을 맛볼 수 없기 때문이었다.

"그래, 빨리 가져가서 보여주라고. 그러면 모든 게 해결이 될 테니까."

남자는 경찰이 무언가를 들고 나가는 걸 보면서 중얼거렸다. 그러고는 씨익 웃었다. 아주 만족스럽다는 얼굴로. 그리고 그는 아주 여유롭게 지하철역을 빠져나갔다. 큼직한 가방을 메고서.

그리고 얼마 후, 그 소식은 혁민에게도 전해졌다. 혁민은 그 사실을 듣고서 충격에 빠졌다.

"무슨 소리야? 영상이라니."

피해자가 찍힌 영상이 발견되었다는 거였다. 영상이 발견된 장소는 지하철역에 있는 사물함이었는데, 열쇠는 한성철의 방에 있었다고 했다. 바로 화장실 변기 물통 속에서. 혁민은 상황을 알아보고는 바로 한성철을 만나러 갔다.

"예? 변기 물통 속이요? 거기다가 왜 뭘 숨겨요?"

한성철은 펄쩍 뛰었다. 자신은 절대로 그런 적이 없다면서.

"지하철 사물함 이용한 적은 있습니까?"

"아니요. 사물함을 이용할 일이 뭐가 있겠어요."

"지하철역은 간 적이 있죠?"

"아니, 지하철역을 안 가는 사람이 어디 있어요. 당연히 가죠. 사는 데서 가장 가까운 역이잖아요."

한성철은 말도 안 되는 일이라면서 억울하다고 했다.

"한성철 씨. 저에게만은 진실을 이야기해야 합니다. 확실하게 그거 한성철 씨 물건이 아니죠?"

"아니라니까요. 절대로 제 물건이 아니에요. 전혀 모르는 거라니까요!!"

한성철은 무척이나 흥분해서 목소리가 무척 컸다.

"진정하세요. 알겠습니다. 믿고 대책을 세우겠습니다."

"아니 도대체 어떤 새끼가 그러는 겁니까? 나하고 무슨 원수가 졌다고. 도대체 나한테 왜??"

한성철은 흥분을 쉽게 가라앉히지 못했다. 하기야 이런 상황에서 어떻게 진정을 할 수 있겠는가. 한성철은 씩씩거리다가 무언가 생각난 듯 말을 했다.

"지하철역이면 CCTV도 많겠네요. 그러면 사물함에 누가 물건을 넣었는지도 알 수 있는 거 아닌가요?"

"사물함에는 CCTV가 없었다네요. 이제 추가로 설치한다고는 하는데……."

한성철은 한숨을 내쉬면서 허탈한 표정을 지었다. 어떻게 자기한테 이런 일이 일어날 수가 있느냐는 그런 표정.

혁민은 어떻게든 방법을 찾아볼 테니 믿고 기다리라는 말을 해주었다. 한성철은 그 말을 듣고는 힘없이 고개를 끄덕였다. 그런 증거가 나왔으니 이제는 끝장이라는 생각이 들었지만, 그나마 믿을 수 있는 건 혁민밖에는 없었으니까.

"검찰만 상대해야 하는 게 아니라 적이 더 있었어."

혁민은 사무실로 돌아오면서 생각을 해보았다. 진범은 한성철을 옴짝달싹하지 못하게 얽어매서 범인으로 만들려고 하고 있었다. 하지만 상황은 최악이었다.

이전까지는 직접적인 증거는 없었다. 그래서 다른 용의자가 있다는 사실만으로도 한성철이 풀려날 가능성이 있었다. 하지만 이제는 정말 막다른 곳으로 몰리고 있었다.

"그 영상이 한성철의 것이 아니라는 걸 증명해야지."

그것만이 한성철을 구하는 길이었다.

"일단 영상을 보고… 그리고 한성철의 방에 어떤 사람이 들어갔는지도 조사를 해봐야겠어. 그리고 또 뭐가 있지?"

방법이 있다면 전부 동원해야 한다. 이제는 증인을 신청하거나 다른 방법으로 재판을 연기하는 건 거의 불가능에 가까웠다. 한성철을 범인이라고 특정할 수 있는 결정적인 증거가 나왔으니까.

"가만. 영상에 한성철이 나오지는 않을 거잖아. 그리고 목소리 같은 게 들어 있을까?"

혁민은 허점은 분명히 있을 거라고 생각했다.

"세상에 완벽한 건 없다. 허점을 발견하지 못했을 뿐이야."

혁민은 아직은 포기할 단계가 아니라고 생각하면서 손을 꽉 쥐었다.

미국은 배심원 제도가 있어서 검사든 변호사든 어떻게든 배심원을 설득하는 방향으로 모든 전략이 맞추어진다. 그들이 어떻게 생각하고 어떻게 판결을 내리느냐에 따라서 모든 것이 결정되니까.

그래서 아주 흥미진진한 법정 영화나 드라마가 만들어질 수가 있다. 왜냐하면, 배심원이 일반인들이니까. 배심원도 일반인이고 관객이나 시청자도 일반인이다. 배심원을 설득한다는 건 결국은 일반인을 설득한다는 것과 같은 말이 된다.

그러니 아주 당연하게도 시청자나 관객 입장에서 쉽게 이해가 되고 감정적으로도 몰입하기가 좋다.

하지만 한국은 사정이 좀 다르다.

"일반인이 생각하는 것과 법조인이 생각하는 건 차이가 상당히 크거든요."

민사소송이나 형사소송이나 최종적으로 판단을 내리는 건 판사다. 그래서 형사소송의 경우 검사나 변호사나 판사를 설득하는 것에 모든 역량을 기울인다. 그리고 그걸 탁월하게 잘하는 게 바로 혁민이다.

혁민이 가지고 있는 무기 중 하나가 법리적으로 판사를 잘 설득한다는 점이다. 판사가 고개를 끄덕이도록 법리 적용을 하고, 결국 원하는 판결을 이끌어낸다. 하지만 그것도 설득할 여지가 있을 때나 가능한 일이다. 이런 증거가 있으면 아무리 설득하고 싶어도 할 수가 없다.

"차라리 미국 같았으면 가능성이 있었을 텐데……."

"이거 문제가 있는 거 아닙니까? 영상에 우리 성철이는 나오지도 않잖아요. 목소리도 나오지 않고요."

한윤철은 그게 꼭 성철이가 찍었다는 증거라도 있느냐면서 목소리를 높였다. 사실 그랬다. 한성철의 모습도, 목소리도 나오지 않았다. 일부러 그런 것인지 아니면 소리를 모두 지운 것인지는 모르겠지만, 소리는 전혀 나오지 않았다.

'맞는 말이긴 하지. 범행을 당하는 피해자의 표정 위주로 찍혀 있었으니까.'

한성철의 집에서 발견된 열쇠. 그 열쇠로 열리는 사물함에서 나온 물건이 아니라면 한성철의 물건이 아니라고 할 수도 있었다. 하지만 이런 상황에서 그런 주장을 한다? 뭐라고 할 것인가. 누군가가 거기다가 숨겨놓은 거라고?

만약 그것이 사실이라고 할지라도 사람들은 말도 되지 않는 변명이라고 생각할 것이다. 누가 그럴 수도 있다고 생각을 하겠는가. 그리고 문제는 그것만이 아니었다. 소리가 나지 않는다는 점이나 영상에도 문제가 있었다.

"그래서 더 문젭니다. 뭐라도 있어야 다른 사람의 것이라는 걸 밝힐 수가 있을 건데 소리도 나지 않고 보이는 게 아무것도 없으니……"

혁민은 영상을 아주 낱낱이 뒤져 보았다. 혹시 거울이나 반사되는 물체 같은데 범인의 모습이 슬쩍이라도 나오지 않을까 해서 그런 거였다. 하지만 그런 장면이 전혀 없었다. 영상이 뚝뚝 끊어지는 걸로 봐서 그런 장면이 있으면 모두 지워 버린 것 같았다.

"무슨 방법이 없습니까? 이대로 억울하게 당할 수는 없어요, 없다구요! 이런 쌍! 어떤 미친 새끼가… 아우! 몸에서 뼈를 뽑아서 씹어 먹어버릴 새끼!"

한윤철은 흥분해서 평소와는 달리 험악한 말을 내뱉었다. 이해가 되었다. 만약 동생이 억울하게 당하는 상황이었다면 누구라도 그랬을 것이다.

"일단 성철 씨 방에 누가 들어갔는지, 사물함에 물건을 넣은 사람이 다른 사람이 아닌지 살펴봐야겠어요. 그리고 다른 증거가 없나도 찾아보고요."

한윤철은 제발 동생의 누명을 벗겨달라고 혁민의 손을 붙잡고 부탁했다.

하지만 결과는 신통치 않았다. 성철이 사는 방에 누가 들어갔는지는 알 수 없었다. 건물 출입구에 CCTV가 있기는 했지만, 벌써 넉 달 정도 전이라 이미 영상은 지워진 후였다. 그리고 다른 사람이 방에 들어가는 걸 본 사람도 없었다.

그리고 솔직한 이야기로 원룸에 사는 사람들은 옆방에 누가 사는지도 모른다. 건물 주인이나 아니면 관리하는 사람 정도만 알지. 그래서 설사 다른 사람이 방에 들어가는 걸 보았다고 하더라도 이상하게 생각하지 않고, 원래 사는 사람이라고 생각했을 것이다.

그리고 사물함도 마찬가지였다. 거기에는 CCTV가 없는 데다가 유동 인구가 워낙 많아서 뭘 어떻게 해볼 수가 없었다.

"이거 이대로 재판이 마무리가 되면 큰일인데……."

한성철이 무죄라고 가정하고 생각하면 무언가 석연치 않다

는 걸 느낄 수 있다. 하지만 판사는 객관적인 증거만 가지고
판단을 내려야 한다.

"나 같아도 유죄판결이야."

혁민은 자신이 판사석에 있었더라도 유죄판결을 내릴 것이
라고 생각했다. 사망추정시간에 그 장소에 있었고, 지문까지
나왔다. 게다가 범행을 찍은 영상이 사물함에서 발견되었는
데, 그 열쇠가 그 사람의 집에서 나왔다.

이건 누가 봐도 한성철을 범인으로 지목할 수밖에 없는 상
황이었다. 그래서 이제는 법리적인 다툼은 아무런 의미가 없
었다. 그 영상이 한성철의 것이 아니라는 걸 밝히지 못하면 무
조건 지는 싸움이다.

"답답하네, 답답해. 분명히 아닌데 그걸 증명할 방법이 없
어, 증명할 방법이… 후우우…‥."

혁민은 가만히 생각을 해보았다. 무언가 방법이 없을까 하
고. 그렇지만 떠오르는 게 없었다.

"뭔가 돌파구가 없을까? 내가 뭔가 놓치고 있는 게 분명히
있을 것 같은데…‥."

혁민은 고민하다가 다른 사람의 조언을 들어보기로 했다.
자신이 여러 방면에 아는 게 많은 편이기는 하지만, 그래도 전
문가보다는 못하다. 그래서 오랜만에 김준복 형사에게 전화를
걸었다.

예전부터 인연이 있어 종종 연락하고 지냈는데, 변호사 사
무실을 개업하고 나서는 일 년에 한 번 보기도 어려웠다. 그래

서인지 연락을 받고서 김 형사는 무척이나 반가워했다.

"아이고. 우리 정 변호사님 얼굴 보기 힘드네."

김준복 형사는 여전히 목소리가 쩌렁쩌렁했는데, 그래도 세월은 속일 수 없는지 얼굴에 주름도 조금 있었고, 흰 머리도 군데군데 보였다.

"죄송해요. 연락도 자주 드리고 했어야 하는 건데……."

"아이고 무슨. 바쁜 거 다 아는데. 그런데 무슨 일로 보자고 그런 거야?"

혁민이 고등학생일 때부터 알고 지낸 사이다. 자주 만난 건 아니었지만, 간혹 도움을 서로 주고받은 사이. 혁민도 얼굴을 보니 무척 반갑다는 느낌이 들었다.

"다름이 아니라요……."

혁민은 사정 이야기를 했다. 이런 경우가 있는데 누명을 쓴 걸 가정하고 한번 들어달라고 했다.

"오케이. 범인이 아니라고 생각하고 들어보지."

"예. 들으시고 혹시 무언가 무죄를 증명할 만한 방법이나 이상한 점이 있으면 얘기를 해주세요. 그래도 강력계에서 오래 근무하셨으니까 사건도 많이 다뤄보셨을 거잖아요."

"사건이야 많이 다뤘지. 시체도 많이 보고. 걱정하지 말고 이야기나 해보라고."

혁민은 사건을 이야기했다. 가능하면 상황을 그대로 전달하려고 애썼다. 그래야 이상한 게 있으면 알아낼 수 있을 테니까. 그래서 아주 자세히 이야기했다. 김준복 형사도 주의 깊게 이야기를 들었고.

"이야, 만약 누군가가 누명을 씌운 거라고 하면 완전히 된통 걸렸는데?"

이야기를 전부 들은 형사는 고개를 절레절레 저었다. 실제 사건 이야기라는 걸 형사도 알고 있었지만, 소설 같은 이야기라고 말했다.

누군지 몰라도 머리가 비상한 놈인 것 같다면서. 그리고 경찰이 어떤 식으로 수사를 하고 재판이 어떻게 진행되는지도 잘 아는 놈인 듯하다고 말했다.

"일단 범인은 용의자? 피고인? 음… 그냥 편하게 누명을 쓴 사람을 용의자라고 할게."

"예, 그러시죠."

"용의자가 말이야, 그 시각에 거기에 갈 줄 알고 있었던 거네."

"음… 그렇겠죠? 그랬으니까 나오자마자 뒷문으로 들어가서 범행을 저질렀겠죠."

"그렇지. 사망추정시간이라는 게 여러 검사를 해서 범위를 한정하는 거니까."

몇 시부터 몇 시 사이. 이런 식으로 사망추정시간이 나온다. 그러니 범인은 한성철이 나오자마자 피해자의 방으로 가서 범행을 한 것이다. 그래야 누명을 뒤집어씌울 수 있으니까.

"그러면 그걸 어떻게 알았을까?"

"흐음……."

혁민은 김준복 형사의 말을 듣고서 자신은 너무 자신의 입장에서만 생각했다는 걸 깨달았다. 내 입장이 아니라 범인이라고 생각하고 모든 상황을 되짚어봤어야 했는데, 그러질 못했던 것이다.

"몇 가지 경우가 있겠지. 내 생각인데 범인은 그날 용의자가 거기에 올 거라는 사실을 알고 있었던 것 같아. 그래서 만반의 준비를 하고 기다리고 있었겠지. 그런데 그 사실을 어떻게 알았을까?"

"글쎄요. 뭐… 같은 데서 일을 하거나, 아니면 피해자의 통화를 엿듣고 있거나?"

"정답이 뭔지는 모르지. 하지만 분명한 건 다른 사람이 아니라 한성철이 온다는 걸 알고 있었던 거야."

혁민은 기억을 더듬어보았다.

'동네 컴퓨터 수리점이 거기밖에는 없다고 했지? 그리고 출장을 나가는 건 주로 한성철이라고 했고.'

성철은 작은 컴퓨터 가게에서 일하고 있었다. 주인은 가게를 지켜야 해서 수리를 부르면 한성철이 대부분 나갔다고 했다.

'한성철이 그런 전과가 있다는 걸 알고서 일부러 뒤집어씌우겠다고 작정을 한 거야. 그리고 컴퓨터 수리를 부르면 대부분 한성철이 온다는 사실도 알았겠지. 가만. 혹시 가게 주인?'

혁민은 바로 고개를 흔들었다. 가게 주인은 성철보다도 덩치가 더 좋았으니까.

"가게 전화를 듣고 있다가 움직였을까요?"

"아마 그러지는 않았을 것 같은데."

형사는 혁민이 말한 그럼 범인이라면 범행 상대를 아무렇게나 고르지는 않았을 거라고 말했다.

"그런 놈들은 말이야, 자기가 원하는 대상이 있어. 그래서 그런 대상이 아니면 관심을 보이지 않는다고."

"아! 그런 이야기 들어본 것 같네요."

"그래서 내 생각에는 범행 대상을 미리 점찍어놓고, 그다음에 용의자를 오도록 만들었을 것 같아."

혁민은 고개를 끄덕였다. 가만히 생각해 보니 범인 입장이라면 그렇게 했을 것 같았다. 혁민은 잠시 생각하다가 질문을 던졌다.

"혹시 범인이 컴퓨터를 고장 냈을까요?"

혁민의 머리에는 범인이 피해자의 집에 몰래 들어가서 컴퓨터를 고장 내는 장면이 떠올랐다. 그런 상상을 하자 소름이 쫙 돋았다. 문제는 범인이 실제로 그랬을 것 같다는 거였다. 아무도 없는 방에 들어가서 컴퓨터를 고장 내고 살며시 나오는 범인.

정말 섬뜩한 일 아닌가. 게다가 그런 행동을 하는 게 일종의 놀이나 게임을 하는 것 같다는 느낌이 들어서 더욱 섬뜩했다. 그런데 형사는 천천히 고개를 끄덕였다.

"그렇지. 내 생각도 그래. 여자가 무겁고 부피가 큰 컴퓨터를 들고 수리하는 곳에다가 맡기지는 않을 것 같아."

처음에는 약간 두려웠다. 하지만 시간이 조금 지나가 서서히 분노로 바뀌었다. 예전 기억과 범인의 모습이 겹쳐 보였던 것이다.

'게임을 하는 것처럼 사람을 죽여?'

자신을 죽였던 인간들과는 조금 다른 종류인 것 같았다. 그놈들은 그런 일을 전문적으로 하는 놈들인 것 같았고, 이놈은 자신의 유희로 이런 일을 하는 것 같았으니까.

하지만 혁민이 보기에는 크게 다른 것 같지 않았다. 차라리 원한 때문에 누군가를 해친다는 건 그래도 이해는 할 수 있었다. 하지만 그런 것도 전혀 없이 돈 때문이나 재미로 사람을 죽인다는 건 이해할 수도 없었고 용서도 되지 않았다.

"그런데 말이야, 자네는 범인이 어떤 놈인지 알고는 있는 건가?"

"예? 어떤 놈인지 정체를 알고 있느냐고요?"

"아니, 그게 아니라 범인이 어떤 종류의 인간인지를 알고 있느냐는 거야."

김준복 형사는 조금은 딱딱해진 표정으로 이야기했다.

"내가 사건 관련해서 정확한 정보를 몰라서 확실하다고 얘기할 수는 없지만, 내가 듣기에 이놈은 이번 사건이 처음이 아닐 것 같은데?"

배인수가 한 말과 비슷했다.

"그런 게 보이나요?"

"느낌이란 게 있는 거지 뭐. 형사들이 살인 사건이 일어나면 뭐부터 하는 줄 알아?"

형사는 남녀 관계부터 캔다고 했다. 대부분 범인은 연인이나 부부인 경우가 많았으니까. 그리고 그런 관계에서 특별한 문제가 없으면 돈 문제를 캐기 시작한다.

"하지만 그런 이야기가 전혀 없었잖아. 그리고 그런 사건은 이런 식으로 준비하고 그러지 않는다고. 이건 소설에서나 볼 법한 이야기지."

형사는 자신도 이런 경우를 거의 보지 못했다고 말했다.

"거의? 그러면 보신 적이 있어요?"

"두어 번 있지. 연쇄살인범 사건."

김준복 형사는 처음 그런 사건을 알게 되었을 때 정말 충격을 받았다고 했다.

"이해가 되지 않았어. 아무리 파도 나오지를 않더라니까. 그 여자가 죽을 이유가 없어. 그래서 악에 받쳐서 제대로 덤벼들었지. 도대체 어떤 놈이 그런 짓을 했는지 너무 궁금해서 말이야."

혁민은 자신도 그런 것 같다고 이야기했다.

"저도 일반적인 살인 사건은 아니라고 생각하거든요. 이번이 처음인 것 같지도 않고… 그래서 이 사건을 놓칠 수가 없는 거고요."

형사는 자신도 도울 수 있는 일이 있으면 이야기하라고 했다.

"내가 다른 건 몰라도 이런 새끼들은 가만히 둘 수 없어. 이런 새끼들은 정말 존재할 가치가 없는 것들이야."

살짝 흥분했던 김준복 형사는 심호흡을 하면서 숨을 골랐다. 그러더니 갑자기 고개를 번쩍 들었다.

"혹시 이거 생각해 봤어?"

"어떤 거요?"

김준복 형사는 눈을 반짝이면서 이야기했다.

"이런 놈들 특성이 있거든. 그거를 잘 뒤져 보면 뭔가 나올 수도 있을 것 같은데……. 일단 범인을 이해하고 패턴을 쫓아가야 해."

형사는 범인이 어떻게 행동하는지를 최초 단계부터 이야기했다.

"사냥감을 찾는 단계가 있지. 그럴 거 아냐. 그런 녀석들은 아무나 고르지 않는다고. 반드시 자신이 만족할 만한 그런 사냥감을 물색하지. 그러지 않으면 성에 차질 않으니까."

그래서 이런 연쇄살인범의 경우 유사한 패턴을 보이는 경우가 많다고 했다. 그것이 직업이나 외모일 수도 있고, 특정한 옷차림일 수도 있다고 말했다.

"내가 맡은 사건 중에는 이런 게 있었어. 처음에는 피해자의 나이도 제각각이고 직업도 달라서 무척 골치가 아팠었거든. 그런데 가만히 보니까 검정 부츠와 코트를 입은 여성만을 대상으로 했더라고. 물론 중간에 아닌 피해자도 있어서 조금 헷갈리기는 했는데, 그런 녀석도 있더라니까."

그러면서 이 녀석은 상당히 오랜 시간을 들여서 그런 대상을 찾고 준비를 한 다음에 일을 시작하는 것으로 보인다고 했다.

"그냥 우리가 말로 하면 별거 아닌 것 같지? 그런데 그걸 처음부터 끝까지 준비하려고 해보라고. 이게 시간도 엄청나게 걸리고 손도 많이 가는 일이란 말이야."

생각해 보니 그럴 것 같았다. 목표를 찾아서 정하고, 많은 준비를 해야 할 것 같았다. 지금까지 있었던 일들을 돌이켜 보니 발견하자마자 일을 벌이는 게 아니라 참고 기다리다가 범행을 한다는 그런 느낌이 들었다.

"자, 그런 것에 공을 들이는 녀석이야. 물론 범행을 하는 데까지 시간이 좀 걸리겠지. 거기서 뭐 느껴지는 게 없어?"

"글쎄요? 제가 이런 쪽으로는 잘 아는 게 아니라서……."

형사는 피식 웃었다. 그런 게 당연하다는 듯이.

"하기야. 우리 정 변호사가 이런 걸 잘 아는 것도 웃기는 일이지. 직접 경험하지 못한 부분에 대해서는 잘 모르는 게 당연한 거니까."

그는 범죄를 보면 범인의 많은 면을 볼 수 있다고 했다.

"내 자랑은 아니지만 말이야, 사건을 많이 해본 사람이 아니면 잘 모를 수도 있어. 그런데 이런 사건을 많이 겪다가 보면 대충 감이 와."

그러면서 그는 이놈이 상당한 전문가 수준인 것 같다고 말했다.

"초보자는 서투르고 조급해. 이렇게 완벽하게 얽어매서 할 정도면 경험치가 어마어마하다고 봐야지."

"아! 맞아요. 제가 아는 사람이 있는데 그 사람도 비슷한 말을 했거든요."

"오호~ 그런 사람이 있어? 어디 형사야?"

"아, 그런 건 아니고요. 프로파일링이나 범죄심리학 쪽으로 잘 아는 사람이어서요."

김준복 형사는 호기심이 생긴다는 듯 물었다.

"그래? 언제 나도 좀 소개해 줘. 지금 프로파일러나 그런 쪽으로 한창 인력이 늘어나고 있기는 한데 워낙 수가 적어서 말이야. 나도 사건 하다 보면 좀 답답할 때가 많거든. 얘기나 좀 들어보게 좀 알려달라고."

혁민은 아차 싶었다. 편하게 이야기를 하다 보니 말이 자기도 모르게 튀어나왔던 것이다. 하지만 배인수를 형사에게 소개할 수는 없었다.

"얼마 전에 외국에 가셔서요. 제가 귀국하면 한번 자리를 마련해 볼게요."

"그래? 아이구, 아쉽네. 아, 그쪽으로 뭐 공부하러 간 건가 봐?"

"예? 네… 아무래도 외국이 그런 쪽으로는 더 발달했으니까요."

김준복 형사는 맞는 말이라면서 고개를 끄덕였다. 혁민은 형사는 형사라고 생각했다. 수사에 대한 열정 같은 게 느껴졌던 것이다.

"이런. 얘기가 옆으로 샜네. 그러니까 말이야. 경험치가 그만큼 많은 전문가라는 말은 아주 당연하게 이번 일이 처음이 아니라는 말일 거라고."

"음… 그렇겠네요. 그렇다면 비슷한 사건이 또 있었겠군요."

"그렇지. 바로 그거야. 아마도 부근에서 분명히 다른 사건이 있었을 거라고. 실종으로 처리되어 있거나 알려지지 않았을 수도 있어."

형사는 예전에 아주 유명했던 연쇄살인범의 경우를 예로 들었다. 만약 그가 매춘 여성만을 대상으로 삼지 않았다면 그렇게 범행을 지속하지 못했을 것이라고 했다.

"이게 실종이 돼도 말이야, 어디로 도망갔겠지 뭐 이런 식으로 생각했을 거라고."

그래서 세간에 알려진 것보다 훨씬 많은 수의 피해자가 있을 거라고 추정된다고 말했다.

"그런데 말이야, 그놈이 어떻게 잡혔는지 알아?"

"예? 그거야 당연히 경찰이 잡은 거 아닌가요?"

"아니야. 그놈은 해결사들이 움직이다가 찾은 거야."

알려지지 않은 이야기이지만 매춘 여성을 고용한 업주가 해결사를 고용했는데, 그 해결사들이 연쇄살인범을 잡은 거라고 했다. 그리고 언론에 알려지지 않은 이야기도 많이 해주었는데, 피해자가 알려진 것보다 훨씬 많은 50명 이상일 것이라고 했다.

"이런 사건은 공표되지 않은 그런 내용이 많은가 보네요. 제가 알고 있는 것과는 상당히 다른데요?"

"당연하지. 그걸 다 공개했다가는 난리가 나지. 그래서 적당히 추려서 공개한다고. 뭐 그런 이야기야 중요한 게 아니고. 아무튼, 부근에서 그와 비슷한 범행이 분명히 있었을 거야. 그리고 실종 사건으로 되어 있을 확률이 높고."

하지만 피해 여성은 아르바이트를 하는 평범한 사람이었다. 그리고 한 명만 가지고는 뭔가를 찾아내기가 어려웠다.

"그렇군요. 그런데 말이에요."

혁민은 궁금증이 생겨서 질문을 던졌다.

"만약 그렇다면 왜 갑자기 이런 식으로 누명을 씌운 걸까요?"

"음… 이건 내 생각이지만 처음에는 용의자를 몰랐을 것 같아."

김준복 형사는 미간을 손으로 살짝 주무르면서 말을 이었다.

"이런 놈들은 조심성이 많아. 이런 거야 잡히면 끝이잖아. 그래서 잡히지 않기 위해서 아주 조심한다고."

그래서 시체가 발견되지 않게 하려고 여러 방법을 사용한다고 했다.

"어떤 식으로든 처리를 했겠지. 그러다가 자기 정체를 숨길 방법을 찾았고. 그런데 가만히 생각해 보면 이번 경우가 처음이 아닐 것이라는 생각도 들어."

김준복 형사는 준비 과정이나 그런 것들이 너무 치밀하다면서 그런 의심이 간다고 했다.

　　"이건 어디까지나 그냥 감인데, 이 녀석 여기를 뜨려고 하는 걸지도 모르겠어. 이런 놈 중에는 한곳에서 계속해서 범행하는 놈도 있지만, 문제가 생길 것 같으면 다른 데로 이동하는 놈도 있거든?"

　　아무래도 한곳에서 계속해서 사건이 일어나면 경찰도 예의 주시할 수밖에 없다. 그러니 적당히 범행하다가 문제가 되겠다 싶으면 다른 지역으로 이동하는 그런 타입도 있었다.

　　"그러면 근처에서 실종 사건이나 뭐 그런 걸 좀 알아봐야겠네요."

　　"그래. 그렇게 하면 무언가 나오겠지."

　　혁민은 정말 김준복 형사를 만나길 잘했다고 생각했다. 범인에 대해서 무언가 실마리를 잡을 수 있을 것 같아서였다.

　　"정말 감사해요. 아주 막막했었는데 약간 빛이 보이는 것 같네요."

　　"아이고. 이런 거라면 언제든지 찾아오라고. 이런 새끼들은 그냥 확 잡아서 다시는 세상에 나오지 못하게 해야 하니까."

　　그러면서 필요한 게 있으면 연락만 하라고 했다. 범인 잡는 데 필요하면 뭐든지 도와주겠다면서.

　　"내가 일하면서 험한 일도 많이 겪었지. 칼도 몇 번 찔려봤으니까."

　　그는 칼에 찔린 상처를 보여주었다. 그러면서 다친 이후로 심각하게 일을 그만둘까 고민도 했다고 말했다.

"죽고 싶은 사람이 어디 있나. 이따만 한 회칼 같은 거 가지고 휘두르는 거 보면 나도 겁난다니까? 그런데 나는 그냥 형사 체질인가 봐. 피해자만 보면 그냥 몸이 저절로 움직이더라고. 범인을 못 잡으면 잠이 안 와요, 잠이."

그는 그 말을 하고는 껄껄 웃었다.

"제가 필요한 거 있으면 바로 연락드릴게요."

혁민은 든든한 지원군을 얻은 마음을 가지고 자리에서 일어섰다.

*   *   *

혁민은 실종 사건이 그렇게 많은 줄 처음 알았다. 몇 건 되지 않으려니 했는데, 생각보다 많은 수의 사람이 실종된 상태였던 것이다.

하지만 그런 거에 놀라고 있을 새가 없었다. 한시라도 빨리 범인을 찾아야 했다. 그래서 많은 사건 중에서 범인이 했을 거라고 생각되는 사건을 추렸다.

"다른 건 모르겠는데 일단 이 두 개는 좀 의심스러워."

피해자의 나이가 20대 후반에서 30대 초반으로 비슷했고, 외모도 어쩐지 비슷했다. 동그란 얼굴에 약간 통통한 체형. 그리고 쌍꺼풀이 없는 작은 눈과 같은 게 공통점이었다.

다른 사건 중에서도 의심이 가는 게 있기는 했지만, 일단 두 사건을 중심으로 공통점을 찾아보기로 했다.

그런데 생각보다는 쉽지 않았다. 시간도 제법 흘렀고, 딱히 공통점이라고 할 만한 게 보이지 않아서였다.

"도대체 뭐지?"

그렇게 일이 잘 풀리지 않던 차에 배인수가 무언가를 들고 들어왔다.

"이거를 좀 보시죠."

배인수는 이 지역 지도를 가지고 들어왔다.

"이게 뭔가요?"

혁민은 갑자기 웬 지도냐며 물었다. 배인수는 지도를 탁자에 쭉 펼쳐 놓았는데 혁민이 가서 보니 점이 여러 개 찍혀 있었다.

"제가 영상을 보고 조사를 좀 해봤습니다."

혁민은 고개를 갸웃거렸다. 자신은 영상에서는 아무런 단서도 얻을 수 없었기 때문이었다. 하지만 배인수는 영상에서 다른 걸 보았다.

"범인이 다른 지역에서 이 지역으로 넘어왔다고 생각하고 추측을 해보았죠. 과연 어떻게 생활을 하고 있었을까. 이런 추측을 말이죠."

처음에는 낯선 장소에 적응하느라 조용히 지냈을 것 같다고 했다. 하지만 점점 스트레스가 쌓였을 테고, 그걸 해소할 방법을 찾았을 거라고 했다.

"처음부터 살인을 하지는 않았을 수도 있다는 생각을 했습니다. 조금은 특이한 케이스이긴 하지만 워낙 조심성이 많은 놈이니까요."

그래서 생각한 것이 성범죄를 했을 것이라는 추측이었다.

"이 녀석은 여성에게 학대를 당했거나 무시당한 경험이 있을 겁니다. 그걸 해소하기 위해서 강압적으로 성행위를 하고 자신의 지배하에 여성을 두어서 쾌감을 얻는 스타일인 것 같더군요."

배인수는 영상에서 그런 범인의 욕구가 보였다고 했다. 혁민은 잠시 있으라고 하고는 영상을 틀어서 보았다. 소리는 들리지 않았지만, 배인수가 말한 것 같은 그런 분위기가 정말 느껴졌다.

"정말 그런 것 같네요."

"예. 그래서 이 근처에서 신고된 성범죄를 싹 살펴보았죠."

그리고 영상에 나온 범인의 패턴과 흡사한 범죄만을 추렸다고 했다.

"행동은 그 사람의 특성을 반영합니다. 따라서 같은 사람이 한 범죄는 비슷한 특성을 가지고 있게 마련이죠."

개중에는 다른 사람이 한 경우도 있을 수 있겠지만, 일단 유사한 패턴이라고 생각된 범죄를 모두 모았다고 했다. 그리고 그 사건이 일어난 장소를 하나씩 지도에 표시한 거였다.

"이걸 장소가 넓다고 해야 하는지 좁다고 해야 하는지 잘 모르겠군요."

몇 개의 동에 걸쳐서 작은 원형 스티커가 찍혀 있었다. 그리고 딱히 규칙성 같은 게 보이지는 않았다. 하지만 사건 자료를 보니 무언가 감이 왔다.

"외모가 살짝 비슷하네요."

나이는 10대부터 30대까지 다양했다. 하지만 체형과 외모가 좀 비슷했다. 하지만 알고 보니까 그런 느낌이 왔던 것이지, 그냥 보았다면 별다른 공통점이 없는 것처럼 보였을 것 같았다. 외모나 체형에서 풍기는 느낌이 좀 흡사하다는 거였지 많이 닮았다는 건 아니었으니까.

"그러면 무슨 단서라도 발견을 한 건가요?"

"아직은 아닙니다. 이제부터 하나씩 수수께끼를 풀어가야죠."

배인수는 단서가 많이 생겼으니 그만큼 문제를 풀기가 수월할 것이라고 말했다.

"빛이 하나도 없는 어둠 속에서 헤맬 때야 뭘 어떻게 해야 하는지 몰랐지만, 이제 초가 몇 개 켜졌으니 보이는 부분도 있네요. 이렇게 하나씩 불을 밝혀가다 보면 모든 게 보일 겁니다."

"그랬으면 좋겠네요. 그런데 이거 시간이 워낙 부족해서……."

판결이 내려지기까지 그리 많은 시간이 남은 게 아니었다. 그전에 범인은 잡지 못하더라도 적어도 한성철이 범인이 아닐 수도 있다는 거라고 증명을 해야 한다는 압박감이 들었다.

물론 나중에라도 범인이 잡히면 풀려나긴 할 것이다. 하지만 그때까지 무고한 사람이 형벌을 받게 해서야 되겠는가.

"혹시 보면서 뭔가 떠오르는 그런 거 없나요?"

"자세하게 살펴봐야 하겠지만……."

배인수는 지도를 지그시 노려보면서 말을 이었다.

"장소가 제각각인 것 같지만, 생각해 볼 수 있는 게 있습니다."

배인수는 사람들이 버스를 타고 집에 가는 공통점이 있다고 말했다.

"지하철역에서 거리가 멉니다. 지하철로 이동했더라도 다시 버스를 타야 하는 경우가 대부분이죠."

혁민은 고개를 갸웃거렸다. 어떻게 보면 너무나도 당연한 거라고 생각할 수도 있는 거였으니까. 하지만 배인수의 말을 듣자 자신이 잘못 생각했다는 걸 깨달았다.

"이렇게 동떨어진 지역에 피해자의 거주지가 퍼져 있다는 건 뭘 의미하는 것 같습니까?"

배인수는 아직 뭔지 모르겠다는 표정을 하고 있는 혁민을 보고는 슬며시 웃으면서 말을 이었다.

"범인은 어디선가 목표를 포착하고 따라갔을 겁니다."

"아! 그랬겠군요. 가만. 그러면 혹시 지하철역?"

지하철역이면 사람도 많이 다니고 거기에 있다 보면 자신의 취향에 맞는 대상을 찾기도 쉬울 것 같았다. 게다가 사물함에 숨겼다는 점까지 연결되니 지하철역에 무언가가 있을 것 같다는 느낌이 들었다.

"글쎄요? 범인의 특성으로 볼 때 그럴 것 같지는 않지만, 지금부터 그걸 알아봐야겠죠."

"빨리 알아보죠. 뭐라도 찾아서 재판에 내밀어야 하니까요."

"흠… 하지만 쉽지는 않을 겁니다. 정보가 많아졌다고는 하지만, 아직은 막연한 단계이니까요."

그래도 무언가 방법이 생겼다는 게 어딘가. 이상한 증거가 발견되어 정말 절망적이고 암울했는데 말이다. 혁민은 빨리 초를 더 밝혀서 모든 진실이 보이게 하겠다고 다짐했다.

"하아… 이게 시간이 모자라, 시간이……."

조사할 게 어마어마하게 많았다. 하지만 혁민과 배인수 둘이서 그걸 다 한다는 건 무리였다. 그리고 사실 수사를 할 권한도 없는지라 시간도 오래 걸리고 한계도 있었다.

"제보를 하고 경찰에 도움을 받는 게 어떨까요?"

"그것도 생각을 해보기는 했는데……."

변호사가 찾아가서 이야기하면 일단 받아는 줄 것이다. 그래도 변호사라고 하면 무시할 수는 없는 일이니까. 하지만 적극적으로 나설 가능성은 거의 없었다. 결정적으로 직접적인 증거가 없었기 때문이었다.

"그냥 예, 예, 뭐 이러고 조사하는 척할 가능성이 농후해서……."

그런 식의 도움이 필요한 게 아니었다. 적극적으로 움직일 그런 인력들이 필요한 상황이었다. 게다가 경찰은 지금 한성철이라는 범인을 잡은 상태였다. 그런데 진범이 따로 있다면 엄청난 실수를 한 셈이다.

직접적인 증거도 없는 상태에서 자신들이 잘못했다는 걸 인정하고 움직인다는 걸 바란다는 건 무리였다. 하지만 그렇다고 이대로 시간이 흘러가는 걸 보고만 있을 수는 없었다. 이러다가 진범이 다른 곳으로 움직이기라도 한다면 정말 낭패였으니까.

"그래도 한번 이야기는 해봐야겠어."

혁민은 결심을 하고 경찰서를 찾아갔다.

"그러니까 진범이 따로 있다 이 얘기네요?"

"맞습니다. 여기 정리해 놓은 걸 보면 알 수 있을 겁니다."

혁민의 말을 들은 형사는 시큰둥한 표정이었다. 변호사가 뭘 알겠느냐는 그런 감정이 느껴졌다. 게다가 자신들이 실수로 선량한 사람을 잡아넣은 거라는 말도 되니까 기분이 언짢기도 했고.

"일단 알겠습니다. 저희가 살펴보고 조사할 테니까 돌아가 계시죠."

형사는 자료를 보지도 않고 말했다. 말은 굉장히 정중하게 했지만, 쓸데없는 걸 가지고 왜 귀찮게 하느냐는 그런 표정이었다.

혁민은 이대로 안 되겠다고 생각하고는 김준복 형사에게 전화를 걸었다.

"예, 형사님. 제가 좀 궁금한 게 있어서 그런데요."

―아이고, 우리 정 변호사님. 알고 싶은 게 뭔데?

"혹시 범죄심리학이나 프로파일링 방면으로 권위자라고 하면 누가 있을까요? 가능하면 경찰들이 잘 아는 그런 사람으로요."

김준복 형사는 이름을 말했는데, 상당히 유명한 사람인 것 같았다. 혁민도 언뜻 이름을 들어본 적이 있을 정도였으니까.

"혹시 소개를 좀 해주실 수도 있나요?"

―그 사건 때문에 그런 건가?

"예. 자문을 좀 하고 싶어서요."

―아이고. 그런 거라면야 내가 소개를 해줘야지. 기다려 봐.

김 형사는 지금 연락을 해보겠다고 하고는 전화를 끊었다. 그리고 잠시 후에 전화가 다시 왔는데, 이야기를 해놓았으니 연락을 해보라고 말했다.

"형사님, 정말 고맙습니다. 매번 신세만 지는 것 같네요."

―무슨 소리야. 내가 그동안 신세 진 게 얼만데. 그리고 이런 사건 관련해서는 얼마든지 연락하라고. 이런 새끼들은 아예 씨를 말려야 한다고.

나이가 지긋해서 흰머리가 보일 정도였지만, 아직도 피가 끓는 모양이었다.

혁민은 전화를 끊고 중얼거렸다.

"진짜 형사 체질이시네. 아, 이런 형사만 있으면 얼마나 좋아."

그리고 차동출 검사나 김준복 형사 같은 사람들만 있으면 세상이 지금보다 훨씬 좋을 것이라고 말했다. 그리고 바로 김준복 형사가 알려준 번호로 전화를 했다. 다행스럽게도 그가 알려준 전문가를 바로 만날 수가 있었는데, 역시나 전문가는 전문가인 모양이었다.

"경험치가 상당히 있는 걸로 보입니다. 이거 지금까지 피해자의 수가 상당할 수도 있겠는데요?"

전문가는 일반적으로 3차까지는 마구잡이로 범행하는 경우가 많지만, 그 이상이 되면 패턴화가 일어난다고 말했다.

"잡히지 않기 위해서 계속해서 진화하는 겁니다. 발각되면 어떻게 된다는 걸 누구보다 잘 알고 있으니까요. 그래서 이렇게 하면 안 잡힐 것이라는 방향으로 계속해서 진화합니다."

그래서 범행한 걸 잘 살펴보면 어느 정도 단계에 와 있는지 추측을 할 수가 있다고 했다.

"지금 이야기하신 내용이 전부 맞는다는 가정하에 말씀드리는 겁니다."

그는 범인은 지금 잠잠해지기를 기다리고 있을 거라고 했다.

"혹시 다른 곳으로 옮기지는 않았을까요?"

"그럴 가능성도 있지만, 아마도 그러지 않았을 가능성이 큽니다. 이런 식으로 누군가가 대신 잡혀갔다는 건 다시 말해서 자신이 안전해졌다는 뜻도 되거든요."

그리고 새로운 장소로 가서 적응하고 준비하려면 상당한 시간과 노력이 필요하다고 했다.

"그러니 정말 위험하다고 생각하지 않는 이상에는 지금 장소에 있을 겁니다."

혁민은 제발 그러기를 기원했다. 다른 곳으로 그런 놈이 이동했다고 생각하면 등골이 오싹했다.

*   *   *

"어쩐 일로 변호사분이 저를 다 보자고 하셨습니까."

"긴히 얘기를 드릴 게 좀 있어서 연락을 드렸습니다."

경찰서장은 허허 웃으면서 혁민을 반겼다. 그리고 혁민은 일단 가벼운 이야기를 하면서 분위기를 좋게 끌고 갔고.

"혹시 제가 어떤 사건을 맡고 있는지 아십니까?"

"뭐, 듣긴 했습니다."

서장은 혁민이 도대체 무슨 일 때문에 자신을 찾아와서 이러는지 조금 경계하는 눈치였다.

"제가 이걸 조사하다 보니 좀 흥미로운 점이 있어서요."

"흥미로운 점이라고 하면 어떤?"

혁민은 잠시 뜸을 들였다가 말을 이었다.

"연쇄살인일 가능성이 있다고 하더군요."

"연쇄살인? 지금 연쇄살인이라고 얘기한 겁니까?"

경찰서장의 표정이 급격하게 딱딱해졌다. 사실 살인 사건도 엄청난 사건이다. 그런데 연쇄살인이라니. 연쇄살인 사건은 그냥 살인 사건과는 비교도 할 수 없을 정도의 파장을 몰고 온다.

"그렇습니다. 그럴 가능성이 있다고 하더군요."

경찰서장은 쉽게 믿기지 않는다는 표정이었다. 변호사가 그런 걸 어떻게 알 수가 있겠느냐는 그런 표정이었다.

"저야 그런 걸 어떻게 알겠습니까. 그런데 전문가가 그런 소리를 하니……."

혁민은 슬쩍 전문가의 이름을 말하면서 눈치를 살폈다. 이름을 이야기하니 바로 알아채는 것으로 보아 경찰서장도 전문가를 알고 있는 듯했다.

혁민은 서류를 슬쩍 서장 앞에 내밀었고, 서장은 재빨리 서류를 집어 들더니 살피기 시작했다. 그런데 서류를 쭉 읽어 내려가면서 서장은 계속해서 고개를 갸웃거렸다.

"직접적인 증거는 없는 거군요."

"그런 증거가 있었다면 이미 수사를 하고 계시겠죠. 안 그렇습니까?"

"뭐, 그렇긴 합니다만……."

서장은 이런 추측만 가지고 수사에 들어가기가 좀 곤란하다고 말했다.

"확실하지도 않은 걸 가지고 수사를 하는 건 좀……."

"물론 그러시겠죠. 정식으로 수사하는 거야 무리라는 거 잘 압니다. 하지만 다른 것도 생각을 하셔야죠. 이게 만약 정말이라면 어떻게 될 것 같습니까? 실제로 일어난 사건이라고 가정하고 생각을 해보세요."

"실제로 일어난 사건이라… 흐음……."

경찰서장은 아주 심각한 얼굴이 되었다. 생각하기도 싫은 일이라는 듯이.

"만약에 사건이 터져서 주목을 받게 되면, 제가 미리 이야기한 것도 아주 좋지 않게 작용을 할 겁니다. 제보를 받았을 때 수사를 했더라면 막을 수 있었던 사건이니 뭐니 하면서 말이에요. 왜 언론이 이런 거는 또 기가 막히게 잘 포장한다는 거 아시잖습니까."

혁민은 아주 골치가 아플 거라고 말했다.

"저야 사실대로 말할 수밖에요. 이러이러한 점이 수상했다. 국내에서 가장 권위 있는 전문가의 소견도 일치했다. 그래서 제보를 했지만… 뭐 이런 식일 건데… 그렇다고 거짓말을 할 수야 없으니까요. 변호사 윤리 규정이 있거든요."

서장은 상황이 심각하다는 걸 깨닫는 눈치였다. 만약 그런 상황이 되면 언론에서는 당연히 그런 걸 자극적으로 내보낼 것이고, 그렇게 되면 경찰서장은 바로 옷을 벗어야 할 것이다.

"하지만 이 정도를 가지고는……."

"그냥 보험 든다고 생각하시죠. 아니 경찰이 얼마나 고생이 많습니까. 그런데 이런 거 가지고 꼬투리 잡혀서 그만두게 되고 그러면 그거 얼마나 억울한 일입니까."

혁민은 억울한 일이라는 부분에 특히나 힘을 주어 말했다.

'생각이 많을 테지. 그런 일이 벌어지면 어떻게 되는지를 잘 알고 있을 테니까.'

사람은 누구나 자신의 일에 민감한 법이다. 다른 사람이 어떻게 되는 거야 그냥 쉽게 말할 수 있지만, 자신에게 벌어지는 일은 심각하게 받아들인다. 서장은 잠시 생각하다가 혁민에게 정말 전문가가 그렇게 말했는지를 물었다.

"아, 당연하죠. 그러지 말고 직접 통화를 한번 하시는 게 어떻겠습니까?"

혁민은 아예 전화를 걸어서 경찰서장을 바꿔주었다. 통화는 바로 가능했다. 일부러 그와 통화가 가능한 시간에 서장과의 면담을 잡은 거였으니까.

통화는 길지 않았지만, 전문가의 말은 서장의 마음을 바꾸기에 충분했다. 사람들은 전문가의 권위에 약한 법이니까.

"아무래도 그냥 넘어갈 수는 없을 것 같군요. 그냥 제보도 아니고 전문가의 소견까지 있는 내용이니."

경찰서장은 아무래도 느낌이 좋지 않았는지 수사를 하는 편이 좋겠다고 말했다. 혁민은 거기에 쐐기를 박았다.

"그리고 혹시라도 일이 잘 풀리면 서로 좋은 일 아닙니까. 저는 의뢰인의 무죄를 밝히는 게 되고, 서장님은 연쇄살인마를 검거한 분이 되는 거고 말입니다."

경찰서장의 표정이 확 바뀌었다. 연쇄살인과 같은 사건은 부담이 큰 만큼 해결했을 때 공도 크게 인정받는 법이다. 대처를 잘못하면 옷을 벗어야겠지만, 잘 해결하면 영전을 할 수도 있는 일 아닌가.

"가능한 인력을 모두 풀어야겠군요. 시민의 안전이 중요한 거 아닙니까."

"이렇게 불철주야 고생하시는 분들이 계셔서 치안이 유지가 되는 것 같습니다. 세계적으로도 우리나라만큼 안전한 나라도 없다고 하지 않습니까."

혁민은 미소를 지으면서 말했고, 서장은 바로 밖에다가 이야기했다. 급한 일로 회의를 해야겠다고.

*   *   *

형사 중에는 투덜거리는 사람도 있었지만 어쩌겠는가. 서장의 명령인데. 그리고 한성철을 잡은 형사의 반발이 가장 심했다. 하지만 무언가 이상하다는 걸 알고 적극적으로 협조하는 형사도 있었다.

"그러니까 범인은 어디선가 목표물을 포착하고 뒤따라갔다 이거죠?"

"그렇습니다. 전문가의 말에 의하면 지하철역같이 번잡한 장소는 아닐 거라네요."

형사는 고개를 끄덕였다. 범인들의 행동을 가장 잘 아는 건 형사들일 것이다. 그래서 그런 것인지, 아니면 범인을 잡겠다는 열망이 강해서인지 빠르게 내용을 습득해 가는 형사가 몇 명 있었다.

혁민은 자신이 알고 있는 내용을 전부 이야기해 주었는데, 주로 전문가의 의견이라고 말한 내용은 배인수가 들려준 말이었다.

"나는 지하철역이 가장 유력하다고 생각했는데… 하기야 열몇 살짜리 애는 지하철을 타지 않았으니까……."

"그러면 도대체 어디지?"

형사들끼리 머리를 맞대고 수군거렸다.

"지도에 색칠한 부근 어디일 것이라고 하던데요."

배인수가 지리적 프로파일링을 해서 유추한 지역에는 색을 칠해놓았다.

"범행 장소와 버스 노선이나 그런 걸 종합적으로 따져 보면 색칠한 부근이 유력하답니다."

"그래요? 우리는 범행 장소들 중간 정도가 아닐까 싶었는데, 중앙이 아니라 약간 오른쪽으로 치우쳐져 있네?"

"야, 전문가가 그랬대잖아. 거기에 뭐가 있는지 한번 잘 생각해 봐."

형사라고 해도 인근에 있는 건물을 전부 알 수는 없는 일. 현장에 직접 가보기로 한 형사들은 혁민과 함께 나섰다. 형사들은 가다가 한성철을 잡은 형사 보기가 좀 민망하다고 이야기했다.

"나도 찝찝하기야 하지. 그 자식이 한 게 실수라고 하는 거니까. 그래도 만약에 정말 그런 놈이 있다면 잡아야지."

그런 진범이 있다고 한다면 나중에 당사자도 고마워할 것이라면서 형사들은 색이 칠해진 장소에 도착했다. 차에서 내린 혁민과 형사들은 근처를 돌아다니면서 살펴보았다. 하지만 딱히 특별해 보이는 건 없었다.

"가만있어 보자. 일단 여자들이 많이 있는 장소여야 하고……."

"혹시 카페 같은 데 아닐까? 거기도 여자들이 많잖아."

"카페라……."

혁민도 그럴 수 있겠다는 생각이 들었다. 거기서 손님으로 있다가 적당한 목표를 발견하면 뒤따라간다거나 그럴 수도 있으니까. 그래서 카페를 유심히 살폈다. 카페의 수는 많지 않았다. 그래서 둘러보기가 편했다.

"여자들은 많은 것 같은데, 여기 있는 카페는 중고등학생은 거의 안 가는 것 같은데?"

계속해서 지켜보았지만, 중고등학생이 카페에 들어가는 모습은 보이지 않았다.

"비싸서 그런가?"

"글쎄? 일단 카페는 그렇다 치고 다른 데도 좀 보자고. 여기 말고 또 어디가 있으려나?"

여기저기 돌아다녀 봤는데 특별히 감이 오는 장소가 없었다. 잠시 쉬고 있다가 혁민은 이럴 것이 아니라 조금 높은 곳에서 보면 어떻겠느냐는 제안을 했다.

"위에서 지켜보면 사람들이 움직이는 게 잘 보일 수도 있으니까요."

"그것도 나쁘지 않네. 그러면 두 명씩 나눠서 가보자고. 나는 저쪽 부근 살펴볼 테니까 변호사님하고 자네는 이쪽 부근에서 보라고."

"그래. 뭐 찾아내면 바로 연락하고."

혁민은 형사 한 명과 부근에서 가장 높은 건물로 올라갔다. 시야가 넓어지자 아래에서 보는 것과는 확실히 다른 광경이 보였다.

사람들이 어떻게 움직이는지를 계속해서 살피고 있던 때, 혁민의 눈에 여자들이 어딘가에서 우르르 나오는 모습이 보였다.

"음? 저긴 뭐지?"

혁민은 계속해서 지켜보았는데, 학생부터 일반인까지 여자들이 많이 드나드는 게 보였다. 혁민은 소리를 내서 형사를 불렀다.

"저기 저 건물 있죠? 거기서 여자들이 많이 나오던데요?"

"어디요? 저기?"

"아뇨, 그 옆쪽으로."

형사는 혁민이 가리킨 곳을 유심히 보더니 갑자기 손뼉을 쳤다.

"저기네. 저기라면 딱 맞네."

Chapter 4
범인은 어디에

"예? 저기가 어딘데요?"

"아! 변호사님은 이 근처 안 살아서 잘 모르시겠구나. 저기 문화센터예요. 문화센터."

문화센터. 혁민이야 자주 가는 곳이 아니지만 어떤 곳인지는 대충 알고 있다.

"저기 도서관도 있고 교양 뭐 그런 강좌 같은 것도 해서 여자들이 많이 가거든요."

형사가 그렇게 말하지 않아도 여자들이 많이 드나드는 건 알 수 있었다. 그리고 교복을 입은 학생의 모습도 보였다. 물론 여자들만 있는 건 아니었다. 남자도 간혹 보이긴 했는데 그 수가 그리 많지는 않았다.

"가보죠. 이번에는 제대로 찾은 것 같은 느낌인데요."

이걸 좋다고 해야 할지 기분이 나쁘다고 해야 할지 알 수 없는 기묘한 감정이 느껴졌다. 단서를 찾았다는 기쁨도 있었지만, 범인의 끈적끈적하고 소름 끼치는 그런 분위기도 같이 떠올랐으니까.

혁민은 형사들과 함께 문화센터 안으로 들어갔다. 드나드는데 제약도 없고 어떤 사람이 들어가도 이상하게 생각하지 않을 그런 장소였다.

"난 CCTV 관련해서 알아볼 테니까. 자네는 수상한 사람 없었는지 알아보라고."

형사들은 그렇게 일을 나누고는 움직였다. 하지만 혁민은 그 말을 듣고는 실소를 지을 수밖에 없었다. 배인수가 한 말이 떠올랐기 때문이었다.

'수상한 사람이라…….'

영화나 드라마를 봐도 그런 장면이 나온다. 탐문을 하면서 수상한 사람 보지 못했느냐고 묻는 장면이. 그런데 만약 보통 사람이 그 말을 들으면 뭐라고 대답을 할까? 배인수는 그런 식으로 질문하면 안 된다고 이야기했다.

'질문이 구체적이어야 한다고 했지. 하기야 수상한 사람이라고 그러면 어떤 게 수상한 건지 누가 알겠어.'

사람이 보기에 따라서는 모든 행동이 다 수상해 보일 수도 있고, 전부 아무렇지 않게 보일 수도 있다. 건물을 쳐다보고 있는 사람도, 특정한 장소 부근에서 어슬렁거리고 있는 사람도 말이다.

건물이 특이하게 생겨서이거나 이런 건물은 얼마나 할까 하고 쳐다보는 것일 수도 있지만, 배관을 타고 들어가서 도둑질을 할 루트를 보고 있는 것일 수도 있다.

그리고 어슬렁거리는 것도 마찬가지다. 사람이 없을 때 범행을 하기 위해서 기회를 엿보는 것일 수도 있지만, 누군가를 기다리는 것일 수도 있으니까. 그러니 수상한 사람이라고 물어보면 원하는 정보를 얻지 못할 확률이 높다는 거였다.

'그리고 요즘은 범죄자들도 다들 영악해져서 보통 사람들이 보기에 수상할 정도로 어리숙하게 행동하지 않으니까.'

그래서 범죄자에 대처하는 방식도 발전해야 한다고 배인수는 말했다. 그리고 그런 점에는 혁민도 전적으로 동감했고. 배인수는 처음에는 무척 이상한 사람이라고 생각했는데, 이제는 꽤 괜찮고 능력 있는 사람이라는 생각이 들었다.

'처음에 으슥한 데서 자꾸 만나자고만 하지 않았어도… 가만. 그 사람 혹시 취향이 그런 쪽인가?'

혁민은 아마도 그래서 그런 것이라고 짐작했다. 그러고 보니 지금까지 같이 다니면서 여자에게 눈길을 주는 걸 한 번도 보지 못한 듯싶었다. 조금 찜찜한 느낌은 있었지만, 그렇게 생각하니 대충 이해가 되었다.

'뭐, 취향은 존중해 주어야지.'

혁민이 그런 생각을 하는 사이에 형사들은 이미 움직인 뒤였다. 그래서 혁민은 잠시 창가에 기대서 가만히 사람들이 오가는 걸 바라보았는데, 너무나도 평온한 모습이었다. 범죄와는 전혀 어울리지 않는 분위기. 다들 밝고 즐거운 표정을 하고 있었다.

혁민은 눈을 살짝 감았다. 그랬더니 주변에서 들리는 소리가 더 잘 들렸다. 정말 여러 가지 이야기가 들렸다.

"알았어, 엄마. 먼저 가서 밥 먹고 학원 갈게."

"우리 남편은 맨날 술이라니까. 오늘도 회식한다고 했는데 또 열두 시지 뭐."

어떤 사람은 핸드폰으로, 어떤 사람은 옆 사람과 이야기를 하면서 일상적인 이야기를 아무런 의심도 하지 않고 말했다. 혁민은 마음먹고 몇 명을 점찍어서 어떤 이야기를 하는지 들어보았다.

휴게실에서, 걸어가면서 정말 많은 정보를 들을 수 있었다. 그리고 사람도 많아서 특별히 의심을 사지 않고도 그럴 수 있다는 게 정말 놀라웠다.

"이 녀석은 정말……."

최적의 장소. 정말 기가 막힌 장소였다. 그리고 여기서 대상을 물색하고는 계속해서 정보를 수집했을 것이다. 그러다가 대상이 움직이면 조용히 뒤를 따랐을 것이고.

'전혀 의심하지 못했겠지. 그리고 여기서 밖에 나가서 버스를 같이 타고 내릴 때도 같이 내리고…….'

그러고는 적당한 거리를 두고 뒤를 따라갔을 것이다. 처음에는 위치를 알아두는 정도. 그리고 그 주변에 대한 정보도 확인했을 것이고. 워낙 조심성이 많은 놈이니 신중하게 대상을 물색했을 것이다.

'그렇게 물색한 대상 중에서 확실하다고 생각되는 대상만 골라서 범행을 한 거야. 그리고 그렇게 하면서 이 지역에 적응하기 시작한 거고.'

그런 식으로 서서히 움직이기 시작한 것이다. 아마도 이 장소를 찾아내기까지도 많은 시행착오를 겪었을지도 모른다. 아니면 전에 있었던 지역에서 문화센터가 자신에게 최적의 장소라는 사실을 이미 습득했을 수도 있고.

혁민은 형사들이 오자 그런 대화를 나누었다.

"그런데 말입니다."

형사 중 한 명이 조금 이상하다는 이야기를 했다.

"그러니까 살인 용의자와 성범죄 용의자가 같은 사람이 아닐 수도 있지 않나요? 이게 피해자 진술이 좀 달라서 말입니다."

혁민은 배인수가 정리한 사건 목록을 넘겨주었는데, 피해자 진술을 확인한 형사가 의문을 제기한 거였다.

"키가 170㎝ 정도이거나 조금 작을 수도 있고, 왜소한 체구라고 하셨죠? 그런데 피해자 중에서는 키가 180㎝ 정도 된다는 사람도 있고, 체구가 크다고 말한 사람도 있어서요."

"제가 잘은 모르지만, 전문가 이야기는 조금 달랐습니다."

혁민은 범인이 일부러 혼란을 주기 위해서 그랬을 가능성도 있다고 했다.

"얼굴이나 모습을 아예 보여주지 않을 수도 있었을 건데 일부러 살짝 보여주었을 수도 있다고 하더라고요. 심리적으로 완전히 제압된 상태에서는 정확하게 보기가 어려우니까요."

혁민은 정말 무섭고 떨리는 상황에서 범인의 얼굴이나 체격을 제대로 쳐다볼 수 있었겠느냐고 물었다.

"사실 그건 힘들어요. 이게 심리적으로 제압당하면 엄청나게 위축되거든요. 우리도 잡아와서 신문할 때 엄청 기 싸움 하죠. 거기서 밀리면 절대로 대답을 들을 수가 없어요."

"하긴. 그렇긴 해. 어디 얼굴을 쳐다볼 수나 있었겠어? 그냥 슬쩍 곁눈질로 봤을 건데, 가뜩이나 위축되어 있는 상황이니까 상대가 훨씬 크고 무섭게 보였겠지."

그래서 같은 범인인데도 피해자의 진술이 극명하게 엇갈리는 상황이 있다고 했다. 몽타주도 완전히 다른 사람이 나오는 경우도 허다하고.

"몽타주만 보면 절대로 알아볼 수 없는 그런 경우도 많답니다. 그런 경우는 참고만 해야 한다고 하더라고요."

"히야, 만약에 그런 것까지 계산하고 움직이는 놈이라면 정말 대단한 놈이네. 아니, 그런 머리로 공부를 했으면 박사가 됐겠다, 박사가."

수사에 혼란을 주기 위해서 일부러 거짓 정보를 심어놓을 정도로 영악한 범인. 그것도 어지간해서는 잘못된 정보라고 생각하기 어려운 그런 방식으로. 정말 천재적인 두뇌 아닌가. 너무나도 기가 막혀서 마치 가상의 인물인 것처럼 느껴졌다.

그런데 문제는 그게 사실일 것 같다는 거였다. 이곳에 오기 전까지는 반신반의하는 형사도 있었다. 하지만 와보니까 느낌이 제대로 왔다. 그리고 그동안 보았던 자료들이 주르륵 떠올랐다.

원래도 진범이 있다고 의심하는 형사들이었는데, 정황상 모든 것이 맞아떨어져 가자 점점 더 확신이 든 것이다. 이곳에 와보니 범인이 어떤 식으로 대상을 고르고 범행까지 할 수 있었는지 감이 왔고.

"한성철 씨와는 어울리지 않는 장소네요. 평일에는 가게가 끝나야 올 수 있으니까 저녁 늦게나 가능할 테고, 주말에나 가능할 텐데."

혁민은 한성철이 주말에는 주로 산에 갔다가 내려와서 사람들과 술을 마셨다는 이야기를 했다. 형사들도 고개를 끄덕였다. 이 장소와 한성철은 어울리지 않는다는 걸 느끼고 있었기 때문이었다.

피해자 진술서도 보았고, 몇 명은 찾아가서 이야기도 했었다. 그리고 문화센터라는 공통점이 있었다는 게 하나의 연결고리처럼 쫙 이어졌다.

"어떤 새긴지 꼭 잡아야겠어요. 이 새끼 이거 아주 사람을 가지고 놀았는데? 완전 빡치게 만드는데?"

형사 하나가 이를 갈면서 말했다. 혁민도 당연히 그래야 한다면서 답했다.

"이번에 놓치면 정말 피해자가 몇 명이 더 생길지 모릅니다."

"그런데 말입니다. 정말 진범이 있다면 당연히 그래야 하는데… 그런데 범인이 누구인지 어떻게 찾죠?"

CCTV도 예전 것은 이미 지워진 후였다.

"잘은 모르겠지만, 그렇게 머리 좋고 조심성 많은 놈이라면 최근에는 몸조심하느라고 움직이지 않았을 것 같지 않아요? 나 같아도 그러겠네."

"아무래도 그럴 가능성이 높겠죠."

배인수나 전문가의 말도 그랬다. 휴식기에 들어가서 특별한 외부 활동을 하지 않을 수도 있다는 거였다. 특히나 이런 식으로 엄청난 일을 꾸몄으니 과연 결과가 어떻게 될 것인가에 집중하고 있을 거라고 했다.

"점점 실체에 접근하기는 하는데, 아직 그림자만 뒤좇는 그런 기분이니……."

"혹시 모르니까 피해자들 주변이나 그런 쪽으로 더 알아보자고. 그렇게 많은 범행을 했으니까 분명히 무언가가 있을 거야."

형사들은 전의를 불태우고 있었는데, 혁민은 한숨을 내쉬었다. 기껏 여기까지 왔는데 시간이 너무 없었기 때문이었다.

"그나저나 큰일이네요. 재판을 더 끌기가 어려울 것 같은데……."

"이거 누명을 쓴 거라면 우리도 좀 찜찜한데……."

혁민은 그 부분은 자신이 어떻게든 해보겠다며 이야기하고, 문화센터를 중심으로 조사를 더 해달라고 부탁했다.

"알았습니다. 이거 자존심 상해서라도 가만히 못 있겠네. 형사들 완전 개무시한 거잖아?"

* * *

　"재판장님. 범죄심리학자이자 프로파일링 분야의 전문가인 안건율 교수를 증인으로 신청합니다."

　혁민의 말에 검사가 바로 반발했다.

　"본 건과 직접적인 상관이 없는 증인입니다."

　사실 무리일 수도 있는 증인 신청이었다. 이미 한성철의 집에서 나온 열쇠로 찾은 영상이 있었다. 검찰은 직접적인 증거가 있는데 정황증거를 진술하는 것은 무의미하다면서 반박했다. 하지만 혁민은 차분하게 말을 이었다.

　"이 사건의 진범이 한성철이 아닐 수도 있다는 사실을 진술할 수 있는 증인입니다. 어떻게 직접적인 상관이 없다고 할 수 있겠습니까."

　"재판장님. 변호인은 지금 재판을 지연시키기 위해서 고의적으로 시간을 끌고 있습니다. 증인 신청을 기각해 주십시오."

　"그렇지 않습니다. 사건의 실체를 말해줄 수 있는 증인입니다."

　혁민도 지지 않고 받아쳤다. 그런데 재판장은 고민이 되는지 쉽게 결정을 내리지 못했다. 혁민은 여전히 차분한 어조로, 하지만 단호하고 힘 있는 목소리로 말했다.

　"재판장님. 이 재판은 한 사람의 생명을 좌우할 수도 있는 중대한 재판입니다. 당연히 고의로 재판을 지연하는 행위는 없어야겠지만, 정말 피고인 한성철이 억울한 누명을 쓴 것이 아닌지 살펴보아야 한다고 생각합니다."

억울한 누명이라는 부분을 유독 강조한 혁민은 잠시 숨을 고른 뒤 담담하게 이야기를 이어나갔다.

"범죄로부터 국민을 보호하는 일도 중요합니다. 하지만 그 과정에서 억울한 피해자가 나와서는 안 된다는 사실도 그에 못지않게 중요한 일일 것입니다. 재판장님. 사건의 진실을 밝혀줄 수도 있는 중요한 증인입니다. 소환해 주시기 바랍니다."

혁민의 말에 검사가 대꾸하려 했지만, 재판장이 먼저 입을 열었다.

"변호인의 신청을 받아들이겠습니다."

검사가 깜짝 놀라면서 일어나려 했는데, 재판장은 계속해서 말을 해나갔다.

"단, 이번이 마지막입니다. 만약 피고인의 무죄를 다툴 결정적인 증인이 아닐 경우, 더 이상의 증인 신청은 받아들이지 않겠습니다."

혁민은 일단 급한 불은 껐다면서 한숨을 내쉬었고, 검사는 불만스럽기는 했지만 그래도 이번이 마지막이라고 하니 넘어가겠다는 표정이었다. 어차피 재판 결과는 불을 보듯 뻔하다는 그런 얼굴을 하고서.

"부장님. 증인 신청을 받아들이신 특별한 이유라도 있으신 겁니까?"

우배석 판사가 나가면서 물었다. 증인 신청을 기각해도 전혀 문제가 없을 것 같았기 때문이었다.

"나도 처음에는 기각을 하려고 했었지. 그런데 변호인의 이야기를 듣다 보니 의지 같은 게 느껴지더군."

"의지요?"

"그래. '피고인은 무쵭다. 반드시 그걸 밝혀낼 수 있습니다' 뭐 이런 의지랄까?"

재판장은 변호인이 평소같이 화려한 언변을 보인 건 아니었지만, 진심이 느껴졌다고 했다.

"게다가 그만큼 중대한 사건 아닌가. 신중해서 나쁠 건 없지."

재판장은 허허 웃으면서 걸어갔다.

그리고 같은 시각, 한윤철은 정말 다행이라고 이야기하고 있었다.

"시간을 조금 벌긴 했네요. 그래도 이번이 마지막이라니……."

"찾아야지요. 분명히 찾을 수 있을 겁니다."

"그런데 용케 증인 신청이 받아들여졌네요. 어려울 수도 있다고 하셔서 안 되면 어쩌나 하고 있었는데."

혁민은 빙긋 웃으면서 이야기했다.

"지금 재판장이 예전에 누명을 쓴 적이 있었거든요. 그래서 그런 부분에 좀 민감할 수밖에 없죠."

그러면서 예전에 그가 억울한 일에 민감하다는 이야기를 하지 않았느냐고 물었다.

"아, 그런 얘기 들은 것 같네요. 예전 사건 이야기하면서 언

급을 했었죠?'

"예, 맞습니다. 그래서 그 부분을 최대한 건드려 본 겁니다. 할 수 있는 건 뭐든 해야죠. 나쁜 일을 하는 것도 아닌데 뭐 어떻습니까."

혁민은 당연하다는 표정으로 이야기했다.

"저는 법으로만 싸우지 않거든요. 할 수 있는 건 모두 합니다. 범죄만 아니라면 말이죠."

*　　*　　*

증인 소환은 할 수 있게 되었지만, 그것으로 문제가 해결된 건 아니었다.

"범인이 어떤 놈인지를 알아야 캐든지 말든지 할 건데, 도대체 어떤 놈인지를 알 수가 있어야 말이지."

형사는 머리를 벅벅 긁으면서 짜증 섞인 말을 내뱉었다. 진범이 있다는 건 확실하게 느낄 수 있는데, 도대체 증거가 없었다. 키가 작고 왜소한 체구의 남자가 어디 한둘인가. 그리고 CCTV도 없어서 용의자의 범위를 좁힐 수가 없었다.

"범인에 대한 정보가 너무 없으니까 말이야. 키하고 체구가 그렇다는 정도만 가지고는 뭘 어떻게 해볼 수가 없어요."

"맞아. 그리고 문화센터에 자주 드나들었다는 것도 뭐 확인할 길이 있나."

신분증이 있어야 들어가는 장소도 아니니 누가 오갔는지는 전혀 알 수 없었다. 그래서 머리를 맞대고 고민을 했지만, 범인의 실체로 접근하는 건 쉽지 않았다. 문제는 그러는 사이에도 시간은 계속 흐른다는 거였다. 그래서 혁민도 답답했다.

"이거 재판이 끝나기 전까지는 어렵겠어요. 큰일이네. 뭐라도 있어야 어떻게든 해볼 텐데."

"재판이 문제가 아니라 이거 새로운 사건이 터지지 않으면 아예 찾을 방법이 없을 수도 있겠어."

혁민의 말에 형사들도 답답하다는 듯 이야기했다. 수사란 증거를 가지고 용의자의 범위를 계속해서 줄여 나가는 작업이다. 키가 170㎝ 이하라고 하면 그 이상에 해당하는 사람은 모두 제외하고, 혈액형이 B형이라고 하면 다른 혈액형은 모두 제외하는 방식이다.

그래서 증거가 구체적일수록 범인을 찾기가 쉽다. 그런데 이런 식으로 아주 모호하고 추상적인 증거만 있으면 정말 난감해진다.

"이게 동종 전과라도 있는 녀석이면 그래도 좀 가능성이 있을 건데. 일단 알아보고는 있는데, 그렇지 않을 가능성이 높다면서요? 하기야 그런 놈들이 문화센터엘 가겠어?"

"전과가 없는 사람이라고 하면 대상이 너무 광범위해. 그리고 이 근처에 사는지 아닌지도 확실하지 않고."

불확실한 것투성이였다.

"100% 확실한 건 아니지만, 이 근처에 살 확률이 높답니다. 그리고 전과는 없을 확률이 높고요."

"어떻게 해서 그런 걸 알 수 있는지는 모르겠지만, 지금까지 얘기한 게 다 맞는 걸 보면 신빙성이 있는 얘기겠지. 그나저나 다른 건 기억나는 게 없는 거유?"

형사는 목격자를 쳐다보면서 이야기했다. 너무 일이 안 풀리는지라 혹시 무슨 다른 단서라도 얻을 수 있지 않을까 하고 목격자를 부른 거였다.

"워낙 오래전 일이라서요. 그리고 언뜻 본 거라서……."

"에휴. 하기야 그 정도 기억하는 것만 해도 다행이지 뭐."

목격자는 오히려 도움이 되지 못해서 미안하다고 이야기했다.

"혹시라도 생각나는 게 있으면 바로 얘기해요. 뭐라도 좋으니까."

형사들은 별다른 소득 없이 다시 수사를 하러 밖으로 나갔다. 밖으로 나가면서도 짜증이 나는지 계속 투덜거렸다.

"아우, 이거 이 새끼 사고 치기 전에 빨리 꼬리를 잡아야 하는데……."

"그러니까. 하여튼 이거 걸리기만 하면 아주 그냥 곱게는 내가 안 보낸다."

그런 모습을 보면서 목격자도 무척이나 아쉬워했다.

"그때 조금 더 자세하게 봐둘 걸 그랬어요. 그랬으면 훨씬 도움이 됐을 텐데."

"아닙니다. 그 이상 기억하는 걸 바라는 건 무리겠죠. 외국에 가신다고 하셨죠?"

목격자는 고개를 끄덕였다.

"예. 경기가 워낙 안 좋잖아요. 할 수 있는 게 별로 없네요. 그렇다고 앞으로 뭔가가 더 나아질 것 같지도 않고……."

"하기야 다들 어려운 때죠. 그러면 외국에서 무슨 일을 하려는 건가요?"

"지금 고민이 좀 되네요. 아예 미국으로 다시 갈까 하는 생각도 들어서요."

목격자는 빙긋 웃으면서 말했다.

"다시 가서 게임을 해볼까 생각 중이거든요. 그래도 그쪽이 게임을 하기에는 환경이 좋거든요. 판도 크고."

"하기야 그쪽에서는 홀덤 같은 게 상당히 인기가 있긴 하죠."

국내에는 그렇게까지 널리 알려져 있지는 않지만, 전 세계적으로 가장 인기 있는 포커 게임은 텍사스 홀덤이라는 게임이었다. 전 세계 카지노를 돌면서 대회가 열리고 있으며, 대부분 무제한 배팅 방식을 취하고 있다.

가지고 있는 칩을 한꺼번에 걸 수도 있어서 뒤지고 있던 사람이 기적처럼 되살아나는 그런 경우도 간혹 있다. 그래서 사람들이 더 열광하는 것인지도 모른다.

냉정하고 지극히 계산적이지만 승부를 할 때는 과감하게 해야 한다. 드라마틱한 장면, 강렬한 승부, 치열한 눈치 싸움과 속임수를 동반한 심리전이 난무하는 그런 게임이다.

"그전에 제가 도울 일이 있으면 얘기하시죠. 지금은 좀 한가한 편이거든요. 그래도 제가 기억력이나 눈썰미는 좋아서 쓸

데가 있을 겁니다."

"나중에 영상 같은 거 보게 되면 연락을 드리죠."

그래도 진범이라고 생각되는 사람을 본 사람은 눈앞에 있는 이 남자 한 명뿐이었다. 그러니 무언가 단서를 찾게 되면 도움을 구해야겠다고 생각했다.

"언제 출국 예정인가요?"

"보름 정도 남았다고 보면 되겠네요. 아마도 재판을 끝까지 보지는 못할 것 같네요. 제가 또 증언하거나 그럴 일은 없는 거겠죠? 그럴 일이 만약 있다면 그전에 다 하고 가야 할 것 같은데."

"증언할 일은 없을 것 같습니다. 다만, 출국하시기 전에 몇번 더 봤으면 좋겠네요. 그래도 범인과 관련해서 가장 잘 아는 분이니까요."

"언제든지요. 말씀드렸잖아요. 요즘은 좀 한가하다고."

혁민은 고맙다고 이야기하고는 목격자와 헤어졌다.

*   *   *

증인으로 소환된 안건율 교수는 자신이 생각하는 바를 모두 이야기했다. 하지만 별다른 소용이 없었다.

"그러니까 어디까지나 가정이나 추측이라고 할 수 있겠군요."

"프로파일링을 가정이나 추측이라는 단어로 한계 지어버리는 건 맞지 않는다고 봅니다. 프로파일링은 행동의 조각조각이 가지고 있는 의미를 파악해서, 그 행동을 한 대상의 머릿속으로 들어가는 거니까요."

안건율 교수는 무언가 더 이야기하려고 했지만, 검사는 바로 말을 잘라 버렸다.

"그렇지만 100% 확실한 건 아니죠?"

"100% 확실한 일이라. 그런 일이 얼마나 될까요? 누구나 다 그것이 틀림없다고 생각한 일에도 다른 면이 있을 수 있는 것 아닙니까?"

검사는 자신이 원하는 대답을 듣기 위해서 질문을 던졌지만, 안건율 교수는 묘하게 비껴간 대답을 계속했다. 하지만 이치에 맞고 논리도 정연한 말이라서 딱히 뭐라고 하기는 어려운 그런 말이었다.

나중에는 짜증이 나는지 증인의 말이 무엇을 의미하는지는 알겠지만, 하나의 가능성일 뿐이라는 말을 하면서 마무리를 해버렸다. 혁민도 최선을 다해서 애를 썼지만, 상황은 나아지지 않았다.

"변호사님, 진범을 잡을 수는 있는 걸까요? 만약에 진범을 잡지 못하면……."

한윤철은 한숨을 내쉬면서 이야기했다. 그도 지금 상황이 어떤지는 잘 알고 있었다. 동생이 실형을 받는 걸 면하기는 어려운 상황.

"포기하시면 안 됩니다. 가족이 흔들리는 모습을 보이면 당사자는 몇 배 더 힘들어집니다. 꼭 무죄가 밝혀질 거라고 생각하세요."

"그래야죠. 불쌍한 녀석. 전생에 무슨 죄를 지었길래……."

한윤철은 동생이 나간 문 쪽을 쳐다보면서 중얼거렸다.

"1심에서는 좋지 않은 결과가 나오더라도 마음을 다잡으세요. 지금 계속해서 범인에게 가까이 가고 있으니까 조만간 좋은 결과가 나올 겁니다."

혁민은 그렇게 말했지만, 상황이 그렇게 되지 않을 가능성이 높다는 걸 알고 있었다. 지금 수사를 하는 건 서장을 잘 설득해서 얻어낸 결과였다. 일종의 보험 차원에서 하는 일. 그런데 1심 판결이 나오면 수사를 멈출 가능성이 높았다.

그래서 사무실로 돌아오면서 혁민은 어떤 방법이 없을까 계속해서 고민했다. 그리고 배인수를 불러서 따로 상의도 했다.

"뭐 좀 없어요?"

혁민은 답답한 마음에 힘없는 목소리로 물었다. 배인수는 형사들과 함께 다니지 않고 따로 움직이겠다고 했다. 혁민은 그의 상황을 아는 터라 그러는 게 좋겠다고 생각하고는 그러라고 허락했고.

"흠… 제가 전에 다른 곳에서도 비슷한 패턴이 있었다고 얘기한 거 기억나십니까?"

"기억이 나요. 두 곳에서 그런 일이 있었다고 했었죠?"

"맞습니다. 그래서 그걸 중심으로 좀 파봤습니다."

이 이야기는 다른 사람에게는 하지 않은 이야기였다. 사실 이곳에서 일어난 사건만 해도 제대로 처리하지 못하고 있는데, 다른 지역에서 벌어진 일까지 이야기해 봐야 골치만 아파

지니까. 그리고 그걸 믿을지도 의문이고.

"그래서요? 뭔가 나왔나요?"

"흥미로운 사실이 있더군요."

바로 전 지역에서는 몽타주가 제각각이라고 했다.

"자신이 확실하게 심리적으로 지배하고 있다는 걸 깨달았던 게 그 지역에서인 것 같습니다. 그런데 이전 지역에서는 조금 다르더군요."

거기서는 얼굴을 보여주지 않으려고 했다는 거였다. 복면을 하거나 다른 방식으로 얼굴을 가려서. 혹은 상대방의 눈을 가리는 식으로.

"그리고 1년 정도 있다가 다른 곳에서 비슷한 패턴의 범죄가 일어난 거죠. 그리고 거기서 사라진 후 다시 1년 정도 있다가 다시 사건이 시작되었고요."

"맞아요. 그렇게 들었어요. 경찰의 수사력이 집중되니 자리를 옮긴 게 아닐까 했고, 적응하는 데 시간이 걸려서 그랬을 거라고 들었던 것 같은데."

배인수를 고개를 끄덕였다. 분명히 그렇게 이야기했었다. 그래서 형사들과 혁민이 이 근처에서 사건을 파고들 때, 자신은 다른 곳으로 가서 진범의 정체를 뒤쫓았다. 그로서도 이 사건의 범인은 무척이나 흥미가 가는 인물이었기 때문이었다.

게다가 혁민을 도울 수도 있는 일이고. 배인수의 목적은 하루라도 빨리 혁민이 소원을 이루도록 돕는 게 아닌가.

"그 부분을 좀 들여다봤는데 좀 석연치 않은 부분이 있었습니다. 아직은 뭐라고 이야기할 단계는 아닌 것 같은데……."

"뭐라도 좋으니까 얘기를 좀 해봐요. 지금 그렇게 한가한 소리를 할 때가 아닙니다. 한시가 급해요."

하지만 배인수는 조금만 시간을 더 달라고 말했다. 오래 걸리지는 않을 것이고 며칠 내로 이야기할 수 있을 거라면서.

"며칠이요? 뭐 며칠 정도야 기다릴 수 있지만… 그런데 정말 그 기간이면 뭔가 찾을 수 있을 것 같아요?"

"장담이야 못 하겠지만, 뭐라도 이야기할 거리는 나올 겁니다."

"아니, 도대체 뭘 어떻게 하는데 며칠 안에 뭐가 나온다는 겁니까?"

혁민은 정말로 궁금하다는 듯 물었다. 배인수는 범인의 입장에서 뒤를 따라가 볼 거라고 했다. 별거 아니라는 투로.

"철저하게 범인이 되는 겁니다. 그대로 발자취를 밟아나가다 보면 무언가 걸리는 게 있을 테니까요."

범인의 시선, 범인의 사고방식으로 뒤를 따라가 보는 것이다. 범행 현장이나 그곳에서의 생활 같은 것, 그리고 거기서 느낀 감정까지도 따라가 보려는 거였다. 배인수는 이미 한차례 그렇게 해봤는데 확실하지 않아서 다시 한 번 확인하는 거라고 말했다.

"중간에 캐릭터가 흔들려서 이상하게 되어버렸거든요. 그래서 이번에는 제대로 해볼 생각입니다. 문제가 되었던 부분만 집중적으로 체크하면서 말이죠."

혁민은 그게 가능하냐고 물었다.

"범인 입장이 되는 게 가능해요? 이게 정상적인 사고방식을 가지고 있는 사람이 아닌 것 같던데……."

"완벽하게 똑같기는 어렵겠죠. 하지만 어느 정도는 가능합니다."

"그래요? 나도 한번 해봐야겠네요. 혹시라도 뭔가가 떠오를지도 모르니까."

배인수는 아무나 할 수 있는 게 아니라고 했지만, 그래도 혁민은 한번 해볼 생각이었다. 그만큼 절박했다. 한성철이 무죄라는 걸 알면서도 실형을 선고받게 할 수도 있다는 압박감이 마음을 짓누르고 있었으니까.

그래서 배인수가 나간 다음에 방 안에서 혼자서 자신이 범인이 되어서 실제로 범행 현장에서 움직이고 있다는 상상을 해보았다.

"아우, 이거 머리만 아프네."

혁민은 잠시 상상을 하다가 이내 머리가 지끈거리는 것을 느끼고는 관자놀이를 꾹꾹 눌렀다. 최근에 스트레스를 많이 받아서 그런지 두통도 좀 생긴 것 같았다.

"이럴 때는 율희 무릎에 누워서 이런저런 얘기하고 그랬는데……."

사람이 사람과 같이 있으면 어떤 느낌을 받게 된다. 그것이 즐거움이나 불쾌감일 수도 있고, 설렘이나 거북함일 수도 있다. 하지만 혁민에게 율희는 조금 특별했다. 율희와 함께 있으면 편안하고 치유받는 것 같은 느낌이 들었으니까.

그래서 그냥 같이 이야기만 좀 해도 다시 활력이 생기고, 잘 풀리지 않던 문제도 실마리나 좋은 아이디어가 떠오르곤 했다. 예전에 데이트할 때도 그랬고, 결혼하고 나서도 마찬가지였다.

"그러고 보니 요즘 너무 연락이 뜸했는데?"

사건에 집중하다 보니 한동안 연락을 못 한 것 같았다. 혁민은 아차 싶었다. 이게 분위기가 좋을 때 불씨를 꺼뜨리지 않는 것도 중요한 법이다. 한번 분위기가 꺾이면 다시 살리는 게 만만치가 않으니까 말이다.

하지만 지금은 시간이 너무 늦어 전화하기도 뭐했다. 그래도 가만히 있을 수는 없어서 문자를 보냈다. 사정이 있어서 연락하지 못해 미안하다고. 그리고 혹시라도 답장이 오면 전화를 할 생각을 했다. 하지만 전화기는 빛나지도, 소리를 내지도 않았다.

"자나 보네."

혁민은 살짝 짜증이 났다. 이렇게 된 것이 진범 때문이라고 생각하니 화가 치밀었던 것이다. 그래서 다시 집중했다. 그 자식을 꼭 잡겠다는 생각으로. 그리고 점점 상상 속으로 빠져들었다.

*   *   *

혁민은 상상 속에서 사건이 일어난 건물을 보았다. 그리고 건물 뒤쪽이 떠올랐다. 이런 식으로 상상해 본 적이 없어서 잘은 모르겠지만, 제법 선명하게 건물이 보였다.

'그래도 여러 번 가본 곳이라서 그런가?'

하지만 거기에 범인으로 생각되는 사람이 움직이는 거라든가 다른 게 보이지는 않았다. 그런 게 상상을 한다고 바로바로 보이는 게 더 이상하지 않겠는가. 그래도 계속 집중을 해보았지만, 범인의 입장에서 생각한다는 게 말처럼 쉬운 게 아니었다.

키와 체구를 대충 생각해 보았지만, 그게 머릿속으로 그려지지 않았다. 그리고 건물 근처를 자세하게 생각하려고 해봐도 그런 게 보이지는 않았다.

혁민은 너무 자신이 보고 싶은 것만 떠올리는 게 아닌가 싶어서 그냥 마음을 편히 하고 생각나는 대로 흐름에 자신을 맡겨보았다. 그러자 이번에는 문화센터가 떠올랐다.

'아무도 없는 장소를 상상하니까 조금 무서운데?'

낮에 갔을 때는 사람들로 붐비기도 했고, 밝고 평화로운 느낌이었다. 그런데 아무도 없는 어두컴컴한 장소가 보이니 공포 영화에 나오는 그런 장소 같다는 생각이 들었다. 그리고 휴게실 근처가 보였다가 건물에서 빠져나왔다.

그리고 거리를 걸어서 버스 정류장이 있는 곳까지 이동했다. 여전히 사람은 아무도 없고 어두워서 으스스한 느낌을 받았다.

"에이, 괜히 찜찜하기만 하네."

혁민은 잠시 집중하다가 곧바로 눈을 떴다. 그리고 별거 없다고 생각했다. 전부 가봤던 데만 떠올랐으니까. 그리고 기분만 더러워졌다.

하지만 다음 날, 혁민은 사건이 일어난 건물 근처로 가게 되었다. 어쩐지 그래야 할 것 같은 생각이 자꾸만 들어서였다.

"이 뒤쪽으로 걸어서 들어갔는데……."

건물의 뒤쪽으로 들어가는 좁은 건물 사이의 틈새. 그곳은 사람 한 명이 통과할 수 있을 정도로 좁았다. 혁민은 그 틈새로 걸어가 보았다.

일단 틈새로 들어가기만 하면 다른 곳에서는 보이지 않았다. 유일하게 이곳을 볼 수 있는 곳은 그 건물이나 바로 옆 건물 정도였다. 옥상에서 내려다보거나, 아니면 창문을 통해서 보거나. 혁민은 옆 건물 창문을 보았다.

"가만. 저게 2층하고 3층 사이 창문이지?"

확실히 그 창문에서는 이곳이 확실하게 보였다. 얕은 담장 때문에 하반신은 보이지 않겠지만, 상체는 확실하게 드러났다. 혁민은 건물 뒷문으로도 가보았다. 하지만 뒷문으로는 안으로 들어갈 수 없었다. 쇠사슬이 칭칭 감겨 있었으니까.

"소 잃고 외양간 고치셨구만."

혁민은 피해자와 한성철이 떠올라서 씁쓸했다. 그리고 자신이 범인이라면 어떤 식으로 행동했을까 생각을 해보았는데 딱히 떠오르는 건 없었다. 그런 건 아무나 할 수 있는 게 아닌 모양이었다.

혁민은 혹시나 목격자가 있을까 싶어서 전화를 해보았는데,

일하는 중이라서 그런지 받지를 않았다.

 "아이고, 이거 누구야. 변호사 양반 아냐?"

 혁민이 틈새에서 빠져나오는데 옆 건물 주인이 혁민을 알아
보고 반갑게 인사했다. 쓰레기 버리는 데를 청소하고 있던 건
물 주인은 심심했는지 혁민을 잡고 이야기를 했다.

 "무슨 일로 왔는데?"

 "그냥 한번 생각이 나서요."

 "저기, 범인은 어떻게 된 거야? 누가 진짜 범인이야?"

 아저씨는 혁민에게 이것저것 캐물었다. 혁민이 보기에는 그
런 게 궁금한 것도 있었지만, 심심했던 모양이었다. 하기야 전
에도 혁민이 찾아가서 이야기했을 때 무척이나 잘 받아주었던
게 다 심심해서 그랬었던 것 같았다.

 "저야 진범이 따로 있다고 생각하지만, 수사해 봐야 알죠.
요 뒤로 누가 들어갔다고 하면 그것도 좀 수상한 거긴 하잖아
요. 203호 그 사람이 있었으면 뭐라도 좀 물어봤을 텐데."

 "아, 203호 청년. 그 청년은 방 뺐어. 얼마 있으면 외국 간다
고 해서 잠깐 친구네 집에 있다가 간다고 하더라고."

 건물 주인은 그 청년이 최소한 몇 달은 있다가 올 생각이라
서 아예 방을 뺐다고 했다.

 "이거 요즘 방도 잘 안 나가는데… 그런데 그 청년은 아예
이민 갈 생각도 있는 모양이던데?"

 지금 혁민에게 하는 걸 보니 분명히 203호 청년과도 많은 이

야기를 나누었을 것 같았다. 그래서인지 아주 시시콜콜한 것까지 잘 알고 있었다. 혁민은 더 붙잡혀 있다가는 안 되겠다고 생각하고는 적당히 이야기를 듣다가 가보겠다고 인사를 했다.

*　　*　　*

배인수의 연락을 기다렸지만, 며칠째 연락이 되지 않았다. 딱히 언제까지 오겠다고 기약을 한 것이 아니라서 더 초조했다. 선고 공판이 코앞으로 다가온 상황이라 무언가 돌파구가 절실했는데 그런 건 전혀 보이지 않았다.

형사들도 애를 쓰고는 있었지만, 성과는 없었다. 분명히 범인의 실체에 다가가고는 있었지만, 아직은 형체를 알아볼 정도는 아니었다. 하지만 성만과 보람은 그런 혁민의 고민을 아는지 모르는지 웃으면서 장난을 치고 있었다.

"왜? 나 정도면 키도 크고 괜찮지."

"키만 크면 뭐해요? 앉은키만 큰데. 키보다는 비율이 중요하다고요, 비율이."

"무슨 소리야. 비율도 이 정도면 좋지."

성만은 자리에서 일어서면서 괜찮지 않으냐면서 이야기했다. 혁민은 그다지 좋은 비율은 아니라고 생각하면서 피식 웃었다. 그리고 어쩐지 요즘 들어서 둘이 부쩍 가까워진 것 같다는 생각이 들었다.

'설마 둘이 무슨 일이 있는 건 아니겠지? 잘못하면 성만이

형 끌려갈 텐데……'

장중범이 알았다가는 난리가 날 것이다. 하지만 그런 정도
는 아닌 것 같았다. 그냥 같이 오래 일해서 친해진 사이? 하지
만 그 모습을 보고 있으니 율희 생각이 났다. 문자를 보낸 다
음 날 연락이 와서 통화하기는 했는데, 생각 때문에 그런지는
몰라도 조금 섭섭해하는 것 같았다.

'이거 사건도 안 풀리고, 율희하고 일도 잘 안 풀리고.'

회귀해서 이렇게까지 뭔가가 안되는 건 처음이었다. 그동안
은 계속 승승장구만 했고, 자신이 원하는 대로 모든 걸 이루었
으니까.

"어디 가서서 그런 얘기 하지 마세요. 저야 자주 보니까 알지
만, 다른 사람들은 앉은키만 보면 농구 선순 줄 알 거라니까요."

보람은 살짝 새초롬한 표정으로 성만에게 말했다. 장난기가
묻어나는 그런 투로.

'하기야 앉은키만 보면 그럴 수도 있지.'

성만은 하체가 짧은 편이라서 그럴 수도 있겠다 싶었다. 그
런데 그 순간 혁민은 이상한 게 머리에 떠올랐다.

"어? 이상하네?"

혁민은 재빨리 보람의 책상으로 다가가서 종이와 펜을 달라
고 했다. 그리고 거기에 그림을 그렸다. 그림을 잘 그리는 편은
아니었지만, 형체만 알아볼 수 있으면 되는 거니까 대충 그렸다.

"이런 광경을 보았다고 치자고. 이 사람 키가 얼마인지 알
수 있어?"

어떤 사람이 서 있는 걸 약간 위에서 내려다본 그림이었는데, 상반신만 보이는 그런 모습이었다.

"키? 글쎄? 이렇게만 봐서는 잘 모를 것 같은데……."

"이렇게 내려다보는 거면 좀 다르지 않나요? 저는 감이 잘 안 올 것 같은데."

성만도 보람도 잘 모르겠다고 말했다.

"만약 위에서 봐도 키 같은 걸 잘 알아보는 사람이 있다고 치자고. 그러면 어떨까?"

"그런 거 잘 아는 사람이요? 그래도 쉽지 않을 것 같은데요?"

보람은 여전히 고개를 저었다.

"왜? 이유가 뭐지?"

"네? 이건 상반신밖에 안 보이잖아요. 상반신만 보고 키를 맞출 수가 있나요?"

보람은 그건 어려울 것이라면서 고개를 갸웃거렸다. 성만도 마찬가지라고 이야기했고.

'그렇지? 상반신만 보고 키를 맞추는 건 쉽지 않아. 건물 틈새로 갈 때 하반신이 계속 안 보이지? 아! 뒷문으로 들어갈 때는 보이긴 하겠구나.'

혁민은 미간을 찌푸리면서 생각에 잠겼다.

'그래, 보이기는 보였겠어. 하지만 아주 잠깐이었겠지? 돌아가는 코너에서 자신을 보라고 계속 서 있었을 리도 없고.'

혁민은 그날 어떤 일이 있었을까를 떠올려 보았다.

'창문을 통해서 보고 있다. 사람이 지나갔다.'

상황이 머릿속으로 그려졌다. CCTV가 찍는 곳이 초입이니까 거기를 지나가서 우산을 접은 다음에 보았을 것이라고 생각했다. 상반신이 쭉 지나가는 모습이 그려졌다. 그리고 잠깐 두리번거리다가 건물 코너를 돌아갔다.

'사람의 시선을 의식하는 범인이니 두리번거리는 것도 아주 짧은 시간이었을 거야. 그렇게 생각하는 게 맞겠지.'

혹시나 자신이 잘 모르는 부분이 있는지 혁민은 생각해 보았다. 하지만 얼핏 보고 키를 알 수 있었다는 건 쉽게 이해가 되지 않았다.

'검사는 왜 그 부분을 지적하지 않은 거지?'

하지만 그 부분은 이내 알 수 있었다. 검사는 현장에 나가보지 않는다. 서류만 검토하고 모든 걸 처리한다. 검사가 현장을 뛰어다니면서 조사를 하고 범인을 잡고 그런다? 영화나 드라마에서나 볼 수 있는 모습이다.

현장에 나가는 경우는 기업에 압수 수색을 하러 갈 때 정도? 그러니 이런 걸 제대로 알 수 있을 리가 없는 것이다.

혁민은 짧은 시간에 엄청나게 많은 고민을 했다. 너무나도 충격적인 일이라서 과연 자신이 생각하고 있는 게 맞는지가 의심스러웠던 것이다.

'목격자가 기억력이 워낙 좋으니 코너를 돌 때 잠깐 본 것으로도 그런 걸 알 수 있었지 않을까? 아니야, 그 정도를 알 수 있으면 다른 것도 기억하지 않을까? 가지고 있던 물건이라든가, 아니면 얼굴이라든가.'

의심이 한번 생기기 시작하니 끝도 없이 생각이 이어졌다. 하지만 혼란스러웠다. 생각은 여러 방향으로 뻗어갔지만, 어떤 것이 사실인지는 도무지 알 수 없었다. 그리고 그런 혁민의 모습을 성만과 보람이 의아한 표정으로 쳐다보고 있었다.

아마도 사무실 문이 열리지 않았다면 계속해서 생각에 빠져 있었을 수도 있었다. 끼익 하는 소리가 나고는 문이 열리고 배인수가 들어왔다.

"시간이 되시면 안에서 잠시 이야기를 하시죠."

배인수는 들어오자마자 혁민을 보더니 바로 이야기했다. 혁민은 바로 그러자고 대답했다. 마침 자신도 그 말을 하려던 참이었으니까. 아무래도 이런 분야의 전문가이니 한번 물어보려 했던 거였다.

"물어볼 게 있는데……."

"이야기드릴 게 있습니다."

둘이 동시에 이야기했다. 둘 다 마음이 급했던 것이다.

"먼저 얘기를 하시죠."

혁민이 이야기를 듣겠다고 말했고, 배인수의 이야기가 시작되었다.

"범인을 찾은 것 같습니다."

배인수는 이번에 가서 범인이 누군지를 확신하게 되었다고 말했다.

"직접적인 증거가 있는 건 아닙니다. 하지만 여러 증거나 정황으로 볼 때, 거의 확실합니다. 1년 정도 비는 기간이 있다고 이야기를 한 거 아실 겁니다."

"그럼요. 알고 있죠."

배인수는 그 기간에 의문을 가졌다고 말했다.

"지역을 옮기면서 적응 기간을 갖는 줄 알았거든요. 하지만 자세히 살펴보다 보니 지역을 옮길 때마다 범행 수법이 발전하는 것 같은 그런 느낌이 들더군요."

쉽게 이야기해서 적응하면서 계속 쉬고 있다가 다시 범행하는 게 아니라 그사이에도 계속해서 범행하면서 레벨업을 하는 것 같았다는 거였다.

"이번에 정말 사건이 그런지 확실하게 찾아봤습니다. 그랬더니 확실하게 알 수 있겠더군요. 그사이에도 범인은 쉬지 않았습니다. 다른 곳에서 범행을 했던 것이죠."

하지만 그것이 외국이라서 드러나지 않았던 것이라고 배인수는 말했다.

"외국에서 어떤 식으로 범행했는지는 알 수 없지만, 대략 짐작은 갑니다. 범행 사이의 연결 고리가 되는 단계가 있으니까요."

"그러면 정말로 그 남자가……."

혁민은 그렇게 말하고는 한숨을 내쉬었다.

"그 남자? 혹시 범인이 누구인지 짐작을 하고 계셨던 겁니까?"

"짐작했던 건 아니고… 조금 전에 무언가 이상한 점이 있어서……."

배인수는 조금 신기하다는 듯 혁민을 쳐다보았다. 어떤 과정을 거쳤든 간에 범인이 누구인지를 쉽게 알기 어려운 상황이라고 생각했기 때문이었다.

이것이 영화나 드라마라면 다르다. 무조건 범인이 아닐 것 같은 사람을 찍어놓고 보게 되니까. 어차피 진범은 따로 있으니 그러는 거겠지 하고는 아닐 것 같은 사람 중에서 범인을 찾는다.

하지만 현실은 다르다. 범인이 누구인지 어떻게 알겠는가. 그래서 물어보았다. 도대체 어떻게 알게 된 거냐고. 혁민은 전에 건물에 가서 보았던 것과 오늘 생각이 떠올랐던 내용을 이야기했다.

"흥미로운 일이군요. 그런 게 쉽게 떠오르는 경우가 흔하지 않은데 말이지요."

배인수는 그런 쪽으로도 재능이 있는 거 아니냐고 이야기했다.

"사건을 확인하고 특성을 파악해 보니 범인은 분명히 이번 사건에도 관여했을 것 같더군요. 아주 지능적이고 생각보다 대담한 자였으니까요."

범인은 긴장감을 즐기는 자라고 했다. 그러니까 일부러 얼굴을 슬쩍 보여주기도 하고 그러지 않았겠는가.

"그래서 사건과 관련된 사람들을 모두 찾아봤죠. 경찰부터 시작해서 검찰 관계자까지. 그러다가 목격자가 수상하다는 걸 찾아냈습니다."

그리고 행적을 확인했다고 이야기했다.

"국내에서 범행이 비는 시간에 미국에 가 있었더군요."

"흐음… 범행하다가 무언가 불리하게 돌아갈 것 같으면 미국으로 가고, 거기서 적당히 있다가 다시 돌아오고……."

배인수는 고개를 끄덕였다.

"미국에서도 계속해서 범행을 했을 겁니다."

"그러면 이번에도 그런 식으로 빠져나가겠다는 생각으로……."

별다른 증거도 없이 시간이 흐른다? 그렇게 되면 대부분 사건은 흐지부지되게 마련이다. 그는 모든 사람을 조롱하면서 가지고 놀고 있었다. 사람의 생명을 자기 마음대로 가지고 놀면서 말이다.

"이 새끼!! 이거 이번에 꼭 잡아야 해!!"

지금 미국으로 가면 다시는 잡을 수 없을지도 몰랐다. 하지만… 그는 미리 낌새를 챘는지 모르겠지만, 이미 자취를 감춘 상태였다.

*　　*　　*

아주 엿 같은 상황이었다. 목격자가 범인이라는 건 거의 확실했다. 문제는 물적 증거가 없다는 점이었다. 물적 증거가 없으면 할 수 있는 건 아무것도 없었다.

"빨리 범인을 잡는 방법밖에는……."

범죄의 패턴이 유사하고 범행이 중단된 시기와 출입국 기록이 일치한다. 그리고 증언에 오류가 있으며, 범행이 일어난 지역과 살았던 시기가 일치한다. 충분히 의심할 수 있는 상황이다.

하지만 어찌 되었든 정황증거일 뿐이다. 직접 수사를 해보면 뭔가가 더 나올 수는 있겠지만, 훌쩍 외국으로 나가 버리기도 하면 정말 난감한 일이다. 그렇게 되면 최악의 경우에는 한성철이 유죄판결을 받을 수도 있다.

"그래서 말인데……."

배인수는 이 작자는 범행을 쉬지 않을 거라고 했다.

"보면 아시겠지만, 끊임없이 쾌락을 추구하는 놈입니다. 가만히 있을 수가 없는 거죠. 그리고 그 강도가 점점 강해지고 있어요. 지금도 다른 범행을 준비하거나 이미 저질렀을 수도 있습니다."

"아! 그래서 방을 뺀 건가?"

"마지막 만찬을 준비하는 것 같군요. 그리고 외국으로 떠나면 모든 것이 자기 뜻대로 되고 사건은 모호한 상태로 남게 되겠죠. 심증은 가지만 확실하지는 않은 그런 상태로."

그렇게 남겨둘 수는 없었다. 그리고 그런 걸 떠나서 피해자가 생기는 걸 두고 볼 수 없는 일이다. 혁민은 자책했다. 자신이 조금만 더 신경을 썼더라면 이상하다는 걸 발견할 수 있었을 거라는 자책감이 들었다.

'너무 자만했어. 그리고 우리 측 증인이라서 진위 여부를 확인하려고 하지도 않았지. 이런 증인이 있다는 것만으로도 흥분했으니까. 이런 머저리.'

얼마나 비웃었을 것인가. 자신의 손에서 놀아나는 꼴을 보면서 뒤에서 히죽거리고 있었을 것이다. 혁민은 손을 으스러지게 움켜쥐면서 그 새끼가 어디서 뭘 하고 있을 것 같으냐고 물었다. 짜증과 분노가 한가득 섞인 목소리로.

"대상을 물색하는 건 예전과 비슷한 패턴일 가능성이 높습니다. 가장 손쉽게 대상을 찾을 수 있는 곳이니까요."

"오케이. 일단 최근 CCTV를 싹 뒤져야겠어. 그런데 머리가 비상한 녀석인데 다른 방법을 찾았을 수도 있지 않을까?"

"그럴 가능성도 배제할 수는 없죠."

혁민은 정답도 없는 상황에서 말로 떠들 게 아니라고 생각하고는 바로 형사들에게 연락했다.

형사들도 와서 자료를 보고 이야기를 듣고는 경악을 금치 못했다.

"아니, 뭐 이런 새끼가 다 있지? 이거 완전히 미친 새끼 아닙니까?"

"그것보다 지금도 다른 사건을 일으킬 수도 있다는 겁니까?"

혁민은 한숨을 내쉬면서 말했다.

"이미 했을 수도 있구요. 그래서 말인데 문화센터 CCTV하고 이 근처 CCTV를 전부 확인해야 하지 않을까요?"

"그래야죠. 일단 빨리 움직입시다."

형사들은 바로 행동에 들어갔고, 혁민도 거들겠다면서 가능하면 CCTV 영상을 보게 해달라고 했다. 전문가에게 도움을 받을 수도 있다면서. 형사들은 영상을 주었고, 혁민은 배인수와 함께 영상을 눈알이 빠지도록 살폈다.

주로 문화센터를 살폈는데, 혁민은 아무리 쳐다봐도 알아볼 수가 없었다. 화질이 그렇게까지 좋지 않은 것도 있었고, 사람이 너무 많아서 있을지 없을지 모르는 목격자를 찾는 게 무척 힘들었다.

"아~ 이제는 화면에서 눈을 떼도 눈앞에서 사람들이 왔다 갔다 하는 게 보이네. 후우⋯⋯."

혁민은 잠깐 모니터에서 눈을 떼고 머리를 흔들었다. 눈을 감아도 사람들 움직이는 게 보일 지경이었다.

"잠깐만. 여기 좀 보시죠."

배인수가 무언가를 발견했는지 혁민을 불렀다.

"어디요? 뭐 있어요?"

"여기 이 사람 우리가 찾는 그 인간 아닙니까?"

혁민은 배인수가 손가락으로 가리키는 사람을 보았지만, 그런 것 같기도 하고 아닌 것 같기도 했다. 모자를 쓰고 있어서 얼굴이 보이지 않는 데다가 옷도 자신이 본 것과는 달라서 확신을 할 수가 없었다.

"체격이나 그런 건 비슷한 것 같기는 한데⋯⋯."

"아마 맞을 겁니다."

혁민은 그걸 어떻게 아느냐고 물었다.

"행동 자체가 다르니까요."

배인수는 체격이나 얼굴 같은 걸 보고 찾은 게 아니라 행동을 읽어서 찾은 거라고 했다.

"시선이나 행동이 다른 사람들과 다릅니다. 여자를 얼마나 오래 주시하는지, 어떤 모습으로 쳐다보는지, 그리고 그다음에 어떤 행동을 하는지를 보면 됩니다."

"아니, 이 많은 사람을 전부 관찰해서 그걸 찾아요?"

배인수는 웃으면서 대답했다.

"어떻게 전부 관찰을 할 수가 있겠습니까. 그건 아무리 전문가라고 하더라도 어려운 일이죠. 일단 남성에 비슷한 체격의 대상을 추리고, 그런 대상이 없으면 빨리 넘겨 버립니다. 그런 대상만 특정해서 관찰하면 오히려 무작정 보는 것보다 쉬운 일이지요."

그러면서 손으로 가리킨 남자를 잘 보라고 했다.

"처음부터 하는 행동이 다를 수밖에 없습니다. 이 장소에 온 목적이 완전히 다르니까요. 보세요. 일단 두리번거려서 대상을 물색하고는 계속 그 대상만 쳐다보는 게 보이죠?"

"아~ 정말 그러네요. 그렇게 얘기를 듣고 보니까 정말 수상하네."

확실히 다른 사람들과는 행동이 달랐다. 배인수는 그놈이 대상으로 점찍은 여자를 가리키면서 이야기했다.

"이 여자를 조사하면 그놈을 찾을 수 있을 것 같습니다."

"이게 언제야? 음… 3일 전이네?"

"빨리 찾아보는 게 좋을 것 같습니다. 범인이 처해 있는 정황이나 그런 걸로 유추해 보면 아직 범행하기 전이거나 범행한 직후일 것 같군요."

혁민은 지체하지 않고 형사들에게 연락했다. 형사들은 영상을 보고 여러 방법을 동원해서 그 여자가 누구인지를 찾았다.

*　　　*　　　*

"실종 신고가 된 건 없는데……."

이틀 사이에 실종 신고가 된 사람 중에는 그 여자는 없었다. 그러자 다른 형사가 다시 알아보라고 채근했다.

"접수된 건 없어도 신고가 들어온 것 중에 있을 수도 있어. 24시간이 지나지 않으면 정식으로 접수를 안 해주니까."

사람이 없어져도 24시간이 지나지 않으면 실종 신고를 받아주지 않는다. 단순히 잠시 어디에 간 것을 착각하고 신고하는 경우도 있고 해서 그러는 것이라고는 하는데 분명히 문제 있는 방식이었다. 만약 강력 범죄와 연관이 된 경우라면 치명적일 수도 있는 일 아닌가.

그리고 이번이 바로 그런 경우였다.

"맞네. 신고가 들어온 게 있는데 그 여자 맞네."

남편이 집에 돌아와 보니 없어서 신고한 것인데, 24시간이 지나지 않았다는 이유로 접수되지 않은 상태였다.

형사들은 발 빠르게 움직였다. 상황이 다급하다는 걸 잘 알고 있었으니까.

"핸드폰은 꺼져 있고… 아무래도 그놈한테 잡혀간 것 같은데……."

형사들은 그 여자의 집 근처 CCTV를 확인했다. 그리고 그 여자가 사는 빌라 앞 영상을 확보했다.

"이거 아냐? 이거 차에서 내리는 거 그놈 맞지?"

"그런 거 같은데?"

확실하지는 않지만 빌라 앞에 차가 서고 남자가 안으로 들어갔다. 그런데 차량이 가리고 있어서 안으로 들어가는 모습은 잘 보이지 않았다. 차량에서 내리는 모습마저 없었더라면 그놈인 줄 몰랐을 수도 있었겠다 싶었다.

"이거 이 새끼 CCTV 있는 거 알고 일부러 이렇게 한 것 같은데? 잘 보이지 않게?"

"야, 증말 징하다, 징해. 진짜 징그러운 새끼네."

그리고 잠시 후 차로 돌아오더니 차를 타고 출발했다.

"잠깐만. 뒤로 좀 돌려봐. 좀 이상하지 않아?"

"이거 누구 데리고 나오는 거 맞지?"

차에 가려서 잘 보이지는 않았는데, 범인이 누군가를 부축해서 오는 것 같았다. 보나마나 그 여자일 것이라고 생각하면서 사람들은 영상을 뚫어지라 쳐다보았다.

"여기 살짝 보이지? 누군가 데려오는 거 맞지?"

"그런 것 같아. 그리고 나와서도 시간 끄는 걸로 봐서는 조수석에 태운 것 같은데?"

사실 그런 의심을 하고 보니까 그렇게 보이는 거였지 그냥 보았다면 정말 별것 아니게 보였을 영상이었다.

"차량 조회하고 어디로 갔는지 빨리 찾아봐."

번호판을 확인한 형사들은 차량이 어디로 이동했는지 찾기 위해서 부산을 떨었다. 그리고 그 차량이 부산으로 향했다는 사실을 알아냈다.

"부산? 그 새끼는 거기까지 왜 간 거야?"

"내가 알아? 거기 외곽에 있는 농가 비슷한 데 있다고 하니까 빨리 가보자고."

형사들은 바로 출발할 준비를 했는데, 혁민도 따라가겠다고 말했다.

"저도 따라가겠습니다. 괜찮겠죠?"

"변호사님은 그냥 여기 계시죠? 저희가 알아서 잡아오겠습니다."

혁민은 현장에는 들어가지 않겠지만, 전문가와 함께 가서 도울 게 있으면 돕겠다고 말했다. 배인수와 함께 따라가면 그래도 뭔가 도움을 줄 수 있을 것 같아서 그런 제안을 한 거였다.

"전문가 선생도 같이요? 뭐……."

"그냥 그렇게 하지? 현장에만 없게 하면 되잖아."

형사들도 전문가의 도움이 얼마나 도움이 되었는지 알고 있는 터라 조건부로 승낙했다.

"자, 그러면 여기서 합류하는 걸로 하죠."

혁민과 형사들은 부산 인근에서 만날 장소를 정하고는 각자 출발했다. 혁민은 모두를 가지고 놀면서 살인을 저지르고 다니는 그런 인간 말종은 절대로 놓치지 않겠다고 결심하고는 배인수와 함께 부산으로 향했다.

　　　　　*　　　*　　　*

　약속 장소에 도착한 후 일행은 바로 범인이 은신하고 있다
고 생각되는 장소 부근으로 이동했다. 이미 해는 떨어져서 어
둑어둑한 상태. 형사들은 혁민 일행은 이곳에서 기다리라고
하고는 범인을 잡으러 움직였다.

　혁민은 초조하게 형사들의 소식을 기다렸다. 그리고 기다리
면서 참 이런 곳을 잘도 찾았다고 생각했다. 차량이 있는 장소
는 외딴 가옥이었는데, 근처에는 정말 아무것도 없었다. 가장
가까운 집도 몇백 미터는 떨어져 있는 그런 곳이었다.

　"아직 무사해야 할 텐데……."

　"시간상으로는 아직은 괜찮을 겁니다."

　배인수는 이곳에 도착한 지 하루도 되지 않았으니 아직은
무사할 거라고 했다.

　"대상이 공포에 질려 있는 걸 보는 것도 일종의 쾌감이거든
요. 충분히 즐기다가 더 강한 쾌감이 필요하게 되면, 그때 손을
쓸 겁니다."

　이야기를 들으면 들을수록 그 새끼는 인간이라는 생각이 들
지 않았다.

　"아니 어떻게 그런 짓을… 나 참. 어떻게 이해를 해보려고
해도 도저히 이해되질 않네, 이해가……."

　혁민은 고개를 절레절레 저었다. 그리고 정말 이 세상을 위

해서라도 그놈만은 꼭 잡아서 다시는 세상에 나오지 못하게 해야 한다고 생각했다.

"그런데 좀 이상한 게 있기는 합니다만……."

"이상해요? 뭐가요?"

배인수는 차량이 이상하다고 말했다.

"마음만 먹으면 차량 번호판을 가릴 수도 있거든요. 방법은 여러 가지가 있습니다. 그런데 번호판을 이렇게 볼 수 있게 한 게 좀 걸리는군요."

범인의 치밀한 성격으로 보아 조금 이상하다고 했다. 반사 스프레이 같은 걸 사용해서 번호가 보이지 않게 하는 방법도 있고, 번호의 식별이 어렵게 하는 게 어려운 일이 아니었으니까.

"흠… 그것도 그러네요. 음… 그냥 이렇게 빨리 자신을 뒤쫓아올지 몰라서 그런 거 아닐까요? 뭐, 외국으로 가야 할 날짜가 얼마 남지 않아서 급하게 준비하다 보니 그럴 수도 있고……."

"글쎄요? 제 생각에는 그럴 것 같지는 않지만……."

혁민은 살짝 불안한 생각이 들었다. 하지만 형사들이 갔으니 곧 범인을 검거할 것이라고 기대했다. 그리고 잠시 후 혁민의 핸드폰이 요란하게 울렸다. 혁민은 지체하지 않고 바로 전화를 받았다.

ㅡ찾았습니다. 여자는 무사합니다.

"그래요? 하아~ 다행이네요. 저기 범인은요?"

ㅡ그게…….

형사는 범인이 집에 없다고 이야기했다.

"차도 거기에 있다면서요? 근처에는 마땅히 갈 데도 없는 것 같은데……."

ㅡ그러니까 말입니다. 여자도 잘 모른답니다. 그런데 쪽지 같은 게 있는데…….

형사는 쪽지에 적힌 내용을 읽어주었다.

ㅡ' 후회는 아무리 빨라도 늦은 것이다. 소중함은 곁에 없을 때 더 절실하게 느낄 수 있으니 잊을 수 없는 추억을 선물해야 겠군' 이렇게 적혀 있네요? 당최 무슨 말인지…….

혁민은 뒷골이 서늘해졌다. 자신에게 남긴 메시지라는 느낌이 왔기 때문이었다..

'율희!!!'

어떤 근거가 있어서 느낀 게 아니었다. 그냥 그렇게 느껴졌다.

"이런!!!"

혁민은 전화를 던져 버리고는 바로 발에 힘을 주었다. 차가 요란한 굉음을 내면서 움직였다. 혁민의 머리에는 다른 건 하나도 떠오르지 않았다. 오로지 율희가 위험하다는 생각만이 가득했다.

속도 제한? 그런 건 상관없었다. 무조건 밟았다. 자동차는 무시무시한 속도로 도로를 질주했다.

"저기, 잠깐 진정하시죠."

배인수가 말을 걸었지만, 대답하지 않았다. 계속 최고 속도로 차를 몰았다. 그러자 배인수가 차분한 목소리로 말을 걸었다.

"무슨 일이 있을 것 같으면 도움을 줄 수 있는 사람에게 연락하는 게 어떻겠습니까? 올라가려면 아무래도 시간이 걸리니……."

그제야 혁민은 정신이 조금 돌아왔다. 그리고 배인수의 말이 맞다는 것도 깨달았다. 혁민은 재빨리 핸드폰을 들고는 누구에게 전화할까 고민하다 김준복 형사를 떠올렸다.

"형사님, 정말 죄송한데요. 부탁 한 번만 들어주세요. 정말 급한 일이거든요? 지금 사람이 위험할 수도 있거든요. 그러니까 제가 얘기하는 주소로 가서 무사한지 좀 확인 좀 해주세요. 직접 가셔서요. 꼭이요.".

혁민은 김준복 형사가 말할 틈도 주지 않고 자기가 할 말을 쏟아냈다. 평소와는 다른 이상한 말투로 말이다. 김준복 형사는 무언가 심상치 않은 일이라는 생각이 들었는지 무슨 일이냐는 걸 물어보지도 않고 알았다고 이야기했다.

—내가 지금 거기로 가서 확인하고 다시 연락하지.

"예, 정말 감사해요. 꼭 좀 부탁드릴게요. 최대한 빨리 가주세요."

혁민은 통화를 마치고는 크게 심호흡을 했다. 그리고 다시 차를 움직였다. 아까보다는 조금 느렸지만, 제한 속도 같은 건 무시한 속도를 유지한 채로.

Chapter 5
끝은 새로운 시작

혁민이 부산으로 내려가고 있는 시각. 범인은 서울로 올라
오고 있었다. 혁민의 핸드폰은 그에게 아주 유용하게 사용되
었다. 혁민이 핸드폰으로 하는 모든 걸 그도 알 수 있었으니
까.

 "그래, 이 정도는 해 줘야 염통이 펄떡펄떡하는 거지. 게임
이라고 하면 이래야 한다니까."

 남자는 킥킥대며 웃었다. 그동안은 너무 무료했다. 처음에
작업할 때는 천상의 쾌락을 맛보았다. 절대로 잊을 수 없는 쾌
감. 그래서 계속해서 같은 작업을 했다. 하지만 갈수록 예전
같은 기분을 느낄 수가 없었다.

 긴장감도 스릴도 예전만 못했다. 뭔가 더 자극적인 게 필요

했다. 그래서 더 강한 방식으로 작업을 했다. 하지만 그래도 채워지지 않는 무언가가 있었다. 그런데 그걸 채울 방법을 아주 우연히 찾게 되었다.

미국에 갔을 때 살심을 주체하지 못하고 작업을 했는데, 경찰에게 잡힐 뻔했던 거였다. 그런데 그 순간 정말 짜릿하다는 느낌을 받았다. 아드레날린과 도파민이 분수처럼 뿜어져 나오는 그런 기분이었다.

"끝내줬지. 최고였어."

그래서 거기서 새로운 시도를 하면서 많은 걸 공부했다. 자신의 정보를 조금씩 흘리면서 게임을 하는 방법을 연구한 것이다. 자신의 목을 죄어오는 느낌. 그리고 그러는 와중에 하는 작업. 정말 최고였다.

하지만 안타깝게도 미국에 계속 있을 수는 없었다. 수사망이 자신에게 점점 다가왔기 때문이었다. 그래서 다시 한국으로 들어왔다.

"그런데 이 머저리들은 제대로 하는 게 없어. 병신 같은 새끼들!!"

남자는 버럭 화를 내면서 자동차 핸들을 한 손으로 때렸다. 생각하면 할수록 화가 났던 것이다. 당연히 한국에서도 같은 흥분을 느낄 수 있을 줄 알았다. 그리고 준비할 때까지만 해도 가슴이 두근두근 뛰었다.

자신의 통제하에 제공되는 불완전한 정보. 그래도 '이 정도 단서를 던져 주면 나를 조금씩 추적해 오겠지?' 하는 두근거림이 있었다. 추적해 오면 이렇게 할 것이라는 이후 준비까지 하고 있었다. 하지만 한국 수사기관은 자신의 기대에 한참 못 미쳤다.

단서를 줘도 그게 뭔지 몰라서 엉뚱한 사람이나 장소를 뒤지기만 했다. 애써서 준비한 게 다 소용없게 되었다. 경찰서에 조사 과정 같은 걸 알 수 있는 선도 대놓았는데 말이다.

"나중에 써먹긴 했지만, 괜히 돈만 날릴 뻔했잖아. 그래도 뭐, 나중에 다시 한국에 왔을 때 또 써먹으면 되겠지. 조창우라는 형사, 쓰레기이긴 한데 정보는 참 잘 물어 온단 말이야. 내가 또 그런 인간들을 사랑하지."

딱 자신의 스타일에 맞는 인간이었다. 적당히 부패했지만, 무능하지는 않은 인간. 그리고 돈이면 움직일 수 있는 인간.

"돈이면 안 되는 게 없다니까. 얼마나 근사한 세상이야? 이런 세상이 살맛 나는 세상인 거야. 크크큭."

하지만 짜증스러운 건 여전했다. 미국에서 경험했던 그런 짜릿함을 전혀 느낄 수 없었으니까. 도저히 참을 수가 없었다. 그래서 강도를 조금씩 높여갔다. 하지만 그래도 결과는 나아지지 않았다. 그리고 깨달았다.

자신과는 수준이 맞지를 않았다. 그렇다고 너무 확실한 단서를 던져 주는 건 위험했다. 그래서 발상의 전환을 했다. 다른 게임을 준비한 거였다. 그게 바로 아예 다른 사람에게 자신의 죄를 덮어씌우는 그런 작업이었다. 그 대상으로 점찍은 게 바로 한성철이었고.

"좋잖아? 전과도 있고. 전과만 있으면 대충 색안경 끼고 보는 게 사람들이니까."

그래서 한성철을 조사하기 시작했고, 동시에 문화센터에서 대상을 물색했다. 그런데 이런 우연이 있나. 자신이 사는 곳의 바로 옆 건물에 사는 여자가 아닌가. 여러모로 잘되었다고 생각하고는 작품 구상에 들어갔다.

작품을 구상하는 건 생각보다 어렵지 않았다. 그리고 작품을 구상하는 내내 무척 즐거웠다. 전혀 새로운 경험이었으니까.

"상당히 까다로운 작업이었지. 경찰들이 오해할 수 있게 상황을 만드는 건 시간과 정보를 적절하게 통제해야 하는 일이었으니까."

경찰들은 딱 자신이 생각한 수준이었다. 일단 그 여자의 방열쇠를 만들고 여자가 없는 사이에 몰래 들어갔다. 컴퓨터에 바이러스를 심어서 고장 내는 일은 일도 아니었다. 그리고 그 여자의 핸드폰을 도청했다.

핸드폰을 도청하는 방식은 여러 가지가 있다. 핸드폰에 칩을 심는 방식도 있고, 복제하는 방식, 동기화를 이용하는 방식 등이 있다. 그리고 돈만 주면 그런 걸 해주는 곳도 있다.

여자의 컴퓨터가 고장 나면 어떻게 할까? 무거운 컴퓨터를 들고 수리하는 곳까지 갈까? 아니면 전화를 해서 수리하는 사람을 부를까? 생각하지 않아도 알 수 있는 일이다. 더구나 문에 중국집 스티커와 함께 중고 컴퓨터 매매 및 수리 스티커가 같이 붙어 있었다면 말이다.

"처음에는 괜찮았는데 그래도 너무 예상대로 흘러가니까 흥미가 떨어졌지."

판이 짜놓은 대로 흘러가고 자신이 안전한 건 좋았는데 즐겁지가 않았다. 그냥 밋밋했다. 그리고 경찰은 던져 준 것도 제대로 받아먹지도 못하고 있었다. 화장실에 숨겨놓은 열쇠도 찾지 못하고 말이다.

그래서 더 강한 자극을 받기 위해서 판을 조금 수정했다. 조금 더 사건에 가까이 들어가는 걸 선택한 것이다.

"검사, 그 새끼 표정이 아주 가관이었지."

조금 흥미가 생겼다. 자신이 모든 사람을 움직이는 것 같은 기분이 들어서 마치 신이 된 것 같은 기분마저 들었다. 그리고 가장 큰 쾌감은 이 모든 일을 하고도 잡히지 않았을 때 느끼는 쾌감이다.

작업한 후에 일부러 경찰서 앞을 지나간다. 아무렇지도 않은 듯이. 그때 느끼는 쾌감은 정말 최고였다. 그런데 그것보다 법정에서 느낀 쾌감은 몇 배나 더 컸다. 그런데 거기서부터 조금씩 균열이 생기기 시작했다. 누군가가 자신의 뒤를 캐고 있는 게 감지가 되었던 것이다.

알아보니 변호사였다. 뭔가 좀 특이해 보이더니 다른 자들과는 조금 달랐다. 그래서 준비했다. 마지막으로 멋진 판을 벌이고 미국으로 가기로.

"그래, 이렇게 힘들게 준비를 하면 그걸 알고 따라오기는 해야지. 그래야 준비를 한 게 헛고생이 되지 않는 거잖아."

자신을 흥분시킨 변호사에게는 선물을 제대로 해야겠다고 생각했다. 그리고 그를 살피던 중에 아주 재미있는 걸 발견했다. 애인이라고 하기는 좀 그렇고 썸타는 사이라고 해야 하는 여자. 변호사는 그 여자를 무척이나 소중하게 생각하고 있었다.

그걸 알아챈 건 문자에서였다. 별거 아닌 것 같은 내용이었지만, 느낄 수 있었다. 뜨거운 감정을 수줍게 표현하고 있는 감성을 알아챌 수 있었다. 그리고 둘이 대화를 할 때 그걸 확인했다. 그래서 목표를 정했다. 그 여자로.

"지금쯤이면 한창 부산으로 가고 있겠지?"

원래는 미국이 아니라 부산 쪽으로 옮길까 하고 다른 사람의 명의로 구해놓은 집이었지만, 이제는 어차피 상관없었다. 다시는 한국에 오지 않을 생각이었으니까.

자동차가 목적지에 도착하자 남자는 차에서 내렸다. 그리고 천천히 앞으로 걸어갔다. 대상이 살고 있는 낡은 단독주택에 앞까지.

"부산에서 내가 없다는 걸 알고 다시 여기로 왔을 때는 모든 게 끝나 있을 거야. 나는 미국으로 출발한 다음일 것이고."

남자는 시계를 보았다. 시간은 충분했다. 집에는 여자와 그 여자의 아버지. 그렇게 둘만 살고 있었다.

"내 스타일하고는 조금 다르긴 한데……."

여자의 아버지가 있다는 게 조금 꺼림칙했다. 원래는 대상이 혼자 있을 때 작업을 하는 게 자신의 스타일이었지만, 이번만은 예외로 할 수밖에 없었다. 그래도 큰 문제는 없으리라 생각했다.

중년 남자 한 명 정도는 어떻게든 처리할 수 있다는 자신감이 있었으니까.

"자, 그럼 마지막 파티를 시작해 볼까?"

남자는 주변을 슬쩍 살피고는 대문에 열쇠를 꽂았다. 그리고 조용히 문을 열고 안으로 들어갔다. 사방은 어둠에 묻혀서 형제마저 흐릿하게 보였고, 아무런 소리도 들리지 않았다.

*   *   *

"그 문을 잡고 있는 더러운 손을 떼지 않으면 후회하게 될 거야."

민주엽의 말소리에 남자는 흠칫 놀랐다. 분명히 거실에 아무도 없는 걸 확인하고 여자의 방으로 가서 문을 열려고 했는데, 뒤에서 목소리가 들렸으니까. 발소리나 문소리도 들리지 않았는데 말이다.

뒤를 돌아다보니 중년이라고는 믿기지 않는 건장한 체격의 남자가 서 있었다. 남자는 히죽 웃으면서 칼을 꺼내 들었다. 이렇게 된 이상 거실까지 좀 지저분해질 것 같다는 생각을 하면서.

"누가 자꾸 집에 드나드는지 궁금했는데 처음 보는 얼굴이군."

민주엽은 처음에는 자신을 감시하는 녀석들이 또 무언가를 꾸미는 게 아닌가 싶었다. 예전에도 한동안 자신이 없을 때 집에 들어와서 뒤져 보고 무언가를 설치하고 그랬으니까. 그런데 이번에는 조금 이상했다.

무언가 예전과는 다른 방식. 그래서 다른 걸 꾸미나 싶었다. 하지만 지금 들어온 녀석을 보니 자신이 생각한 것과는 조금 다르다는 걸 알 수 있었다. 그 녀석들이라면 이렇게 밤에 이런 식으로 들어오지는 않았을 테니까.

"뭘 생각하는지 모르겠지만, 그냥 나가는 게 좋을 거야."

민주엽은 나가라는 이야기를 몇 차례 반복했다. 남자는 솔직하게 말해서 어이가 없었다. 이런 상황에서 차분하게 저런 이야기를 하는 게 정상이라고 볼 수는 없지 않은가. 그래서 뭔가 잘못되었다는 느낌을 받았다.

"가만있어 봐라. 이 정도 얘기했으면 됐으려나?"

민주엽은 핸드폰을 꺼내더니 손가락을 가져다 댔다.

"내가 먼저 손을 쓰지 않고 이렇게 이야기를 하는 건 우리나라 법이 아주 지랄이거든. 집에 침입한 새끼하고 다툼이 일어난다고 하더라도 정당방위를 잘 인정해 주지 않는단 말이야. 아주 드럽지?"

민주엽은 고개를 좌우로 돌리고 핸드폰을 주머니에 넣고는 다시 이야기했다.

"그래서 이렇게 내가 번거롭게 녹음을 한 거잖아. 계속해서 나가달라고 말했다는 증거를 남기려고. 게다가 내가 무슨 일을 하면 좋다고 달려들어서 수작을 부릴 놈들이 있거든. 그래서 내가 가능하면 일을 크게 벌이지 않으려고 해."

민주엽은 한 발 앞으로 다가서면서 이야기했다.

"참 다행스러운 일이지 않아? 그러니까 지금 조용히 나가. 그러면……."

지금 상황을 제대로 이해하지 못하고 이상하다는 표정을 하고 있는 남자에게 민주엽이 말했다.

"뼈는 부러뜨리지 않도록 하지. 아니면 뼈가 살을 찢고 튀어나온 걸 보게 될 거야. 아마도 살면서 처음 겪는 경험일걸?"

남자는 눈앞에 있는 민주엽이 보통 사람이 아니라는 걸 느낄 수 있었다. 하지만 그럴수록 흥분이 되었다. 다른 의미로 자신에게 쾌감을 줄 것 같았기 때문이었다.

남자도 어느 정도 자신 있었다. 이런 날을 위해서 틈만 나면 실전 무술을 배워왔던 것 아닌가. 그리고 도장에서도 자신을 이길 수 있는 사람은 거의 없었다. 특히나 칼을 들었을 때는 더욱더 그랬다.

"이런, 이런."

남자는 뒤로 물러서는 척하다가 다짜고짜 칼을 휘둘렀는데, 민주엽은 예상이라도 했다는 듯 어렵지 않게 피했다.

'칼을 이런 식으로 써?'

민주엽은 좀도둑이나 성폭행범 같은 놈인 줄 알았는데, 그게 아니라는 걸 바로 깨달았다. 칼을 쓰면서 주저함이나 머뭇거림 같은 게 전혀 없었기 때문이었다. 칼로 사람을 찌른다는 건 생각한 것보다 쉽지 않은 일이다.

칼로 찌르면 사람이 다치거나 죽는다는 걸 누구나 알고 있다. 그래서 이런 상황에서는 사람을 찌르기보다는 허공에 휘둘러 위협을 먼저 하게 된다. 그런데 남자는 살상을 목적으로 칼을 움직였다.

'이런 식으로 칼을 쓰는 사람은 두 종류밖에 없지.'

특별한 훈련을 받은 사람. 정보기관의 요원이거나 킬러 같은 사람들이 그런 종류의 사람이다. 그리고 그게 아니라면 딱 한 가지.

'사이코패스. 죄의식 같은 게 아예 없는 인간.'

사람을 죽이고도 아무런 감정을 느끼지 않는다. 당연히 사람을 죽이기 위해서 조금의 주저함도 없이 칼을 휘두를 수 있다. 그것도 한두 번 해본 솜씨가 아닌 것 같았다.

"이런 게 처음이 아닌 모양이군."

남자는 당황해서 주춤거렸다. 민주엽의 대처가 너무 자연스러웠고, 자신의 공격은 전혀 먹히지 않았기 때문이었다.

"아, 정말 다행이군. 자네 같은 친구라면 내가 손을 좀 본다고 해도 괜찮겠지."

민주엽이 히죽 웃자 남자는 소름이 쫙 돋았다. 그리고 칼을 앞에 세우고는 조금씩 뒤로 물러섰다. 그리고 그가 물러서는 방향에는 아까 들어가려고 했던 문이 있었다.

"혹시라도 내 딸 방에 들어가서 뭘 어떻게 하겠다거나 하는 생각이 있다면 포기하는 게 좋을 거라고 말해주고 싶네. 어려서부터 나한테 교육을 받았거든."

민주엽은 항상 문은 이중으로 잠그고 혹시라도 밖에서 무슨 일이 있더라도 절대로 나오지 말라는 교육을 받았다고 말해주었다. 남자는 세상에 그런 집이 어디 있느냐고 말하고 싶었지만, 정말인 것 같다는 느낌을 받았다.

그리고 실제로 뒤로 물러서다가 문고리를 돌려보았는데, 정말 잠겨 있었다. 열쇠를 꽂고서 돌려보았지만, 문고리는 돌아가는데 문은 열리지 않았다. 민주엽이 한 말이 정말이었던 것이다. 안에 다른 잠금장치가 되어 있었던 것이다.

철컥. 철컥.

남자는 황급히 뒤로 돌아 칼을 앞으로 내밀었다. 사실 그 잠금장치를 보기는 했지만, 설마하니 잘 때까지 그런 걸 하리라고는 생각지 못했었다. 누가 집에서 자면서 그렇게까지 하겠는가. 남자는 당황해서 도망치려고 했는데, 민주엽이 말을 걸었다.

"자, 이 정도 시간이 지났으면 우리가 치고받고 싸웠다고 주장할 수 있는 그런 시간 정도는 될 거야."

민주엽은 도망가려는 남자에게 다가가면서 말했다.

"내 몸에도 상처도 좀 내고 피고 좀 뿌리고 하면 큰 문제 없이 넘어갈 수 있을 거야. 그렇지 않으면 또 그거 가지고 어떻게든 나를 엮으려고 하는 놈들이 있어서 말이야. 나도 참 힘들게 살고 있다고. 그렇게 날 괴롭히는 놈들이 있으니까 말이야. 그래서 내가 좀 스트레스를 많이 받거든?"

민주엽은 스산한 분위기를 풍기면서 이야기했다.

"그래서 자네에게 약간은 고맙게 생각하고 있어. 이렇게 스스로 와주었으니까 말이야. 자, 이제 뼈 구경 해야지?"

'뭐야? 조폭인가? 아니야. 그런 것과는 달라. 군인인가?'

무시무시한 기세와 섬뜩한 말이었다. 만약 보통 사람이었다면 그 자리에 얼어붙었을 것이고, 담이 약한 자였다면 주저앉았을 수도 있었다. 하지만 남자는 전혀 그런 감정을 느끼지 않았다. 아니, 느낄 수 없었다. 남자는 사이코패스였으니까.

그런 감정과는 무관한 상태로 그냥 이름도 모르는 눈앞에 있는 남자가 자신에게 엄청난 위협이라는 사실만 생각하고 있었다.

'어떻게 하는 게 나에게 가장 유리한 선택이지?'

사이코패스는 몇 가지 선택을 놓고 고민했다. 그는 항상 계획을 세우고 움직인다. 즉흥적으로 움직이거나 마음 내키는 대로 한 적은 거의 없었다. 이번에도 만약을 대비한 계획이 있었다.

하지만 이런 경우는 생각지 못했다. 가능하면 조용히 일을 치르고 나가리라 생각했었고, 만약의 경우에는 둘 다 처리를 할 생각이었다. 증거가 많이 남겠지만, 어차피 한국에는 다시는 들어오지 않을 생각이었으니까.

'총을 꺼내? 그냥 도망쳐?'

선택이 쉽지 않았다. 만약을 대비해서 총을 준비하긴 했지만, 어떤 것이 자신에게 유리한지를 판단하기가 어려웠다. 하지만 선택의 기준은 있었다. 사람을 죽이는 행위는 그에게는 무척이나 중요한 일이었다. 하지만 자신의 안전보다는 중요하지 않다.

총을 꺼내면 눈앞의 남자를 처리할 수 있을 것이다. 하지만 그만큼 자신이 위험해진다. 그냥 도망친다면? 만약 무사히 도망칠 수만 있다면 상대적으로 위험은 덜할 것이다. 하지만 자꾸만 죽여야겠다는 방향으로 생각이 흘렀다.

'아무리 이 남자가 대단하다고 해도 총만 꺼내면 문제없어. 그리고 여자도 총으로 처리해야겠지? 처리하고는 바로 도망쳐야 하니까.'

총의 발명은 인류 역사를 바꾸어놓았다. 전쟁의 양상을 바꾸어놓은 것뿐이 아니라 사회와 문화적인 모든 분야에 있어서 엄청난 변화를 몰고 왔다. 그건 총의 특징 때문인데, 조작이 단순하고 살상력이 높다는 게 대표적인 특징이다.

눈앞에 있는 남자는 지금 내뿜고 있는 기세나 칼을 피하는 모습으로 볼 때 보통 사람이 아니었다. 하지만 사람인 이상 총알보다 빠를 수는 없고, 총을 맞고 멀쩡할 수도 없다.

'하지만 그렇게 되면 정말 돌이킬 수 없는 건데……'

물론 그동안 계속해서 위험한 줄타기를 해왔다. 수사기관에서 자신을 뒤쫓아오라고 자신에 대한 단서를 계속해서 주면서 거기서 오는 짜릿함을 즐겼다. 하지만 그건 자신이 잡히지 않을 것이라는 전제하에 그런 것이다.

수사기관의 정보를 계속 확인하면서 여차하면 언제든지 외국으로 뜰 수 있는 만반의 준비를 다 해놓고 게임을 했다. 그러다가 보니 계속해서 더 강한 자극을 뒤쫓게 되었다. 그리고 지금 이런 상황까지 오게 된 것이다.

'그래. 어차피 이렇게 된 거, 그렇게 처리하고 떠나자.'

누가 신고를 할 것이다. 그러면 경찰이 출동할 것이고. 하지만 그게 뭐 어떻단 말인가? 수사를 본격적으로 하게 될 때쯤이면 이미 외국에 있을 텐데. 물론 그렇게 되면 미국은 좀 위험하다. 중국으로 가야 한다.

그러면서 사이코패스는 이번에는 자신답지 않게 너무 어설프게 판을 짰다고 생각했다. 시간을 들여서 완벽한 계획을 세운 게 아니라 어차피 외국으로 갈 거니까 화끈하게 해보자는 생각에 무리했다는 생각이 든 거였다.

사이코패스는 품 안으로 손을 넣었다.

*　　*　　*

김준복 형사는 혁민이 불러준 주소로 차를 몰았다. 산 지가 10년이 넘은 낡은 승용차. 하지만 사용한 건 그리 많지 않아서 아직 쌩쌩했다. 근무하느라 시간을 대부분 보내는데 승용차를 탈 일이 뭐가 있겠는가.

"그나저나 무슨 일이길래 그렇게 다급하게 부탁을 하는 거야?"

혁민과는 자주 만난 건 아니었지만 그래도 꽤 가까운 사이라고 할 수 있었다. 자신이 도움을 받은 것도 좀 있고. 그리고 그런 게 아니더라도 아는 사람이 그렇게 다급하게 부탁하면 거절하지 못하는 성격이기도 했고.

"그쪽은 아는 놈들이 없어서……."

주소지 관할서에 아는 사람이 있으면 부탁을 하려고 했었다. 아무래도 급한 일 같아서 좀 가서 확인을 해보라고 하는 게 가장 빠를 테니까. 물론 자신도 가보기는 하겠지만 말이다.

그런데 공교롭게도 아는 사람이 없었다. 친분 있는 형사를 통하면 한 다리 건너서 연락을 할 수는 있겠지만, 그러려면 시간이 너무 걸렸다.

"가정 폭력 같은 건가?"

그것 말고는 달리 생각나는 일이 없었다. 그런 상상을 하면서 목적지에 도착한 김준복 형사는 차에서 내렸다.

탕!!

그때였다. 귓가를 때리는 총소리가 난 것은.

김준복 형사는 깜짝 놀랐다. 분명히 총소리였다. 실제로 범인을 검거하면서 총을 쏴본 적도 있는 그로서는 지금 난 소리가 총소리라고 확신할 수 있었다.

"뭐야?"

그는 다급하게 눈앞에 보이는 단독주택으로 달려갔다. 반사적으로 품을 더듬었지만, 총이 잡힐 리가 있겠는가. 근무 중에도 보통의 경우에는 총을 휴대하지 않는데 말이다. 순간적으로 그는 고민이 되었다.

총격 사건. 안에 누군가가 총을 가지고 있다는 말이다. 그건 지금 진입하게 되면 자신의 생명도 위험해질 수 있다는 이야기이고.

"니미. 뭐가 이래?"

무언가 큰일이 있다는 거야 생각했지만, 설마하니 총까지 쏴대는 그런 일이라고 누가 생각했겠는가. 그는 재빨리 경찰서에 연락하고는 조심스럽게 안으로 들어갔다. 담을 넘어야 하나 싶었는데, 다행스럽게도 대문이 열려 있어서 그런 수고는 하지 않아도 되었다.

"후우~ 후우~"

김 형사는 벽을 타고 조심스럽게 이동해서 현관문까지 이동했다. 아주 짧은 거리였지만 바짝 긴장해서인지 작은 언덕 하나는 넘어온 것 같은 느낌이 들었다.

심장이 무섭게 펄떡거렸다. 혼자이고 총도 없는 상황이라 더욱 긴장한 탓일 것이다. 김 형사는 일단 소리를 들어보았다. 현관문도 조금 열려 있어서 안에서 나는 소리가 들렸는데 윽윽 하는 소리와 무언가 부스럭거리는 소리가 들렸다.

'들어가, 말아?'

어떤 상황인지는 모르겠지만, 총소리가 난 것으로 보아 누군가의 생명이 왔다 갔다 하는 상황일 수도 있었다. 그리고 자신이 들어가게 되면 자신도 비슷한 상황이 될 것이다. 총알이 형사라고 피해 가는 건 아니니까.

갑자기 전에 조폭을 검거하다가 칼에 맞은 옆구리가 쑤셔오는 게 느껴졌다. 지금까지 멀쩡하던 옆구리에 갑자기 문제가 생겼을 리는 없는 일. 공포가 그런 반응을 이끌어냈을 것이다. 그렇게 다칠 수도 있다는 공포.

하지만 어떤 거라도 하지 않을 수는 없었다. 그런 게 형사니까. 소방관은 자신이 위험할 걸 알면서도 불길 속으로 들어가고, 형사는 위험할 걸 알면서도 현장에 뛰어든다. 그렇게 20여 년을 살아왔다.

"씨불."

김준복 형사는 나지막하게 욕설을 내뱉고는 현관문을 확 열어젖혔다.

"경찰이다!! 꼼짝 마!!!"

크게 소리를 지르면서 재빠르게 안을 살폈다. 혹시라도 위험한 상황이면 바로 몸을 피할 대비를 한 채.

그곳에는 남자 한 명이 서 있었고, 한 명은 바닥에 쓰러져 있었다. 그리고 바닥에 액체가 흥건하게 고여 있었다.

*　　　*　　　*

김준복 형사가 현관문을 열고 들어오기 10분 전.

"뼈를 볼 부위를 팔로 할 건지 다리로 할 건지는 자네가 결정하게 해주지."

민주엽은 사이코패스가 자꾸만 눈알을 굴리는 게 뭔가 꿍꿍이가 있다고 생각하고는 그 말을 내뱉으면서 달려들었다.

퍼억!!

사이코패스는 피하려고 했지만, 쉽게 피할 수 있는 주먹이 아니었다. 하지만 치명타도 아니었다. 사이코패스가 주먹에 맞고 나가떨어졌지만, 손에 걸리는 감각이 묵직하질 않았다.

'이제 나도 늙었나? 이런 녀석도 한 방에 보내지 못하고.'

민주엽은 그렇게 생각하면서 재차 달려들었다. 확실하게 제압하기 위해서. 하지만 사이코패스도 살기 위해서 발버둥 쳤다. 발로 민주엽을 밀어낸 다음에 옆에 있는 화장실로 들어가서 문을 닫은 것이다.

철컥철컥.

민주엽이 바로 따라가서 문고리를 돌렸지만, 이미 잠겨 있었다. 민주엽은 뒤로 물러섰다가 발로 문을 힘차게 걷어찼다. 그러자 쾅 소리가 나면서 문이 확 열렸다.

"이런 쌍!!"

민주엽은 재빨리 몸을 옆으로 날렸다. 화장실에 있는 사이코패스가 손에 총을 들고 있었기 때문이었다. 옆으로 몸을 날린 민주엽은 벽에 몸을 붙이고 화장실 쪽을 살폈다.

"뼈를 구경시켜 주시겠다?"

총을 든 사이코패스는 한껏 비아냥거리면서 말했다.

"이거 빨리 정리하고 갈까 했는데, 아주 특별한 경험을 하게 해주겠어."

사이코패스는 그렇게 얘기하면서 총을 든 채 조심스럽게 짧은 복도를 걸었다. 민주엽은 몇 발자국만 가면 끝나는 복도와

붙어 있는 거실에 있었다. 벽에 가려서 보이지는 않았지만.

그냥 갈까도 생각했지만, 그러기는 싫었다. 안에서 여자가 신고했을 테니 곧 경찰이 도착할 것 같기는 했지만, 둘을 처리할 시간 정도는 있을 것 같았다.

"경찰을 기다리고 있겠지만, 포기하는 게 좋아. 경찰이 신고한다고 그렇게 빨리 도착할 것 같아? 당신들 부녀 처리하는 데 삼사 분이면 충분하니까 기대하라고."

사이코패스는 바닥에 떨어져 있던 칼을 주워 들었다. 한 손에는 총, 그리고 한 손에는 칼을 들고 조금씩 앞으로 걸었다. 민주엽이 공격해 오는 걸 경계하면서.

'어차피 남자부터 처리를 해야지. 딸이야 금방 처리할 수 있으니까.'

사이코패스는 총으로 전방을 경계하면서 얘기했다.

"내가 당신 딸 방으로 들어가는 걸 보고 싶지 않으면 내 앞으로 나와. 끈이나 뭐 묶을 거 가지고. 당장!!"

민주엽은 난감했다. 총을 가지고 있을 줄은 몰랐으니까. 그는 재빨리 근처를 돌아보았지만, 별다른 게 보이지 않았다. 그가 난감해하고 있는 사이에 사이코패스가 재촉하는 소리가 다시 들렸다.

"빨리 나오는 게 좋아. 안 그러면 딸 목에 구멍이 나는 걸 보게 될 테니까."

사이코패스는 그렇게 위협하면서 조금씩 앞으로 움직였다.

"내 눈앞으로 나오라니까. 당장 나오지 않으……."

탕!!

반사적인 거였다. 갑자기 무언가가 자신의 눈앞으로 휙 날아왔으니까. 자신도 모르게 손가락에 힘이 들어갔고 귀가 먹먹해지는 소리가 났다. 그리고 갑자기 몸에 엄청난 충격이 가해지면서 정신을 잃었다.

"목에 구멍이 뭐? 이런 잡노무 새끼."

민주엽은 이미 정신을 잃은 사이코패스의 옆구리를 발로 찼다. 정신을 잃은 상태였지만, 충격이 강했는지 몸이 살짝 꿈틀거렸다. 민주엽은 일단 총과 칼을 치우고 묶을 걸 찾기 위해서 움직이려다가 옆에 떨어져 산산조각이 난 양주병을 보았다.

"아우, 이 아까운 걸. 이 그지 같은 새끼 때문에."

술을 좋아하는 민주엽이 아주 아끼던 양주였다. 민주엽은 다시 한 번 옆구리를 찼고, 사이코패스의 몸은 다시 움찔거렸다.

민주엽은 사이코패스가 위협하자 급하게 쓸 만한 걸 찾았지만, 벽 쪽에 딱히 쓸 만한 게 없었다. 움직여서 뭘 가져오고 할 시간적인 여유도 없었다. 그나마 근처에 보인 건 허름한 장식장에 들어 있는 양주병. 생각하고 말고 할 게 없었다.

민주엽은 양주병을 꺼내고는 적당한 속도로 미친놈의 눈을 향해 던졌다. 맞춰서 어떻게 하겠다는 것보다는 시야를 가리고 시선을 그쪽으로 쏠리게 하는 용도였다. 그래서 있는 힘껏 던진 게 아니라 적당한 속도로 던진 거였다.

그렇게 양주병을 휙 던져 놓고는 곧바로 몸을 낮추면서 사이코패스를 향해서 뛰어나갔다. 몸집이 있는 민주엽이라 들소가 달려가는 그런 느낌이 들었는데, 그것으로 상황은 끝이었다. 낮은 자세로 달려간 민주엽은 사이코패스를 덮치고 묵직한 한 방을 턱에 선물했으니까.

민주엽은 사이코패스를 결박했다. 그리고 경찰이 오기 전에 이 녀석을 어떻게 요리할까 생각했다. 이 녀석은 칼도 가지고 있고, 총까지 쏘았으니 팔다리 중에서 하나쯤은 부러뜨려도 문제가 되지 않을 것 같았다.

"이 녀석을 어떻게 한다? 일단 깨워서 혼꾸멍을 내줘?"

그런데 그런 행복한 고민을 하는데 갑자기 누군가 소리치는 게 들렸다.

"경찰이다!! 꼼짝 마!!!"

김준복 형사는 남자 한 명은 서 있고, 한 명은 바닥에 쓰러져 광경을 보았다. 그리고 바닥에는 액체가 흥건했다.

'이런 쌍. 이 새끼 손봐주기는 텄네 텄어.'

민주엽은 안타까워하면서 경찰이라고 한 남자에게 말했다.

"저기, 이놈이 강돕니다."

"움직이지 마!!"

민주엽은 억울했다. 움직이지 않았다. 그냥 손만 살짝 움직여서 쓰러져 있는 놈을 가리킨 거였는데, 경찰이 심각한 표정으로 자신을 노려보면서 그렇게 말한 것이다.

자신도 안다. 덩치와 인상 때문에 그동안 오해를 받은 적도 많았다. 하지만 자기 집에서 이런 일을 당하니 기분이 아주 뭐 같았다.

"예. 가만히 있습니다."

민주엽은 손을 들고 뒤로 조금 물러섰다. 그러자 김준복 형사가 조금씩 앞으로 다가왔다. 여전히 경계를 풀지 않은 상태로. 형사가 경계를 푼다? 그런 형사, 특히 강력계 형사라면 오래 살지 못한다.

자동차에서 내릴 때도 항상 문 근처를 확인하고 내리는 게 강력계 형사들이다. 언제 어디서 칼을 맞을지 모르니까. 하지만 오해는 곧 풀렸다.

"아빠아! 괜찮아?"

율희가 나와서 민주엽에게 달려갔기 때문이었다. 하지만 민주엽은 오히려 화를 버럭 냈다.

"내가 나오기 전까지는 나오지 말라니까?"

"어떻게 그래? 아빤데. 괜찮아? 어디 다친 데는 없지?"

율희는 민주엽의 여기저기를 살폈다. 화난 표정의 민주엽도 그런 딸의 모습에 표정이 풀어졌다. 그리고 김준복 형사도 경계하던 걸 조금 늦췄다.

김 형사는 부녀를 보고 있다가 요란하게 떨리는 진동을 느끼고는 핸드폰을 받았다. 혁민의 전화였다.

"그래. 무사하니까 걱정하지 않아도 된다고."

김준복 형사는 혁민에게 이곳의 상황을 전했다. 혁민은 무척이나 다급한 목소리로 상황을 물었는데, 무사하다는 말을 듣더니 크게 숨을 내쉬는 소리가 들렸다.

"그런데 이놈은 뭐하는 놈이야? 총까지 가지고 다니고."

총을 구하는 게 까다롭기는 해도 불가능한 건 아니다. 하지만 범죄자들은 가능하면 범죄에 총기를 사용하려고 하지는 않는다. 한국은 총기에 관해서는 무척이나 엄격해서 만약 범죄에 총기가 사용되면 보통 범죄와는 비교도 되지 않을 정도의 수사력이 집중된다.

그렇다는 건 자신이 잡힐 확률도 높다는 뜻. 그런 상황이니 어지간해서는 총기를 사용하지 않는다.

―그게 말이죠…….

혁민은 지금까지 있었던 일을 간략하게 설명했다. 연쇄살인범이고 아주 흉악한 인간이라는 사실을 말한 것이다.

"뭐? 그게 정말이야?"

―자세한 건 올라가서 말씀드릴게요. 아마 두 시간 정도면 도착할 수 있을 것 같아요.

혁민은 그놈을 쫓던 형사들도 같이 가고 있다며 조금 이따가 만나자고 했다. 김 형사는 통화를 마치고는 범인을 사나운 눈으로 노려보았다. 그도 범죄자를 많이 보아왔지만, 이런 정도로 인간 같지 않은 놈은 처음이었기 때문이었다.

그리고 동시에 민주엽도 범인을 보면서 입맛을 다시고 있었다. 쓰러져 있는 놈이 대충 어떤 종류의 인간인지 알 수 있었기 때문이었다. 이런 녀석은 곱게 보내면 안 되는 것인데 형사가 있으니 어떻게 할 방법이 없어서 조금 아쉬웠던 것이다.

민주엽은 범인을 보다가 딸에게 시선을 돌렸다. 이제 곧 경찰들이 올 것이고 조사를 하느라 집이 어수선해질 것이다.

"너는 보람이한테 연락해서 오늘 거기에 가 있어라."

율희는 아버지가 왜 그런 말을 하는지 알아들었다. 예전부터 이런 상황에서 어떻게 해야 하는지에 대해서는 여러 번 들었으니까. 그녀는 알았다고 대답하고는 전화를 하기 위해서 방으로 들어갔다.

그사이 김준복 형사는 놈의 결박을 풀고 수갑을 채워놓았는데 고개를 들다가 민주엽과 시선이 마주쳤다.

"어디 다치신 곳은 없습니까? 처음에는 상황 파악을 하느라고 그런 것이니 이해해 주시기 바랍니다."

"괜찮습니다. 특별히 다친 곳은 없습니다."

"그런데 몸이 무척 좋으시군요. 무술이라도 하셨나 봅니다."

"뭐, 몸 하나 건사할 정도는 됩니다."

김 형사는 그 정도가 아닐 것이라고 짐작했다. 안에서 무슨 일이 벌어졌는지는 모르겠지만, 칼과 총을 가지고 있는 상대를 제압한다는 게 어디 쉬운 일인가. 게다가 몸이나 눈에서 풍기는 기세만 보아도 일반인은 아닐 것이다.

둘은 나이도 비슷했고, 나이에 비해 건장한 몸을 가지고 있다는 점도 같았다. 그리고 둘 다 묘한 동질감 같은 것도 느꼈다. 가끔은 그런 경우가 있다. 어떤 사람을 봤을 때, 나랑 무언가 통하는 사람이라는 게 느껴지는 경우 말이다.

특별히 대화를 많이 나누어보지 않아도 그냥 그런 기분이 느껴질 때가 있다. 바로 지금이 그런 경우였다. 그래서 둘은 자연스럽게 대화를 나누게 되었다.

"하아! 나 참. 아니 이놈이 그렇게 흉악한 놈이라는 겁니까?"

민주엽은 어처구니가 없다는 듯 말했다. 연쇄살인범이라니. 칼을 들고 사람을 찌를 때 보통 놈이 아니라는 건 알아보았다. 아무런 주저함 없이 손을 썼으니까. 하지만 연쇄살인범이라니. 그럴 것이라고는 생각지도 못했었다.

"그러게나 말입니다. 내가 범죄자들 많이 봤지만, 이 녀석은 정말 손에 꼽을 정돕니다. 진짜 세상에 있을 가치가 없는 놈이에요."

"맞습니다. 이 녀석이 숨 쉬어서 없애는 산소가 아까워요."

민주엽과 김준복 형사는 아직도 쓰러져서 정신을 차리지 못하고 있는 범인을 질타했다.

"그런데 말입니다. 이 녀석은 그럼 어떻게 되는 겁니까?"

"뭐, 조사받은 후에 재판에 넘겨질 거고, 사형을 받겠죠."

"사형이라……."

사형을 선고받기는 하겠지만, 무기징역이나 마찬가지다. 실제로는 사형 집행이 되지 않고 있기 때문이었다.

"이놈이 한 짓에 비하면 정말… 지나치게 관대한 거 아닙니까? 평생 먹여주고 재워주고."

"뭐… 그렇긴 하죠. 저도 그런 게 마음에 들지 않을 때도 있기는 하지만……."

김 형사는 자신도 이 일을 하다가 보면 아쉬울 때가 많다고 했다. 민주엽은 한숨을 내쉬다가 물었다.

"이런 걸 정의라고 할 수 있나 모르겠군요."

"정의라……."

솔직한 마음으로 이놈이 앞으로 받을 형벌은 한 짓에 비하면 아무것도 아니라는 생각이 들었다. 그래도 그렇게 하는 것이 옳은 일이라고 하는 사람도 있을 것이다. 하지만 둘은 그 의견에 전적으로 찬성할 수만은 없었다.

"이런 거 얘기하면 안 되는 거긴 한데, 예전에 그런 적이 있었지요."

김 형사는 전에 아주 흉악한 녀석들을 잡으러 간 적이 있다면서 말을 꺼냈다.

"일가족에게 말하기도 힘들 정도로 흉악한 짓을 한 놈들이었거든요. 형사들이 다들 꼭지가 돌았어요. 이놈들은 인간이 아니다. 그러니 사람대접을 해줄 필요가 없다. 그래서 수사를 하는데, 녀석들이 산에 텐트를 치고 숨어 있다는 걸 알아냈거든요."

총을 가지고 출동했다고 했다. 범인은 댓 명 정도 되었는데 가기 전에 형사들끼리 결의 비슷한 걸 했다고 말했다.

"살아 있을 가치도 없는 녀석들이니까 조금만 반항하면 그냥 쏴버리자고 했습니다. 그놈들이 한 짓은 정말 끔찍했거든요. 다들 피가 끓어올랐지요. 그래서 텐트를 포위하고 나오라고 소리쳤습니다. 제발 몽둥이 같은 거라도 들고 나오라고 기

원하면서 말이에요."

그런데 총을 쏘지 못했다고 했다. 전부 손을 번쩍 들고 아주 얌전하게 나왔으니까. 김 형사는 그런 녀석들일수록 상황이 어떻게 돌아가는지 잘 안다고 했다. 여차하면 자신들을 죽일 것 같은 분위기니까 아예 그럴 여지를 주지 않게 손을 번쩍 들고 나온 거였다.

"허탈했죠. 끌고 가면서 몇 대 때리기는 했지만, 그거 가지고 성에 차겠습니까. 나중에 재판받고 전부 중형을 받기는 했지만, 피해자 친척들은 납득을 하지 못하더라고요. 왜 전부 사형시키지 않으냐는 거였죠."

김 형사는 형평성이나 인권 같은 걸 이야기하는 사람도 있지만, 그래도 이해가 안 되는 건 안 되는 거라고 했다.

"우리 같은 사람도 그런데 피해자 가족이나 지인들은 오죽하겠어요. 그래서 가끔은 좀 답답할 때도 있습니다. 그런 걸 가장 일선에서 보니까 말이에요."

"이해가 됩니다. 정의란 게 참 웃기는 말이더군요."

민주엽은 비슷한 경우는 아니지만, 그 심정이 충분히 이해가 되었다. 정의란 것이 있고 그것을 위해서 헌신하는 삶을 살았다고 자부했었다. 하지만 지금은 정의라는 게 정말 있는지도 의심스러웠다.

정의라는 건 권력을 가진 자들이 필요할 때 가져다가 쓰는 일종의 스티커 같은 거라는 생각이었다. 자신에게 필요하면 전혀 그렇지 않은 것에도 그 스티커를 붙이면 그게 바로 정의가 된다.

그리고 누구나 정의라고 생각하는 것도 그들은 너무나도 손쉽게 정의가 아닌 것으로 만들어 버리고. 장중범이나 자신이 지금 그런 상황이 아닌가.

"얘기를 들으니 더 답답하네요. 저런 인간을 그냥 곱게 넘겨주어야 하는 것도 참 씁쓸하고요."

"뭐… 세상이 다 그런 거 아닙니까. 그런데 이 녀석들은 신고를 한 지가 언제인데 아직 오지를 않는 거야?"

김 형사는 공연히 이곳 관할서에서 출동이 늦는다면서 투덜거렸다.

"아빠, 언니가 이 근처로 오기로 했어요. 택시 타고 오고 있는데, 한 십 분 정도면 도착한대요."

통화를 마쳤는지 율희가 나오면서 이야기했다.

"그래? 그러면 옷이랑 그런 거 좀 챙겨서 있다가 시간 맞춰서 나가. 아주머니한테는 내가 따로 연락드린다고 하고."

"그런데 아빠는 괜찮아요?"

민주엽은 어차피 한 명은 있어야 얘기도 하고 그런다면서 밖에 있다가 나가보라고 이야기했다.

율희는 잠시 후 작은 가방을 들고 방에서 나왔는데, 민주엽은 밖에서 기다리다가 가라고 했다.

"도착하면 전화할게요."

율희는 주저하다가 현관문을 나섰는데, 얼마 되지 않아 남자가 깨어났는지 몸을 조금 꿈틀거렸다.

민주엽은 가만히 남자를 쳐다보다가 중얼거렸다.

"저 녀석 이대로 가게 되면 편안하게 재판받다가 감옥에 가겠죠? 별다른 고통 없이. 형사님, 그렇겠죠?"

김 형사는 민주엽의 얼굴을 쳐다보았다. 민주엽과 눈이 마주치자 김 형사는 그가 왜 그런 말을 했는지 알 수 있었다.

"아이구, 이거 따님이 혼자 있으면 위험할 수도 있으니까 제가 같이 있다가 택시 타는 것까지 보고 오죠. 그리고 관할서에서 오면 제가 혼을 좀 내줘야겠네요. 이 녀석들 신고받으면 재깍재깍 움직여야지 말이야."

김 형사는 그렇게 말하고는 민주엽을 보고는 슬쩍 웃었다. 그리고 천천히 밖으로 발걸음을 옮기면서 말했다.

"정의란 거. 그거 사람마다 조금씩 다를 수도 있는 거 아닙니까. 살다 보니까 다 그렇더군요."

김 형사는 밖으로 나가면서 수고하라는 뜻으로 오른손을 슬쩍 들었고, 민주엽은 피식 웃었다. 생각하는 것이나 마음이 통하는 사람이었기 때문이었다.

민주엽은 테이프를 찾아서 이제 막 정신을 차린 사이코패스에게 다가갔다. 사이코패스는 분위기가 심상치 않자 도망치려고 했지만, 그걸 보고 있을 민주엽이 아니었다. 어느새 사이코패스를 제압한 민주엽은 그의 입을 테이프로 막았다.

"내가 이럴 자격이 있는지는 모르겠지만, 너 때문에 고통받은 사람들 때문에라도 절대로 그냥 넘어갈 수는 없다. 이 순간 나는 그 모든 사람을 대신한다고 생각하겠다."

민주엽의 말에 사이코패스는 고개를 마구 저으면서 도망치려고 했다.

"그게 정의인지 뭐 다른 말로 표현되는 건지는 모르겠다. 내가 아는 건 니가 한 짓에 비하면 너무나도 작은 고통일 것이라는 거다."

사이코패스는 발버둥 치면서 움직이려고 했지만, 그럴 수 없었다. 고개를 마구 흔들면서 안 된다는 표시를 했지만, 민주엽의 얼굴에는 전혀 변화가 없었다.

"우으으웅어어어."

"무슨 말인지는 들리지 않지만, 대충 어떤 말인지는 알 것 같군. 하지만 말이야……."

민주엽은 사이코패스의 다리를 잡으면서 말했다.

"너도 피해자들이 비슷한 말 했을 때 멈추지 않았지? 나도 마찬가지야. 이제 니 뼈가 어떤 색인지 한번 구경해 보라고."

사이코패스는 마구 발버둥 치고 몸을 비틀었다. 감정이 거의 없다고 고통을 느끼지 못하는 건 아니었으니까. 사이코패스는 정말 미친 듯이 몸을 펄떡거리면서 밖으로 나가려고 안간힘을 썼다.

손을 뒤로 한 채 수갑을 찬 상태라 움직임이 불편했음에도 정말 물 밖으로 나온 물고기처럼 세차게 펄떡거렸다. 하지만 어느 순간 움직임이 딱 멎으면서 갑자기 사이코패스의 눈이 무지막지하게 커졌다.

눈동자가 앞으로 튀어나올 것같이 돌출되었고, 눈과 얼굴에

핏발이 쫙 섰다. 마치 악귀의 얼굴을 보는 것 같았다. 어쩌면 그에게는 이 얼굴이 더 어울리는 얼굴인지도 몰랐다.

*   *   *

"총까지 쐈댔으니 뭘 했어도 정당방위로 인정될 겁니다."

김 형사는 민주엽에게 걱정하지 말라고 이야기했다. 사이코 패스는 구급차에 실려 갔고, 관할서 경찰들이 와서 간단히 조사하고 간 뒤였다.

충격이 큰 상태니 오늘은 그 정도로 하고 자세한 건 내일 다시 하자고 김 형사가 이야기했고, 경찰들도 이해가 된다는 듯 그러겠다고 답했다.

"그런데 누가 잡았는지를 놓고 문제가 좀 될 것 같기는 한데……"

대어였다. 연쇄살인범. 누가 잡든 간에 승진은 거의 보장된 거나 다름없는 그런 큼직한 물고기였다. 당연히 누가 잡았는지를 놓고 교통정리를 좀 해야 한다.

조금 전에 혁민과 형사들이 함께 와서 관할서 경찰들과 함께 상황이 어떻게 된 것인지를 이야기했다. 김준복 형사와 관할서 경찰, 그리고 혁민과 함께 범인의 뒤를 쫓던 형사들. 별다른 관심을 보이지 않던 관할서 경찰들도 연쇄살인범이라는 말에 표정이 바뀌었다.

"그런 거야 윗선에서 이야기가 되어야 하는 거 아닙니까."

민주엽의 말이 정확했다. 최종적으로 결정되려면 윗선에서 정리가 되어야 한다. 그러나 특별한 일이 아니면 김준복 형사는 범인의 뒤를 쫓던 형사들에게 공이 돌아가게 할 생각이었다. 김 형사는 그게 맞는 일이라고 생각했다.

다른 사람이 잡았으면 모르겠지만, 범인을 잡은 건 집 주인인 민주엽 아닌가. 그러니 공은 범인을 뒤쫓던 형사들에게 돌아가는 게 마땅한 일이었다.

"맞는 말이지만, 원래 쫓던 사람들이 받아야죠. 이번에는 아마도 그렇게 될 겁니다. 짜식들 방송에 얼굴 나오겠구만. 범인 옆에서 팔짱 끼고 말이야."

큰 사건의 경우 방송을 탄다. 연쇄살인범을 잡은 사건이라고 하면 당연히 뉴스에도 나올 만한 큰 사건. 거기에서 범인의 팔짱을 끼고 가는 사람들이 범인을 잡은 형사들이다.

그런데 민주엽의 시선은 아까부터 다른 곳에 가 있었다. 그의 시선이 향한 곳에는 혁민이 있었다. 혁민은 조금은 뻘쭘한 자세로 서 있었다.

"자네 이리 좀 와보게."

민주엽의 말에 혁민은 천천히 그에게로 걸어왔다. 조금은 반갑기도 하고 조금은 떨떠름하기도 한 느낌을 받으면서.

'오랜만입니다, 장인어른.'

혁민은 예전에 처음으로 율희와 함께 이 집에 와서 인사를 했던 때가 떠올랐다. 민주엽은 그 당시 혁민을 아주 싫어했다. 나이 차이도 상당히 나고 딸 고생시킬 놈이라면서. 하지만 오늘은 그때보다는 분위기가 좋았다.

"일단 앉게."

혁민은 민주엽과 김 형사가 앉아 있는 소파에 앉았다.

민주엽은 혁민을 노려보았다. 그리고 물었다.

"자네 뭐 하는 사람인가?"

민주엽에게 혁민이 처음 들었던 질문도 똑같았다. 그리고 저 질문은 혁민의 직업이 무엇인가를 묻는 그런 게 아니었다.

'처음에 직업을 묻는 줄 알고 변호사라고 대답했다가 호통을 들었지.'

모든 딸바보 아빠에게 딸의 남자 친구는 적이자 자신의 소중한 보물을 훔쳐 가려는 도둑이다. 그리고 지금 상황은 그때보다도 훨씬 심각했다.

'저렇게 전혀 화가 난 것 같지 않은 표정과 말투로 말할 때가 더 화가 난 거지.'

십여 년을 겪다 보니 자연스럽게 알게 된 사실이다. 민주엽은 지금 굉장히 화가 난 상태였다. 하기야 그럴 만도 하지 않은가. 이상한 놈 때문에 아주 흉측한 일을 당할 뻔했으니 말이다.

"죄송합니다."

"죄송한 건 당연한 거고……."

민주엽도 딸이 요즘 누군가를 만나는 것 같아서 좀 알아보았다. 딸의 운명까지 바꿔버린 놈이 도대체 어떤 놈인지 궁금했던 것이다. 알아보는 건 어렵지 않았다. 간단한 정보는 보람이에게 물어보면 되었으니까.

몇 가지는 마음에 들지 않았지만, 괜찮은 부분도 있었다. 실력이 좋은 변호사라는 건 마음에 들었다. 보람은 입에 침이 마르도록 칭찬했는데, 그 점도 마음에 들었다. 보통 직장 상사가 직원에게 그렇게 좋은 평가를 받는다는 게 쉽지는 않은 일이었으니까.

인성도 괜찮아 보였고, 지인을 통해서 물어보아도 평이 비슷했다. 괴팍한 면이 있기는 했지만, 세상 살아가려면 착해 빠진 것보다는 그편이 좋았다. 물론 나이 차이가 좀 난다는 점이나 무언가 석연치 않다는 건 계속 꺼림칙했다.

'보아하니 주변에 여자가 없는 것도 아니던데 율희한테 그렇게 관심을 보이는 게 이상하잖아. 잘나가는 변호사가 고졸 여직원하고 사귄다는 게 상식적으로 이해가 되는 일이냐고.'

혹시나 가지고 노는 게 아닌가 싶었다. 누가 생각해도 그렇지 않겠는가. 그런데 오늘 이런 일까지 생겼다. 민주엽은 머리 끝까지 화가 치밀어 오른 상황이었다. 상황이 어떻게 되었든 간에 딸을 위험에 빠뜨린 것 아닌가.

"딸아이하고 자주 만난다지?"

"예. 그렇습니다."

"그만 만나게."

혁민은 억울했지만 할 말은 없었다. 자신 때문에 율희가 위험에 빠질 뻔한 건 사실이었으니까. 하지만 이대로 관계를 정리할 생각은 추호도 없었다.

"죄송합니다. 하지만 그건 아닌 것 같습니다."

"뭐?"

혁민은 정말 면목 없다는 표정을 하고 있었지만, 말에는 머뭇거림이 없었다. 민주엽의 미간에 주름이 생기며 굵은 눈썹이 꿈틀거렸다. 상당히 화가 난 것 같은 표정. 하지만 속내는 표정과는 조금 달랐다.

그런 말을 하는 혁민이 괘씸하기도 하면서 한편으로는 조금은 흐뭇하기도 했던 것이다. 혁민의 표정을 계속해서 살폈는데, 그래도 딸을 생각하는 마음이 진지하다는 건 느낄 수가 있었으니까. 그러나 그것만으로는 부족했다.

"자네 때문에 지금 딸아이가 험한 일을 당할 뻔했다는 걸 인정하지 않겠다는 건가?"

민주엽은 살짝 노기 어린 투로 말했는데, 혁민은 황급하게 손을 저으며 대답했다.

"아닙니다. 그건 정말 뭐라고 할 말이 없습니다. 하지만 그것 때문에라도 말씀하신 대로 그만 만날 수가 없습니다. 실수를 만회할 기회는 주셔야 하는 거 아닙니까?"

민주엽은 당당하게 말하는 혁민이 마음에 들었다. 그냥 보이게는 별로 남자답지 않게 보였는데, 생각보다 강단도 있고 딸아이를 생각하는 마음도 진심이라는 생각이 들었으니까. 그러나 그렇다고 해서 무조건 받아들일 수는 없었다.

"만회할 기회라……."

민주엽은 갑자기 친구가 생각났다. 그리고 자신의 경우도 마찬가지였고. 무언가 해명하고 진실을 밝힐 기회조차 주어지지 않고 내몰렸다. 그리고 계속해서 감시와 불이익을 당하고 있었고. 그래서 조금은 까칠한 대답을 돌려주었다.

"세상에는 말이지, 그런 기회조차 얻지 못하는 경우가 허다해. 그런데 왜 자네는 그런 기회를 가져야 하지?"

생각지도 못한 대답에 혁민도 당황스러웠다.

"아마도 자네는 실패나 좌절 같은 걸 잘 모르고 지금까지 살아왔을 것 같은데, 세상은 자네가 생각하고 마음먹은 대로 돌아가지 않아. 나는 내 딸이 이런 일을 당하는 걸 바라지 않네. 그러니 그만 만나게."

혁민은 답답했다. 지금 상황은 어쩔 수가 없었고, 다시는 이런 일이 일어나지 않게 하겠다고 하고 싶었다. 하지만 그런 식으로 이야기하는 건 오히려 장인어른의 화만 돋운다는 걸 잘 아는 혁민으로서는 무언가 다른 이야기를 생각해 내야 했다.

어떤 이유인지는 모르겠지만, 민주엽은 어쩔 수가 없었다는 말을 무척 싫어했다. 그런 말은 변명에 불과하다면서. 장중범과 민주엽의 상황을 모르는 혁민으로서는 당연한 거였다.

어쩔 수가 없다면서 버려졌고, 어쩔 수가 없는 일이라면서 내쫓겼다. 세상에는 그런 일이 너무나도 많지 않은가. 그런 핑계로 해고당하고, 불합리한 일을 당하고. 그런 말을 하는 건 가해자가 자신의 마음에 하는 위로에 불과하다는 게 민주엽의 생각이었다.

"다른 모습을 보여 드리겠습니다."

"그건 알아서 하게. 나는 자네와 우리 애가 만나는 건 반대니까. 그리고 말이 나온 김에 더 하지."

민주엽은 엄한 표정을 한 채 말했다.

"자네와 우리 애가 어울린다고 생각하나? 내가 내 딸을 아끼기는 하지만, 자네는 잘나가는 변호사이고 우리 애는 평범한 고졸 사원 아닌가. 게다가 나이 차이도 10년이나 나고."

민주엽은 어차피 서로 어울리지 않는 사이라면서 고개를 저었다. 혁민은 난감했다. 민주엽을 설득하기가 생각보다 어려웠기 때문이었다. 한번 마음을 정하면 쉽게 바꾸지 않는 사람이 민주엽이었다.

율희 성격상 아버지가 이렇게 강하게 나오면 일단은 그 말을 따를 것이다. 자신에게 마음이 있다면 계속 설득을 해서 허락을 받아내겠지만, 아직은 그렇게까지 가까워진 건 아닌 것 같아서 마음이 조급해졌다.

어떻게든 민주엽을 설득해야 한다는 마음으로 가득했지만, 좋은 생각은 떠오르질 않았다. 워낙 완고해서 마음을 움직이기가 쉽지 않은 사람이었으니까. 그런데 뜻밖의 곳에서 구원의 손길이 뻗어왔다.

"이거 제가 있을 자리가 아닌데 공연히 객이 자리를 차지하고 있는 게 아닌가 싶습니다."

"아닙니다. 그렇게 생각하시면 제가 섭섭하죠. 그래도 도움을 주러 일부러 오신 분인데 말입니다."

김준복 형사가 말을 하자 민주엽은 괜찮다면서 손사래를 쳤다. 긴 시간은 아니었지만, 비슷한 생각과 성격의 사람이라 상당히 가까워진 사이였다. 그리고 자신과 딸을 도와주러 무작정 달려온 사람 아닌가.

민주엽은 김준복 형사가 그저 고마울 따름이었다. 혹시라도 자신이 그 미친 새끼의 총에 맞았더라도 아마도 김 형사가 딸아이만큼은 지켜주었을 것 같았다. 그런 생각이 들어서 더욱 김 형사가 친밀하게 느껴졌던 것이다.

"사정이 어떻게 되는 건지 제가 잘은 모르지만, 제가 한 가지 아는 건 있습니다. 그건 여기 있는 이 친구가 괜찮은 사람이라는 겁니다."

김준복 형사는 전에 혁민이 태경에 변호사 시보로 있을 때, 배달부의 억울한 누명을 벗겨준 이야기를 했다.

"그 배달하는 친구로서는 정말 다행이었겠군요."

"그럼요. 그리고 거기 형사도 무척 고마워했습니다. 게다가 제가 사실 더 인상 깊었던 건 배달부하고 연인이었던 중국집 딸하고 둘 사이가 잘못되지 않게 하려고 여러모로 배려한 거였습니다."

김준복 형사는 그런 식으로 일처리를 하는 건 무척이나 번거로운 일이라고 했다.

"그래서 보통은 그렇게 안 하거든요. 사람은 누구나 편하려고 하니까요. 그래서 이 친구는 보통 사람하고는 조금 다르구나. 그런 생각이 들더군요."

혁민은 자신의 이야기를 하는 걸 듣고 있자니 무척 쑥스러웠다. 하지만 김준복 형사가 있어서 정말 다행이라는 생각도 들었다. 그래서 더 이야기하라고 마음속으로 응원했다. 자신의 말보다는 김 형사의 이야기가 더 잘 먹히는 것 같았으니까.

"무슨 이야기인지는 알겠습니다. 하지만 그래도⋯⋯."

"기회 정도는 줘보시지요. 제가 주제넘게 나서는 것 같지만, 이 친구 성품을 알고 있는 사람으로서 조금 안타까워서 그럽니다."

민주엽은 슬쩍 혁민을 보았다. 애가 달아 있었다. 그런 게 좋게 보이면서도 너무 급하다는 생각이 들었다. 그래서 혁민을 보면서 말했다.

"자네는 직업이 변호사라고 했지?"

"예. 그렇습니다."

혁민은 민주엽이 마음에 변화라도 생긴 것인가 싶어서 냉큼 대답했다.

"그런데 왜 그러고 다니나?"

"예? 왜 그러고 다니냐는 게 무슨 말씀인지⋯⋯."

혁민은 어떤 의도인지를 몰라 되물었지만, 민주엽은 오히려 왜 그런 걸 모르냐는 투로 말했다. 너무나도 당연한 것인데 왜 그런 생각을 못 했냐면서.

"자네가 경찰이야? 왜 여기저기 들쑤시고 다니느냔 말이야."

"예? 그거야 사건을 해결하기 위해서……."

민주엽은 고개를 저었다.

"왜? 자네가 나서지 않으면 일이 해결되지 않을 것 같은가? 자네가 꼭 직접 해야 모든 일이 해결될 것 같아?"

그런 건 아니라고 대답하려고 했는데, 문득 그런 생각이 들었다. 아닌가? 내가 정말 그런 생각을 하고 있었나? 그런 생각이 들었다. 그리고 곰곰이 생각을 해보니 그런 면도 조금은 있었던 것 같았다.

"자네 의도나 뜻하는 게 잘못되었다는 건 아니야. 그리고 열심히 하는 건 좋아. 하지만 너무 지나치다는 게 내 생각일세."

민주엽의 말에 혁민은 생각에 잠겼다. 만약 자신이 이렇게까지 나서지 않았다면 어떻게 되었을까 하는 생각을 해보았다.

'범인을 제시간에 잡을 수 있었을까? 한성철의 무죄판결을 받아낼 수 있었을까?'

확실하지는 않았다. 가정이란 게 항상 그렇지 않은가. 그럴 수도 있고, 아닐 수도 있다. 하지만 그런 생각을 하면서 한 가지는 알 수 있었다.

'불안해서 너무 조급하게 행동했어.'

자신의 영역이 아닌 부분까지 끼어들어서 움직였다. 그러지 않으면 일이 한 가지도 해결되지 않을 것처럼. 그리고 그 결과 이런 일이 일어나게 되었다.

"예전에는 나도 그런 적이 있지. 의도가 좋으면 결과는 조금 나쁘더라도 괜찮다는 생각. 그리고 그렇게 행동했고. 하지만 여러 일을 겪다 보니 그게 아니구나 하는 생각이 들더군."

혁민의 생각이 길어지자 민주엽이 기다리다가 조용히 말을 시작했다.

"결과가 전부가 아니듯 과정도 전부가 아니야. 어느 하나라도 어긋난 건 뭔가 문제가 있는 거지. 과정이 올바르면 결과가 좋지 않더라도 괜찮은 거라고? 웃기는 소리지."

그렇게 이야기를 하고는 민주엽은 혁민에게 물었다.

"자네는 변호사 아닌가. 그러면 자네가 잘할 수 있는 걸 해. 다른 건 그걸 잘할 수 있는 사람에게 맡기고. 주변에 그렇게 믿을 사람이 없나?"

믿을 사람. 있었다. 능력 있고 믿을 만한 사람들이 있었다. 혁민은 자신이 너무 일이 잘 풀리다 보니까 꼭 자신이 있어야만 무언가가 될 것 같다는 생각에 빠졌었다는 걸 깨달았다.

"제가 너무 경솔했습니다."

"그런 걸 알았다니 다행이군. 하지만 그렇다고 해서 아직 자넬 용서할 생각은 없어."

민주엽은 혁민을 다그쳤다. 너무나 큰일을 치렀으니 쉽게 용서할 수 없다고.

"그러면 제가 어떻게 하면 되겠습니까?"

혁민은 단도직입적으로 물었다. 공연히 말을 돌리고 그러는 거 소용없는 일이다. 그리고 민주엽이 무언가 이야기를 하지 않을 거였으면 이런 식으로 말을 계속하지도 않았을 것이다.

사실 민주엽은 혁민이 꽤 괜찮은 사람이라고 생각하고 있었다. 그리고 딸과 어울리는 것 같다는 생각도 하고 있었고. 하지만 남녀의 마음이 어떻게 변할지야 누가 알겠는가. 그래서 그 마음이 더 단단해지기를 바라면서 자신이 걸림돌 역할을 해야겠다고 생각했다.

어려움 없이 일이 너무 술술 풀리면 긴장감도 없고 간절함도 없게 된다. 무언가 간절하게 원하지만 쉽게 얻을 수 없어야 애가 타고 서로의 마음도 더욱 불타오르는 것이다.

"나는 나만의 기준이 있네. 뭐, 사람이 대부분 다 그러겠지만, 나는 그게 조금 더 강한 편이야."

그거야 혁민도 잘 알고 있다. 고집도 세고 자기 철학도 확고한 사람이라는 걸 겪었으니까. 민주엽은 혁민을 보다가 무언가 생각이 난 듯 말을 이었다.

"그러면 되겠군. 자네는 지금까지 전부 자네가 뭐든 해야 직성이 풀렸겠지? 그러니 이번에는 자네가 직접 하지 말고 누군가를 서포트해서 사건을 하나 해결해 보게. 그 과정과 결과가 내 마음에 들면 내 딸과 만나는 것 정도는 인정해 주지."

"제가 직접 하지 말고요?"

"그래. 자네가 직접 하지 말고. 그리고 과정과 결과가 모두 좋아야 해."

"알겠습니다. 반드시 만족할 만한 결과를 만들어 오겠습니다."

혁민은 입술을 굳게 다물면서 결의를 다졌다. 그리고 자신은 민주엽의 성향을 어느 정도는 알고 있는 만큼 성공할 수 있다고 생각했다.

"그리고 그때까지는 율희하고 연락도 금지일세. 지킬 수 있겠나?"

"예? 연락까지 말입니까?"

"그래. 만약 몰래 연락하다가 들키면 어떻게 될지 알겠지?"

민주엽은 율희에게는 자신이 이야기를 하겠다고 하면서 그렇게 이야기했다.

"알겠습니다. 대신 오늘까지는 이해를 해주셨으면 합니다. 제가 사과도 해야 하고 걱정이 돼서 그럽니다."

민주엽은 잠깐 생각하다가 고개를 끄덕였다.

"흠… 알겠네. 오늘까지는 봐주지."

혁민은 감사하다고 고개를 숙이고는 밖으로 나갔다. 빨리 전화를 해서 통화를 하고 싶었기 때문이었다.

그리고 민주엽은 밖으로 나가는 혁민을 복잡한 시선으로 바라보았다. 마냥 어리게만 보았던 딸에게 남자가 생겼으니 마음이 복잡한 거였다.

"좋은 청년입니다."

"딸 가진 아버지에게는 마냥 좋게만 보이지는 않는군요."

민주엽은 그렇게 말을 하고는 한숨을 푹 내쉬었다. 딸을 언젠가는 떠나보내야 한다는 사실을 생각은 하고 있었지만, 오늘은 그 느낌을 피부로 느낄 수 있었으니까.

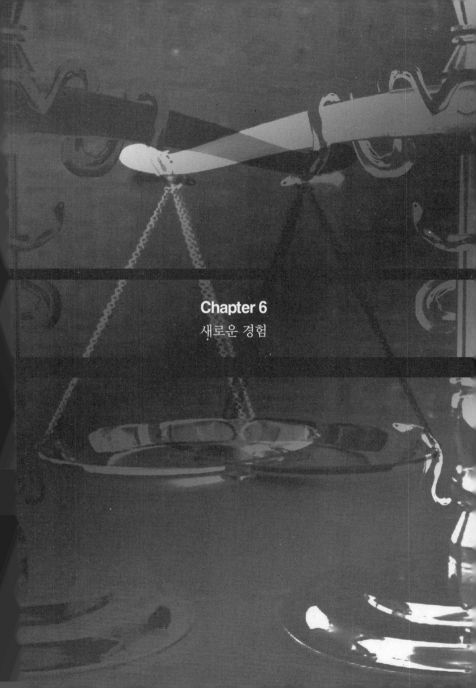

Chapter 6
새로운 경험

"당분간 새로운 사건은 받지 마."

"당분간? 언제까지?"

혁민의 말에 성만이 되물었다. 혁민이 하는 일 중에는 고개를 갸웃거리게 하는 일들이 종종 있다. 하지만 나중에 알고 보면 다 그럴 만한 이유가 있었다. 처음에는 이유까지 세세하게 캐물었지만, 지금은 시간이 지나면 알게 되겠지 하면서 그냥 따르고 있다.

그리고 사실 혁민이 사건을 다른 변호사 사무실처럼 많이 가져와서 하는 건 아니었다. 사건을 좀 골라가면서 하는 편이었으니까. 그리고 맡아서 하는 사건 대부분이 수임료가 상당한 그런 사건들이었다.

사람들은 혁민이 일반적으로는 쉽게 해결이 되지 않는 사건만 맡는다는 걸 알고는 이제는 그런 사건들만 주로 맡기러 왔는데, 그런 사건이 수임료가 높은 건 당연한 일 아니겠는가. 그래서 맡은 사건은 적었지만, 보너스가 종종 나올 정도로 사무실 상황은 좋았다.

"음… 그건 내가 따로 알려줄게."

"오케이. 그러면 오늘은 두 시에 법원 가는 거 말고는 특별한 일은 없는데?"

혁민은 고개를 끄덕였다.

"알았어. 그럼 정리 좀 하다가 점심 먹고 나는 바로 법원으로 가면 되겠네."

"그러면 될 것 같아. 다른 일은 없지?"

혁민이 그렇다고 하자 성만은 방에서 나갔다.

"그러면 이제 오늘까지만 하면 급한 일은 다 처리를 한 거고……."

그다음부터는 민주엽이 제안한 일을 해야 한다. 다른 사람을 서포트해서 과정과 결과가 모두 좋게 해결하라고 했다고 해서 당장 그 일에 집중할 수는 없었다. 그동안 진행되어 온 일이 있었으니까.

그래서 그 일을 정리했고, 이제 거의 마무리가 되었다. 그리고 틈틈이 주변에 연락을 하면서 적당한 사건이 어디 없나 찾고 있었다.

"장인어른 취향에 맞으려면 좀 독특한 사건이어야 할 것 같은데……."

민주엽은 가치관이 아주 확고했다. 법이나 규칙이 항상 옳은 건 아니라고 생각하고 있었고, 정의를 위해서는 때로는 법 같은 건 어겨도 괜찮다고 생각하는 사람이었다. 그리고 약자는 당연히 보호해야 한다고 생각했고.

어떤 면에서는 달랐지만, 어떻게 보면 지금의 혁민과 상당히 비슷한 가치관이었다. 그리고 율희가 민주엽에게서 영향을 많이 받았다.

"어디 보자. 채민이가 맡은 사건 중에도 별다른 게 없다고 했고……."

생각보다 마음에 쏙 드는 그런 사건이 없었다. 그런 사건만 있으면 자신이 어떻게든 도와주겠다고 이야기를 해볼 텐데, 그런 사건 자체가 잘 보이질 않았다.

"이거 동기들한테 간만에 안부 전화나 한번 쭉 돌려야겠네."

그래도 친한 게 동기 아니던가. 그래서 연수원 동기들에게 겸사겸사 연락해야겠다고 생각했다. 대단한 사건일 필요는 없다. 그냥 작은 사건이라도 민주엽의 마음에 들기만 하면 되는 거니까.

그리고 그날 이야기를 들으면서 혁민도 조금 깨닫는 게 있었다. 자신이 너무나도 앞만 보고 달렸다는 거였다. 주변도 둘러보고 가끔은 뒤도 돌아보고 그래야 하는 건데 말이다.

"그래도 율희하고 이야기를 해서 좋았어……."

혁민은 그날 곧바로 율희에게 전화를 했고, 보람의 집 근처에서 만났다. 그리고 그때까지 있었던 일을 이야기했다.

그녀는 우연히 벌어진 일까지 책임질 수는 없는 것이라며 너무 마음에 담아두지 말라고 했다. 자신은 괜찮다면서. 그날을 생각하니 혁민은 입가에 저절로 미소가 지어졌다. 최근 들어서 가장 기쁜 날이었으니까.

"그러면서 놀이터로 가게 되었지……."

혁민은 그 당시 기억이 머리에 새록새록 떠올랐다.

"저기 좀 앉아요."

율희는 그네를 가리켰다. 혁민과 율희는 나란히 그네에 앉아서 이야기를 이어갔다.

"그래서 어떻게 하실 거예요?"

"아버님 이야기대로 해보려고 해요. 그러는 게 나한테도 도움이 될 것 같기도 하고……."

율희는 조금 그네를 움직이면서 말했다.

"저도 그러는 게 좋을 것 같아요. 변호사님 보면 정말 열심히 사시는 분이라는 건 알겠는데, 최근에는 너무 여유가 없다는 생각도 들었거든요."

"미안해요. 내가 약속도 자꾸 깨고……."

"아니에요. 그런 건 괜찮아요. 그런데 변호사님 그네 마지막으로 탄 게 언제예요?"

"그네? 글쎄?"

혁민은 생각해 보았지만, 언제인지 기억이 나질 않았다. 사실

크고 나서야 그네를 탈 일이 뭐가 있었겠는가. 더구나 남자가 말이다.

"그냥 살살 한번 타보세요. 이게 기분이 꽤 좋아요."

그러면서 율희는 조금씩 몸을 앞뒤로 움직였다. 혁민도 발로 땅을 박차면서 그네를 움직였다. 몸이 허공을 가르면서 앞뒤로 움직였는데, 오랜만이라서 그런 건지는 몰라도 기분이 좋았다. 세상이 다른 식으로 보였다.

"하늘도 보이고 땅도 보여요. 늘 보고 있던 거라고 생각했는데, 느낌이 완전히 다르네요. 지금 생각해 보니까 하늘도 땅도 자주 보지 않고 살아갔던 것 같아요."

혁민은 큰소리로 율희에게 말했다. 혁민의 그네는 제법 높게 움직였는데, 옆을 보니 율희도 거의 비슷한 높이까지 움직이고 있었다. 그리고 환하게 웃고 있었다. 아주 맑고 환한 웃음. 혁민도 따라 웃었다.

둘은 잠시 아무런 대화 없이 그네를 탔다. 때로는 같은 박자로, 때로는 엇갈리면서 움직였다. 하지만 기분은 좋았다. 어차피 마지막에는 같은 곳에 있을 것이라는 걸 알고 있었으니까.

그리고 점점 속도를 줄이고 멈추었을 때, 율희가 이야기했다.

"꼭 앞으로 나가지 않아도 좋을 때가 있는 것 같아요. 살다 보면 이렇게 앞으로도 가고 뒤로도 가고 그러는 거잖아요."

혁민은 율희가 이야기하려고 하는 게 무언지 알 수 있었다. 율희는 정말 현명한 여자였다. 같은 이야기도 상대의 기분이 상하지 않게 하면서 할 줄 알았다. 혁민은 고개를 끄덕이면서 대답했다.

"가끔은 하늘도 보고 땅도 보고 그럴게요. 그런데 우리 이런 이야기 하는 거 처음인 것 같은데… 그렇지 않아요?"

"예? 뭐… 그러네요……."

율희가 조금 수줍어하면서 이야기했다. 그런 일이 있었던 후라서 그런지 감정적으로 한결 가까워졌다는 느낌이 들었다.

혁민은 율희가 얼마나 소중한 사람인지를 다시 생각하게 되었고, 율희도 혁민이 자신을 얼마나 생각하고 있는지를 느꼈다. 그래서 특별한 말은 하지 않았지만, 둘의 사이에 있던 벽 하나가 언제 그랬는지도 모르게 허물어진 상태였다.

"앞으로는 이런 얘기 자주 했으면 좋겠어요. 아! 맞다. 문제부터 풀어야 하는구나!"

"그건 너무 걱정하지 마세요."

율희는 자신이 잘 이야기해 보겠다고 말했다.

"부담 갖지 마세요. 아마도 그런 얘기를 하셨을 때는 꼭 어떤 걸 하라는 게 아니라 자신을 다시 돌아보라는 그런 의미셨을 테니까요."

그랬을 수도 있었다. 하지만 그렇다고 하더라도 적어도 납득을 할 만한 결과물은 가지고 가야 하는 거 아니겠는가.

"그러면 들어가요. 벌써 열두 시가 다 되어가네요."

"벌써요?"

만난 지 몇 분 되지 않은 것 같은데 벌써 거의 두 시간 가까이 시간이 흘렀다. 그래도 약속은 약속이다. 오늘까지만이라고 허락을 받았으니 그건 지켜야 했다.

"신데렐라가 된 것 같네요. 열두 시까지 집에 들어가야 한다니······."

율희가 생긋 웃으면서 말했다.

혁민은 걸어가다가 슬며시 율희의 손을 잡았다. 그리고 고개를 돌려 율희를 쳐다보았는데, 율희는 눈이 동그래져서는 혁민을 쳐다보았다. 서로의 눈이 마주치자 둘은 황급히 고개를 반대쪽으로 돌렸다.

작고 보드라운 손. 율희는 처음에는 살짝 놀라는 듯했지만, 손을 빼지는 않았다.

둘은 그렇게 서로의 온기를 느끼면서 집까지 걸어갔다. 놀이터에서 보람의 집까지는 제법 거리가 있었지만, 둘에게는 너무나도 짧게 느껴졌다.

상념에서 벗어나 눈을 뜬 혁민의 얼굴에는 행복이 가득했다. 생각해 보면 그날은 정말 엄청난 날이었다. 엄청난 일들이 한꺼번에 벌어졌으니까. 하지만 결과는 해피엔딩이었다.

"그래. 과정도 중요하지만, 결과도 중요하지. 역시 해피엔딩이 좋은 거야."

혁민은 일하려고 자세를 바로 했지만, 얼굴에 머물러 있던 웃음은 여전히 그대로였다. 그리고 일하는 내내 그 행복감은 사라지지 않았다.

＊　　　＊　　　＊

"그래? 야, 정말 별난 경우가 다 있네."

혁민은 동기들에게 연락을 쭉 돌리면서 특별한 사건이 있는지 물었는데, 정말 별의별 사건이 다 있었다.

지금 전화를 건 동기는 혁민과 동갑이었는데, 지방에 검사로 나가 있었다. 그런데 그가 이야기해 준 사건이 정말 기가 막혔다.

미성년자가 한 명이 있었는데, 아주 되바라진 녀석이었다. 그래도 지방이다 보니 담배를 피우면 그걸 훈계하는 어른들이 있었다. 그런데 이 녀석은 그걸 이용한 것이다.

―말도 마라. 아주 골치야, 골치.

동기 검사는 짜증을 내면서 말했다. 편의점같이 CCTV 있는 데서 담배를 피우다가 어른들이 뭐라고 하면 오히려 조롱했다고 했다. 뭐 보태준 거 있느냐. 당신이 뭔데 상관이냐. 이러면서 말이다.

당연히 당한 어른은 화가 치밀어 오를 것 아닌가. 그리고 그렇게 지나가다가 뭐라고 할 정도면 성격 좀 있는 사람이다. 당연히 큰소리가 나오게 되어 있다. 그래도 그 녀석은 계속해서 깝죽대는 거였다.

―그러다가 맞으면 신고를 해버린다니까. 폭행으로 말이야.

그것도 법이 어떤지 잘 아는 모양이었다. 입으로만 계속 떠들어서 상대의 화를 돋우고 자신은 주먹을 쓰지 않는다는 거였다. 일방적으로 두들겨 맞고는 경찰에 신고한다. 그렇게 되면 경찰에서도 아주 난감하다.

사정이 어떻게 되었든 간에 일단 폭행은 폭행이었으니까. 그렇게 되면 그 녀석은 합의금을 요구한다. 그런 식으로 벌써 몇 차례나 합의금을 뜯어냈다는 것이다.

"정말 못 말리는 녀석이네. 아니 그걸 그냥 냅둬?"

─아이고. 안 그래도 내가 이번에는 어떻게 해서든 엮어 넣으려고. 그 녀석은 그냥 두면 안 되겠어. 다들 벼르고 있다니까.

이야기를 들어 보니 검사도 단단히 준비하고 있는 모양이었다.

"사기? 음… 조금 모호하기는 한데, 가능하겠네."

─당연하지. 어디 한두 번이라야 말이지. 그 녀석한테 법이 그렇게 말랑말랑한 게 아니라는 걸 확실하게 내가 보여주겠어.

"그래. 괜찮을 것 같다. 사기… 생각 잘했네."

─그렇지? 성립 요건이 될 것 같다니까. 아무튼, 이 녀석 한 번만 더 사고 치면 그때는 제대로 쓴맛을 보여주겠어.

혁민은 고개를 끄덕였다. 법을 알고 이용하는 사람만 이득을 보는 세상. 그게 어떻게 공정하고 올바른 세상이라고 할 수 있겠는가.

"그래. 그러니까 자꾸 보완을 해야지. 그리고 그렇게 이용해 먹는 사람들을 어떻게든 처벌할 수 있는 그런 법리나 판례도 만들고."

─맞는 말이다. 이거 현장에서 일하다 보면 정말 개판이라니까. 그건 그렇고 너 전에 법인격 부인 그거 가지고 한판 할

뻔했었다며? 야, 그거 제대로 갔으면 대박인데.

"그런 건 또 어디서 들었냐?"

―그런 특이한 케이스야 순식간에 퍼지지. 그건 그렇고 사무실에 서류가 산더미처럼 쌓여 있을 녀석이 갑자기 웬 전화야? 너 혹시 결혼하냐?

동기의 말에 혁민이 크게 웃었다. 하기야 지금까지 연락이 없다가 갑자기 연락했으니 그런 오해를 할 만도 했다.

"결혼은 뭐 혼자 하냐? 그런 거 아니야. 그리고 산더미는 무슨. 서류 그렇게 많지 않아."

변호사나 검사나 판사나 서류 더미 속에서 살아간다. 그리고 같은 변호사라도 얼마나 인기가 있느냐에 따라서 서류의 양이 달라진다. 당연히 인기 있는 변호사라면 사건을 많이 맡을 테고, 그러면 사무실에 종이가 정말 어마어마하게 쌓여 있게 된다.

물론 혁민의 경우는 조금 예외적이긴 하지만 말이다.

―너 잘나가잖아. 너 정도면 여자들이 줄을 서겠는데 뭘. 어서 해라. 남자는 결혼을 해야 안정이 되는 거야.

"남 말 하고 있네. 그러는 너나 가라."

―안 그래도 조만간 갈 것 같다. 만나는 사람이 있어서. 나도 나이도 있고 하니 내년 안으로는 식 올려야지.

"그래? 야, 축하한다. 식 올리게 되면 연락해라. 내가 꼭 갈 테니까."

혁민은 조금 부럽다는 생각이 들었다. 하지만 자신도 머지 않아 그렇게 될 것이라고 생각했다. 그렇게 통화를 마치고는 바로 다른 동기에게 전화를 넣었다.

"네, 형. 저 연수원 동기 혁민이에요. 정혁민. 잘 지내셨죠?"

그렇게 계속해서 통화했지만 별다른 성과가 없었다. 뭔가 꽂히는 그런 사건이 없었던 것이다. 그러다가 그나마 조금 관심을 가질 만한 사건을 듣게 되었다.

"그래? 사건이 좀 특이하네. 야, 내가 한번 놀러 가도 될까?"

—무슨 일이냐? 잘나가는 변호사님이 이런 촌구석에를 다 놀러 오겠다고 하고?

자신의 출신 지역에서 변호사 개업을 한 친구였는데, 놀러 오면 자기가 술은 사겠다고 말했다.

"알았어. 내가 내려가게 되면 연락할게."

혁민은 일단 후보로 점찍어 놓고 계속해서 다른 동기에게 전화를 돌렸다. 하지만 특별한 사건은 나오지 않았다.

"그러면 일단 여기 한번 가봐야겠다. 이럴 때는 몸으로 부딪치는 게 최고지."

혁민은 오랜만에 서울을 벗어난다는 생각을 하니 소풍을 가는 것 같은 기분이 들었다. 확실히 그동안 너무 단조롭고 갇힌 생활을 했다는 생각이 들었다.

"그래. 기분 전환도 좀 하고 시야도 좀 넓힌다고 생각하자."

혁민은 이번 기회에 자기 자신도 좀 되돌아보고 정비하는 그런 시간을 갖겠다고 생각했다. 그리고 일을 잘 처리해서 민주엽에게 당당하게 찾아가리라 다짐했다.

"어 그래, 나야. 내가 내일 거기 가려고. 어. 어. 그래. 시간은 정한 건 아닌데, 내가 내일 다시 연락 줄게."

혁민은 통화를 마치고 주먹을 꽉 쥐었다.

*　　　*　　　*

막상 지방으로 내려가려니 자꾸만 일이 생겼다. 사건을 맡지 말라고 했지만, 와서 끈덕지게 부탁을 하는 사람도 있었던 것이다.

"제가 일이 있어서 이 사건은 맡기 좀 어려울 것 같습니다."

"저기, 그러지 마시고 다시 한 번 생각해 보시죠. 선생님이 최고라고 들었습니다."

남자는 사례는 섭섭하지 않겠다고 하면서 계속해서 소송을 맡을 것을 권했다. 사실 혁민은 지방으로 내려가는 일이 아니더라도 맡을 생각이 없었다. 굳이 자신이 아니더라도 해결 가능한 소송이었기 때문이었다.

"이건 제가 아니라 어떤 변호사에게 맡겨도 처리가 가능할 겁니다. 그리고 정 못 미더우시면 대형 로펌에 맡기시는 게 좋습니다."

승소했을 때 주겠다고 제시한 금액이 어마어마했다.

"회장님께서는 항상 최고만을 선택하십니다. 그래서 여러 곳에 알아본 후에 선생님을 찾아오게 된 겁니다."

남자는 쉽게 포기할 생각이 없어 보였다. 그는 끈질기게 혁민을 설득했는데, 소송을 의뢰한 회장과 알아두면 여러모로 좋을 것이라는 말도 했다. 권유이기도 했고, 협박이기도 했다. 알아두면 좋을 것이라는 건 척을 지면 그만큼 괴로울 것이라는 뜻이니까.

"제가 일신상의 이유가 있어서 그렇습니다. 오죽하면 사무실도 비우겠습니까."

회장이라고 하는 사람을 혁민도 잘 안다. 나중에 아주 큰 사건과 연루되어 세상을 떠들썩하게 만든 장본인이었으니까. 지하경제의 대표적인 인물. 그의 사업 영역은 아주 다양했는데, 사채와 술집, 퇴폐 업소 등을 통해 어마어마한 부를 축적했다.

그의 사업체 매출이 어지간한 재벌 기업의 매출을 앞질렀다는 말까지 있었다. 매출이 조 단위라는 얘기가 돌았으니까. 그리고 정관계는 물론이고 언론과 법조계까지 폭넓은 인맥을 가지고 있음은 물론이었고.

"이거 회장님께서 실망이 크실 것 같군요."

"저도 어지간하면 맡았을 겁니다. 저라고 귀가 없겠습니까. 전에 대기업 관련해서도 손을 썼다는 소문이 자자했는데 말입니다."

소문이기는 했지만, 대기업과도 한판 붙었다는 소문이 자자했다. 원래는 알려지지 않을 법한 대기업 회장의 범죄 사실이 세간에 알려진 적이 있었다. 사실 그런 일은 어지간하면 대기업에서 힘을 써서 덮어버렸는데 말이다.

그런 사실이 알려져서 사람들이 모두 이상하다고 생각했었는데, 그게 다 지금 이야기하고 있는 회장이 손을 써서 그렇게 된 거라는 소문이 있었다. 진실인지 아닌지는 알 수 없지만, 그 정도 힘이 있는 자라는 건 분명했다.

"제가 이 건만 거절하는 게 아닙니다. 당분간 모든 사건을 맡지 못하게 되었습니다. 그러니 양해 바랍니다."

하지만 남자는 혁민이 그렇게까지 이야기를 했는데도 포기하지 않는 눈치였다. 혁민은 잠시 지방에 내려가서 사무실에도 없을 거라는 이야기까지 하고 나서야 남자를 떼어낼 수 있었다. 거머리처럼 들러붙던 남자도 그 이야기를 듣더니 결국 포기했다.

"뭐, 사건을 아예 맡지 않고 지방에 잠시 가신다고 하니……."

남자가 걱정하는 건 회장이었다. 회장은 자기 뜻대로 일이 진행되지 않는 걸 무척 싫어했다. 그래서 어떻게든 혁민을 설득하려 한 것이다. 하지만 이 정도 이유라면 회장이 납득할 만한 이유가 될 것 같았다.

"그러면 언제 식사라도 한번 하시죠. 회장님께서 이런 일이 아니더라도 한번 뵙고 싶어 하셨습니다."

"제가 일이 좀 정리가 되면 그때 연락을 주시죠."

혁민은 남자가 내미는 명함을 받으며 그렇게 이야기했다. 하지만 혁민은 엮이기가 싫었다. 나중에 그의 말로가 어떻게 되는지 알고 있었기 때문이었다. 그래서 남자가 나간 후 명함을 쓰레기통에 버렸다.

"이거 사무실 비우고 어디 좀 가려니까 무슨 일이 이렇게 많이 생기냐."

혁민은 투덜거리면서 책상 위를 치웠다.

"무슨 일 있으면 바로 연락해요. 어차피 노트북하고 다 가져가니까 급한 건 처리할 수 있을 테니까."

"예. 그런데 어디 가시는 거예요?"

혁민이 성만과 보람에게 당부를 했는데, 보람은 어디에 가는지 그게 궁금한 모양이었다.

"개인적인 일 때문에 그런 거예요. 나중에 기회가 되면 이야기를 해줄게요."

나중에 율희와 결혼하게 되면 그때 얘기해 줄 생각이었다. 혁민은 그렇게 마무리하고 나가려다가 성만이 너무 들떠 있는 것 같다는 걸 느꼈다.

'뭐야? 둘만 있으니 어떻게 잘해보겠다는 그런 생각을 하는 건가? 형, 정신 차려. 걔네 아빠 아주 무서운 사람이라고.'

그러고 보니 스타일이 율희 아버지인 민주엽이나 보람 아버지인 장중범이나 좀 비슷하다는 느낌을 받았다.

"형, 올해는 통과해야지?"

"어? 그럼, 당연하지."

"나 없는 동안에 준비 잘하라고. 다녀오면 아무래도 바빠질 테니까."

"음? 뭐 그렇지. 준비 잘해야지."

혁민은 그렇게 말하고는 피식 웃었다. 올해는 아마도 사법 시험에 합격할 것이다. 이미 실력은 충분했으니까. 그래도 종종 전화라도 해야겠다고 생각했다.

"그럼 가죠."

혁민은 성만과 보람에게 인사를 하고는 배인수와 함께 자리를 떴다. 목적지를 향해서 출발하기 위해서였다. 그런데 바로 출발할 수가 없었다.

"처음에 이미지를 좋게 가져가는 게 무조건 중요하다니까. 그래… 어… 당연하지."

동기들에게 연락을 돌렸더니 약간의 부작용도 생겼다. 그동안은 서로 연락이 없어서 먼저 연락이 오는 경우가 거의 없었는데, 혁민이 먼저 연락을 하니 상대방도 연락을 해오는 경우가 생긴 것이다.

연락하는 이유는 아주 단순했다. 자신의 소송 관련해서 조언을 구하는 거였다. 물론 직접적으로 물어보는 경우는 거의 없었다. 혁민이 특이한 사건을 찾는다고 하니 한번 들어보라고 하고는 슬쩍 의견을 묻곤 했다.

지금의 경우도 그랬다. 이 녀석도 로펌에 가지 못하고 개인 사무실을 개업하게 되었는데, 계속 고전을 하는 모양이었다. 혁민이 들어보니 지금도 완전히 방향을 잘못 잡고 있었다.

"판사도 사람이야. 완벽하게 객관적일 수가 없다고. 생각해 봐. 처음에 딱 봐도 범인인 것 같은 느낌이 들면 그거 어지간해서는 못 바꿔."

모든 증거와 상황을 살펴보고 종합적으로 판단해서 판결을 내려야 하는 게 판사의 일이다. 하지만 어디 그런 식으로 객관적인 시선을 유지한다는 게 그리 쉬운가. 그래서 첫인상이 무척 중요한 거다.

만약 한 방향으로 이미지가 박히면 그걸 바꾸기란 정말 어렵다. 그렇게 되면 판결은 이미 난 거나 마찬가지 상태가 된다. 그렇게 판단을 먼저 내리고 나머지를 거기다가 끼워 맞추는 식으로 진행될 확률이 높으니까.

"그리고 들어보니까 방향을 좀 잘못 잡고 있는 것 같아. 그러니까 이런 경우에는 말이지……."

판사가 얼마나 많은 서류를 받아 보겠는가. 그걸 보면 대충 감이 온다. 이 사람은 실력이 좋구나. 이 녀석은 엉터리구만. 이런 판단을 하게 된다. 그런데 거기다가 엉뚱한 법리를 적용한 서류를 내민다?

판사가 말을 하지 못하지만, 서류를 보면서 여러 생각을 한다. 이 사건은 이게 아니라 이런 식으로 법리를 적용해야 할 것 같다는 생각을 하게 된다면 변호사에 대한 신뢰가 팍 깎이게 된다. 당연히 판결에도 좋을 리가 없다.

"그리고 피고인을 잘 활용해. 법리적인 건 아니지만, 소송 실무를 하다 보면 그런 것도 활용할 줄 알아야 한다고."

—피고인을? 피고인을 어떻게 활용하라는 거야?

"지금 맡은 소송에서 여자가 가해자라면서."

—어. 그렇지.

"그러니까 그런 걸 활용하라고. 공판 열리면 화려한 옷 입지 말고, 화장도 짙게 하지 말고. 그리고 말투도 조심하고."

판사에게 악영향을 줄 수 있는 요소는 모두 막아버려야 한다. 가해자인데 불량스럽게 보여서 좋을 게 뭐가 있겠는가. 법정에서는 입은 옷, 말투, 행동 하나하나가 모두 전략이다.

한국의 경우는 그래도 좀 덜한 편인데, 미국에서는 아주 작은 부분까지 신경을 쓴다. 배심원에게 좋은 영향을 주기 위해서 입는 옷의 색이나 전체적인 톤에도 신경을 쓰고, 말투를 교정하거나, 할 말까지 미리 다 연습하기도 한다.

좋은 인상을 주기 위해서 외모에도 상당히 신경을 쓴다. 그런 게 무슨 상관이 있겠느냐고 말하겠지만, 평균 이상의 외모를 가진 남녀는 30% 이상 감형을 받는다는 조사 결과도 있다.

"그리고 알겠지만, 사건 내용 정리해서 항상 같은 이야기를 하도록 하고."

―그건 정리해서 알려줬지.

"계속해서 강조해야 해. 아예 그날의 시나리오를 짜서 계속 읽으라고 해. 그래야 나중에 다른 말 하지 않으니까."

기록은 기억을 지배한다. 그런 식으로 정리해 놓지 않으면 나중에 가면 분명히 헷갈리는 부분이 생긴다. 그러면 진술이 달라지고 그렇게 되면 검사는 피고인의 진술에 신빙성이 없다면서 유죄를 주장할 것이다.

혁민은 자신이 아는 한도 내에서 할 수 있는 방법을 모두 알려주었다. 물론 이렇게 알려준다고 하더라도 그걸 당장 써먹기는 어려울 것이다. 어딘가 좀 어설픈 구석이 나올 테니까. 하지만 그래도 모르는 것보다는 훨씬 나을 것이다.

혁민은 통화를 마치고 목적지를 향해 출발하려고 했다. 하지만 바로 다른 전화가 왔다. 받지 않을까 생각도 해보았지만, 그럴 수는 없었다. 자신은 필요할 때 연락하면서 상대의 전화는 받지 않는다는 게 좀 그렇지 않은가.

이번에도 비슷한 용건이었다. 어디 가서 물어볼 데도 없었는데, 마침 잘나가는 변호사이자 실력이 좋기로 소문난 혁민이 연락했으니 그가 구세주로 보인 것이다. 역시나 특이한 사건이라고 말을 꺼내고는 은근슬쩍 혁민의 의견을 물어보았다.

"그런 거는 인정되기가 어려워. 법원은 명예훼손을 상당히 엄격하게 본다고. 그래서……."

*　　　*　　　*

서울을 벗어나니 무척이나 기분이 상쾌했다.

"기분 탓인가? 정말 공기가 다른 것 같네."

고속도로로 들어서니 풍경도 달랐고 코로 들어오는 공기도 다른 것 같았다. 도심의 빽빽한 풍경과는 완전히 다른 모습. 여유가 느껴지고 한가로운 기분이 저절로 들었다. 사무실의 서류 더미에서도 벗어나니 정말 자유가 된 것 같은 그런 느낌이 든 것이다.

'나중에는 전부 전기 차로 바뀌지. 거기다가 자동 운전으로 사람이 직접 운전할 필요도 없고.'

정말 세상은 눈부시게 발전하는 것 같았다. 2000년과 지금을 비교해도 엄청난 차이였다. 그리고 지금부터 10년 뒤에는 또 다른 세상이 펼쳐져 있을 것이고. 세상이 바뀐 만큼 법조계도 많이 바뀌게 된다.

인터넷이 대중화되면서 인터넷에서의 권리와 관련해서 새로운 법리와 법 조항이 생겨나기 시작했다. 그리고 지금도 계속해서 변화하고 있었다.

'그리고 서류도 점점 줄어들게 되었지.'

지금까지는 모든 재판이 종이를 소모하면서 진행되었다. 소송 한 건을 하면서 사용되는 종이는 정말 어마어마하다. 그래서 우스갯소리로 이번 사건으로 나무 몇 그루가 없어졌느니 하는 이야기를 한다.

'얼마 후에 있을 헌법재판소 소송 때 사용된 종이가 건물 7층 높이였다고 했던가?'

똑같은 내용이 기본적으로 세 부가 필요하다. 형사소송이라면 검사 측, 변호사 측, 그리고 판사가 볼 게 필요하니까. 민사소송이라면 원고와 피고 측 변호사가 되겠고.

그것도 점점 전자 소송이 일반화되면서 종이 사용량이 줄어들게 된다. 덕분에 사라진 직업도 있었다. 로펌에는 정기적으로 서류를 분쇄하는 차량이 온다. 버려야 하는 종이가 어마어마했으니까. 그 직업은 오래가지 않아 사라진다.

"야, 오랜만이다."

"그래. 잘 지냈고?"

"아이고, 잘 지내긴. 시골이라서 인심은 좋은데 사건이 별로 없어. 그냥 딱 굶어 죽지 않을 정도야."

동기는 혁민을 반갑게 맞이했다. 연수원 졸업하고 처음이라 그런지 조금은 어색한 느낌이 있었다.

"그런데 어떻게 하냐? 내가 말한 사건 있잖아."

"어, 그래. 그 사건."

사실은 동기야 무슨 상관이 있겠는가. 그 사건 때문에 온 것이다.

"그거 오늘 합의가 돼서 취하했거든."

"뭐?"

혁민은 깜짝 놀랐지만, 뭐라고 할 말은 없었다. 당사자들끼리 합의가 되어서 고소를 한 사람이 취하했다는데 어쩔 것인가.

'이거 일이 꼬이네. 그러면 이다음으로 찍어둔 데를 가야 하나?'

이 녀석이 말은 사건이 그래도 가장 가능성이 있어 보여서 이리로 온 거였는데, 상황이 이러니 어쩌겠는가. 연락을 쭉 돌리면서 너덧 개 정도 사건을 추려놓았으니 다음 장소로 이동을 하려고 했다.

"야. 오랜만에 봐놓고 가긴 어딜 가. 오늘 저녁에 술이나 한 잔하고 내일 가라. 몇 년 만에 봐놓고 이러는 건 아니지."

"그래, 알았다. 여기는 니가 사는 거지?"

"당연하지. 고급 음식점 같은 건 없지만, 맛은 끝내주는 곳으로 내가 모시지."

혁민은 웃으면서 내일 가겠다고 했다.

'이거 조급하게 생각하지 않겠다고 마음먹은 게 얼마 전인

데 벌써 또 조급해졌네.'

계속 일만 하면서 달리다 보니 그런 습관이 붙어버린 모양이었다. 혁민은 조금은 여유롭게 즐기자는 생각을 했다. 동기는 일이 없어서 한가하다면서 해가 떨어지지도 않았는데 혁민을 끌고 갔다. 그가 안내한 곳은 오래되고 허름한 음식점이었다.

"그런데 갑자기 무슨 일이야? 눈코 뜰 새도 없이 바쁠 텐데."

막걸리를 한잔 쭉 들이켠 후에 동기가 물었다.

"그냥… 너무 앞만 보고 달린 것 같아서. 쉬기도 하고 머릿속도 좀 정리하고."

"하긴 회사도 한 삼사 년 정도 다니면 그런다더라. 내가 왜 이러고 있나. 뭐 그런 생각이 든다더라고."

간만에 내일 일정을 생각하지 않고 편안하게 술을 마시니 기분이 색달랐다. 그런데 법조인은 어쩔 수가 없는지 법이나 재판, 사건 이야기를 하게 되었다.

"맞다. 내 친구가 멀지 않은 곳에서 변호사 하고 있는데 그 녀석 사건도 좀 특이하던데?"

"그래? 어떤 사건인데?"

혁민은 들어보았지만, 얘기만 들어서는 확실하게 감이 오질 않았다.

"야, 그 친구한테 나 좀 소개해 줘. 사건 좀 봐보게."

"하여간 너는 연수원 때부터 특이했어. 법리 적용하는 것도 특이했고, 이상한 논리도 많이 펴고. 그런데 이상하게 그게 다 말이 되더라니까."

동기는 이상한 것만 좋아하는 놈이라고 말하고는 자기가 내일 연락해 보겠다고 말했다.

"하기야 그러니까 괴짜지. 자, 마시자. 오늘은 편하게 취해 보자고."

동기가 먼저 술을 마셨고, 혁민도 잔을 들고는 쭉 들이켰다. 오늘은 어지간히 마셔서는 술에 취할 것 같지 않다고 혁민은 생각했다.

"야, 너 그가 아냐? 애들이 다 너 부러워했다는 거. 왜 그런 거 있잖아. 나는 아무리 해도 쟤처럼은 될 수 없겠구나, 그런 생각 말이야."

동기는 웃으면서 말했지만, 조금은 쓸쓸한 표정이었다.

"그러니까 잘해 인마. 니가 우리 동기 대표잖냐. 그때나 지금이나 부럽고 짜증 나고 그런 건 마찬가진데, 그래도 니가 큰 사건 맡아서 활약하고 그러면 그래도 기분은 좋더라. 에이, 내가 괜히 이 얘기는 왜 꺼내서. 야, 마셔, 마셔."

혁민은 미안하기도 하면서 그동안 너무 무심했구나 싶기도 했다. 하지만 이런 모든 것까지 어떻게 챙기겠는가. 하지만 지금보다는 조금 더 신경을 써야겠다는 생각은 들었다. 혁민은 찌그러진 양철 그릇을 들었다.

그렇게 둘은 주거니 받거니 술을 마시면서 이야기를 나누었다.

"참 편하긴 하다. 일에 파묻혀서 살 때는 그런 줄 몰랐는데, 돌아보니까 정말 정신없이 살았구나 싶네."

"서울은 난리지? 나도 잠깐 서울에서 있기는 했는데, 이제 변호사도 먹고살기 힘들더라고."

당연한 일이다. 예전에야 1년에 배출되는 변호사가 150명 정도였다면, 지금은 천 명이 넘게 매년 나오고 있으니까. 정말 변호사가 쏟아지고 있었다. 당연히 경쟁은 치열해지고, 먹고 살기는 어려워졌다. 그리고 그건 앞으로 더 심해질 것이다.

"요즘은 변호사 쇼핑 한다고 그러더라고."

"쇼핑?"

쇼핑이라는 말에 동기가 고개를 갸웃거렸다.

"변호사가 워낙 많으니까 여기저기 쭉 다녀보는 거지. 상담만 하면서. 그러다가 가격도 싸고 괜찮겠다 싶은 변호사한테 맡기는 거야."

"그럴 만도 하겠다. 워낙 많으니까."

어디 그것뿐이랴. 경쟁이 워낙 치열해져서 웃지 못할 일도 생겼다.

"수임하는 것부터 스트레스라고 하더라고. 그리고 교도소에 들어가 있는 죄수들이 오히려 변호사 이용해 먹는다니까?"

"죄수들이?"

"그래. 변호사가 접견을 가잖아. 항소하고 그러면 말이야."

"그렇지. 그런데 죄수가 뭘 어떻게 하는데?"

혁민은 술을 입에 털어 넣고는 말을 이었다.

"접견 나간다고 하면 같은 방에 있는 죄수가 자기 이름하고 사건 같은 거 적어 준다고. 변호사한테 자기 접견을 한번 와달라고 말이야."

"접견을?"

"그래. 그런데 변호사 입장에서는 안 갈 수가 없다고. 예전
같이 가만히 있어도 사건이 알아서 들어오는 상황이면 절대로
안 가지. 그런데 어디 그래? 요즘은 어떻게든 사건 따 오려고
난리잖아."

죄수들이 그런 상황을 이용하는 것이다. 원래 죄수들이 그
런 쪽으로는 머리가 비상하게 돌아간다. 그리고 그런 정보도
빨리 알아채고.

"혹시나 큰 사건 맡게 될 수도 있으니까 나중에 그 사람 접
견을 가게 된다고."

"이야, 죄수들이 머리가 더 좋은 것 같다. 하여간 그놈들은
그런 쪽으로는 머리가 팽팽 돌아간다니까."

"내 말이. 핑계가 있어야 하니까 선임 예정 접견이라고 하고
가서 만난다고. 칙칙한 방에 있는 것보다야 변호사 접견실에
있는 게 훨씬 좋지. 게다가 변호사 접견은 시간제한도 없고."

일반인 접견의 경우는 시간이 정해져 있다. 면회하려는 사
람이 많으니 시간을 제한하는 것이다. 하지만 변호사 접견은
시간제한이 없다.

"나야 그런 적이 없는데, 아는 사람들 얘기 들어보면 그냥
복권 사는 심정으로 간다고 그러더라. 몇십 번 가야 한 건 건
질까 말까 하다는 거야."

죄수는 그냥 변호사와 노닥거리다가 오는 거다. 변호사가

경험이 없거나 나이가 어린 경우에 더 이용당하기 쉽다. 하지만 그런 걸 알면서도 가지 않을 수가 없다.

사건 하나 수임하기가 얼마나 어려운 일인가. 그런데 만약 그 죄수가 큰 건을 맡기려고 했다면? 그런 생각을 하면서 어쩔 수 없이 접견을 가는 것이다. 그리고 죄수들은 변호사들의 그런 심리를 이용하는 거고.

동기는 헛웃음을 지었다. 먹고사는 게 어디나 쉽지 않다면서. 혁민은 너무 자기 말만 하는 것 같아 이곳 사정을 물었다.

"여기는 사건이 그렇게 많지는 않지?"

"아무래도 시골이니까."

"혹시라도 조폭이나 그런 쪽 관련해서는 어지간하면 맡지 마라."

"왜? 이미지 안 좋아져서?"

혁민은 피식 웃었다.

"그런 게 아니라. 그런 놈들한테는 돈을 제대로 받기 힘들어. 대형 로펌 같은 데 아니면 어떻게 하는 줄 알아?"

혁민은 동기라서 마음이 편안해서인지, 아니면 서울을 벗어나서 마음의 여유를 좀 찾아서인지 평소에는 잘 하지 않는 잡다한 이야기까지 동기에게 해주었다.

"수임료도 비싸게 부르고 성공 보수도 세게 부르거든. 변호사들이 혹하지. 그런데 승소하고 나잖아? 그러면 찾아와서 수임료도 다시 토해내라고 한다고."

"에이, 설마? 그걸 가만히 냅둬?"

"야, 너 같으면 토해내지 않을 것 같아? 아예 덩치들이 사무실 와서 죽치고 있다니까. 의뢰인은 고사하고 직원들도 무서워서 그만두겠다고 한다고."

그래서 수임료도 일부나 전부를 돌려주게 되는 거다.

"그놈들도 법 무지하게 잘 알아. 크게 문제 되지 않을 정도로만 한다고. 개인 사무실 가지고 있는 변호사들은 그렇게 당하면 아주 미쳐 버리지. 그래서 그냥 돈 주고 말아."

동기는 이야기를 듣고는 자신이 겪은 이야기를 해주었다. 서로 편하게 말을 섞다 보니 혁민은 술이 거나하게 취했다.

"여기서도 변호사 별거 없다. 사람들은 오히려 검사를 무서워하지."

죄를 지으면 검사가 잡아간다는 생각이 있어서 사람들은 검사를 가장 쳐준다고 말했다.

"그러니까 이런 데 지청장을 산골 호랑이라고 한다니까. 위세가 장난 아니지."

오히려 판사는 법원에나 가야 볼 수 있으니까 검사가 더 끗발이 좋다는 거였다. 그리고 이야기를 들어보니 확실히 대도시와는 분위기가 달랐다. 혁민도 이야기는 들은 적이 있지만, 잘은 몰랐던 사정이었다.

예전이나 지금이나 계속해서 서울에서만 변호사 생활을 했으니까. 그런데 확실히 지방, 특히 소도시 같은 경우에는 분위기가 완전히 달랐다.

"서울에는 검사나 판사나 변호사나 별로 친한 경우가 없잖

아. 원래 알던 사이 아니고는 말이야."

"그렇지. 오히려 그러면 좀 이상하게 보기도 하고 그렇지."

"그런데 여기는 아니야. 법조계 사람이라고 해봐야 몇 명이
나 되겠어? 한 열 명 정도?"

판사가 세 명에 검사도 그 정도, 변호사도 비슷한 수라고 했다.

"그러니까 두루두루 다 친하게 지내. 그리고 사건이 없어요,
사건이. 쬐끄만 동네에서 사건이 일어나 봐야 뭐가 그렇게 일
어나겠냐."

혁민은 돈과는 상관없이 이런 게 더 좋은 거 아닌가 싶었다.
강력 사건이 쉬지 않고 빵빵 터지는, 돈을 놓고 벌이는 추잡한
아귀다툼이 수도 없이 터지는 그런 대도시보다는 평화로운 이
곳이 훨씬 좋은 것 같았다.

그렇게 서로 살아온 이야기를 하면서 둘은 시간을 보냈다.
연수원에 있을 때는 그냥 알고 지내는 정도였지만, 이렇게 이
야기를 한번 하고 나니 무척 가까워졌다는 느낌이 들었다.

'좋네, 이러는 것도.'

정말 오랜만에 느끼는 감정이었다. 그리고 왜 이런 감정을
잊고 살았는지 자책을 했다. 사실 소중한 건 큰 게 아닌 것 같
았다.

'그냥 이렇게 편안하고 소소한 즐거움이 정말 행복인데……'

혁민은 그렇게 생각하면서 술잔을 기울였다.

*　　　*　　　*

"배부른 소리 하고 있다."

혁민은 이채민 판사에게 정신 차리라고 이야기했다. 동기의 소개로 변호사를 찾아가는 길에 이채민으로부터 전화가 왔는데, 그녀가 판사를 그만두고 변호사 개업을 하면 어떻겠느냐는 이야기를 해서 그런 것이다.

"변호사 되면 스트레스가 없을 줄 알아?"

─요즘 좀 그래. 내가 맞게 판결을 하고 있는지도 자꾸 모르겠고…….

사실 판결을 내린다는 건 상당한 중압감을 느끼는 일이다. 누가 봐도 명확한 거야 큰 문제가 없다. 그런데 아주 미묘한 사건. 생각하기에 따라서 완전히 희비가 엇갈리게 되는 그런 사건이면 참 난감할 때가 많다.

자료를 살피고 최대한 공정하게 판결을 내린다고는 하지만, 인간인 이상 완벽할 수는 없다. 혹시라도 내가 잘못 보고 엉뚱한 판결을 내려 피해를 받지 않아도 될 사람이 고통을 받을 수 있다는 생각. 그런 생각 때문에 힘겨운 것이다.

"그래도 판사가 좋은 거야. 변호사 되면 얼마나 힘든지 알아? 판결을 기다리는 입장은 정말 못할 짓이라고."

지금이야 그런 게 좀 덜하지만, 예전에는 무척 힘든 일도 많이 겪었었다. 힘든 일이 많지만, 그중에서도 가장 힘든 거라고 하면 변호를 했는데 유죄판결을 받고 법정 구속이 되는 것이라고 할 수 있다.

유죄판결을 짐작하고 있었다면야 상관이 없다. 하지만 무죄 판결을 받을 거라고 생각하고 있었는데, 유죄판결을 받고 눈앞에서 의뢰인이 끌려가면 그 충격은 엄청나다. 어디 그것뿐이랴. 사건 해결이 잘되더라도 문제가 되는 경우도 있다.

"넌 돈 걱정은 안 하잖아. 야, 변호사는 사건에 이겨도 아주 웃기는 경우가 있다니까? 넌 승소하면 성공 보수 받는 걸로 알고 있지? 제대로 받는 경우, 생각보다 많지 않아."

―왜? 성공 보수야 당연히 받는 거 아냐?

"야, 이 아가씨야. 세상은 그렇게 아름답지 않아요. 재판을 받을 때는 간이라도 빼줄 것같이 굴던 사람이 재판 끝나면 확 변한다고."

아무나 맡아도 그냥 이길 수 있는 건도 있다. 그런 걸 속된 말로 자연뽕이라고도 하는데, 그런 사건은 성공 보수가 많지 않다. 그런데 아주 미묘한 사건. 그런 사건은 성공 보수가 상당히 큰 경우도 있다.

그런 사건의 경우 의뢰인은 변호사에게 무슨 일이라도 말만하면 할 것처럼 군다. 그러던 사람들이 재판만 끝나면 갑자기 돌변한다. 성공 보수는 주지 않은 채 아예 연락을 끊고 잠적하는 사람도 있고, 이런저런 핑계를 대면서 차일피일 돈 주는 걸 미루는 사람도 있다.

그런데 그런 경우가 생각 외로 많다. 그래서 성공 보수를 받지 못하는 일도 많고, 받더라도 아주 늦게 받는 일도 허다하다.

"그러니까 다른 생각 하지 말고 계속 판사 해. 그리고 그런 고민을 한다는 자체가 좋은 판사라는 거야. 나는 그렇게 생각하거든. 내가 볼 때 너는 판사 체질이라니까."

─그래? 하우우~ 고맙다. 그래도 니 덕분에 좀 괜찮아졌어.

이야기는 하지 않았지만, 무슨 좋지 않은 일이 있었던 듯했다. 어떤 직업이든, 어떤 일이든 어떻게 항상 좋을 수만 있겠는가. 흐리고 비 오는 날도 있고, 해가 쨍쨍하고 맑은 날도 있는 거다. 그런 게 인생이니까.

─그리고 좀 얘기하기는 그런데 고민이 되는 사건이 있거든?

"뭔데?"

이채민은 사건에 관해서 자세히 이야기할 수는 없으니 간략하게 요점만 말하겠다고 하고는 내용을 말해주었다. 민사소송이었는데 사건 자체는 명확하다는 거였다. 돈을 돌려주어야 맞는 건데 변호사가 잘못하는 바람이 일이 꼬였다고 했다.

─이대로 하면 돈을 받아야 할 사람이 받지 못하게 되거든.

판사는 양측에서 제출한 서류대로만 판결할 수 있다. 만약 변호사가 실수를 하거나 실력이 좋지 않아서 엉뚱한 주장을 펼치게 되면 이길 수 있는 것도 지게 된다. 판사는 서류대로만 판결해야 하니까.

이채민은 너무 안타깝다는 거였다. 당연히 돈을 받아야 하는 사람이 이대로 판결을 하게 되면 받지 못하게 되어서 말이다.

"뭘 그렇게 고민을 하냐. 그거 슬쩍 힌트를 좀 줘."

─힌트?

"그래. 변호사한테 전화해서 슬쩍 얘기를 꺼내."

—그건 좀… 그러면 안 되는 거잖아.

이채민은 질색을 했다. 누가 법조인 집안 딸이 아니랄까 봐 아주 고지식했다. 하지만 혁민의 생각은 조금 달랐다.

"원래는 안 되는 거지. 그런데 그냥 힌트를 주는 정도는 나는 괜찮다고 봐."

—음… 그건 아닌 것 같기는 한데… 만약에 힌트를 주면 어떤 식으로?

혁민은 씨익 웃었다. 참 괜찮은 판사라는 생각이 들어서였다. 원칙에 충실하지만, 약간의 융통성도 있는 그런 판사. 어떻게든 정의가 이기는 모습을 보고 싶어 하는 판사. 정말 괜찮은 판사 아닌가.

"나 같으면 말이지, 청구취지변경 할 생각 없냐고 슬쩍 말해 볼 것 같은데?"

—흐응… 그런 정도로…….

역시나 이채민은 영리했다. 얘기를 하니 바로 알아들었다.

"그래. 지금 문제가 되는 건 변호사가 대여금으로 적어놔서 문제가 되는 거잖아. 그걸 약정금으로 바꾸면 되는 거고."

—그렇게 시시콜콜 이야기를 해주는 건 문제가 되니까 그냥 그런 식으로 넌지시 알려주란 말이지?

"그래. 그 정도만 해도 어지간해서는 알아먹을 거야. 그 정도도 모를 정도면 변호사 때려치워야지."

이채민의 웃는 소리가 들렸다.

"짜식 좋아하기는. 나중에 술이나 한잔 사."

—너 아주 나쁜 놈이구나. 착하고 순진한 판사한테 그런 거나 가르쳐 주고.

"나 나쁜 놈인 거 처음 알았냐?"

혁민도 유쾌하게 웃으면서 대꾸했다. 이채민은 언제가 좋은지 날을 정하라고 말했다.

"음… 당분간은 내가 좀 일이 있으니까 괜찮아지면 연락할게. 요즘 혜나는 어때?"

—뭐 항상 바쁘지. 아, 맞다. 거기 코디로 일하는 애 잘 지낸다고 얘기해 달라더라.

"아, 지희? 다행이네. 그런데 할 얘기가 있으면 지가 전화를 할 것이지 왜 너한테 전해달라고 해? 걔도 웃기네."

—그냥 전에 통화하다가 나온 말이야. 그리고 니가 먼저 전화해도 되는 거지. 둘이 마찬가지네 뭐.

혁민은 맞는 말이라고 하고는 나중에 연락하겠다고 이야기했다. 목적지에 거의 도착했기 때문이었다.

"이 건물이네."

변호사 사무실이 모여 있는 건물이었다. 혁민은 간판을 확인하고는 건물 안으로 들어갔다. 그리고 엘리베이터를 타고 올라갔는데, 바로 앞에 여자가 한 명 서 있었다. 그리고 그 여자는 혁민에게 물었다.

"혹시 혁민 씨?"

"예. 그런데……."

"왜 이렇게 늦었어요? 빨리 와요."

여자는 따라오라고 하고는 근처에 있는 변호사 사무실로 들어갔다.

"아는 사람이 여자였던가?"

혁민은 고개를 갸웃거리다가 빨리 오라는 말에 변호사 사무실로 들어갔다.

사무실에 들어가자 여자는 서류 뭉치를 던져 주었다. 그리고 자신은 무언가를 열심히 들여다보았다.

'바쁜 일이라도 있나?'

혁민은 조금 이상하다고 생각했지만, 일단 받은 서류를 넘기면서 어떤 내용인지 살펴보았다. 사건 관련 기록이었는데, 동기에게 들었던 것과 마찬가지인 보험 관련 사건. 혁민은 내용을 자세히 살피기 시작했다.

"잠깐 나갔다가 올 테니까 살펴보고 있어요."

여자는 갑자기 무언가를 집어 들더니 밖으로 나갔다. 사무실에는 여직원 한 명과 혁민만이 남아 있는 상황. 여직원이 쭈뼛쭈뼛 일어서더니 혁민에게 물었다.

"음료수 같은 거 드시겠어요?"

"아뇨, 괜찮습니다. 그런데 변호사님이 굉장히 바쁘신가 보네요?"

"뭐… 요 며칠 부쩍 그러시네요."

혁민은 동기의 말이 떠올랐다. 그래도 중소도시이다 보니 이런 시골보다는 일거리가 많다고 했다. 게다가 실력도 괜찮은 친구라고 했고.

'짜식. 여자였으면 여자라고 얘기를 해야지.'

엄청난 미인은 아니었지만, 그래도 어딜 가도 예쁘다는 소리를 들은 정도는 되었다. 조금 덜렁거리는 게 있어 보이기는 했지만. 하지만 그런 게 뭐 중요하겠는가. 사건이 중요하지. 혁민은 다시 서류를 들여다보기 시작했다.

그런데 내용을 살피다 보니 정리가 된 내용이 좀 미흡하다는 느낌이 들었다. 핵심적인 부분만 잘 정리되어 적혀 있는 게 아니라 이런저런 내용이 좀 산만하게 적혀 있다는 느낌이 들었다.

'어디서 받은 초안인가? 정리가 엉망인데?'

혁민이 고개를 갸웃거리고 있을 때, 여자가 들어왔다. 혁민은 그녀를 부르려고 하다가 이름을 모른다는 사실을 깨닫고 명패를 슬쩍 보았다. 명패에는 변호사 위지원이라고 적혀 있었다.

'성이 특이한데? 한 번 들으면 잊어먹지는 않겠다.'

혁민은 이런 것도 사건 수임하는 데 도움이 될 것 같다는 생각을 하면서 물었다.

"위 변호사님?"

"아, 어때요? 살펴보니까 어떤 사건인지 좀 아시겠어요?"

"예. 대충은요."

혁민은 간략하게 살펴본 바를 이야기했다.

"일단 보험사가 채무부존재확인청구를 아직 하지는 않았네요? 지금 보류만 한 상태고……."

채무부존재확인소송. 쉽게 말해서 보험사가 보험금을 지급

할 의무가 없다고 주장하면서 법원에 소송을 제기하는 걸 말한다. 일반적으로는 보험 사기꾼을 가려내기 위해 제기하는 소송.

'하지만 보험사의 수익 보호를 위해서 광범위하게 소송을 제기하곤 하지.'

이번에도 교통사고가 일어났는데, 보험사는 보험금 지급을 보류한 상태였다. 보험 사기라고 의심해서 그런 것 같기는 했는데, 확실치는 않았다. 그리고 대충 훑어봐도 사건이 상당히 복잡했다. 뭔가 석연치 않은 구석도 있었고.

"차량 세 대가 사고가 난 거고… 다행스럽게 사망한 사람은 없네요. 다치긴 했지만."

"맞아요. 그런데 왜 바로 채무부존재확인소송을 하지 않는 건지 아세요?"

혁민은 고개를 갸웃거렸다. 왜 그런 질문을 하는지 의도를 알 수 없었기 때문이었다.

'뭐지? 정말 몰라서 물어보는 건 아닐 테고, 왜 물어보는 거지?'

무언가 계속 이상하다는 느낌이 들었지만, 혁민은 바로 대답했다.

"보험사도 일단 조사를 해야 하니까 그런 거죠. 무조건 소송부터 제기할 수는 없으니까요. 그리고 이 사건은 상당히 복잡해서 조사하는 데도 시간이 좀 걸리겠는데요?"

"아! 그런가요? 아유, 잠깐만요."

위지원 변호사는 핸드폰을 보더니 다시 방에서 나갔다. 혁민은 어안이 벙벙해졌다. 정말 몰라서 물어본 것 같아서였다.

'그러고 보니 나이도 너무 어려 보이는데? 분명히 그 자식이 자기보다 한 살 어리다고 했는데.'

많이 봐줘야 이십 대 후반. 그냥 보기에는 이십 대 중반으로 보였다. 엄청난 동안이 아니면 무언가 착오가 있는 것이다. 그리고 혁민은 바로 그 사실을 확인할 수 있었다.

"죄송해요. 아이, 무슨 전화가 자꾸… 잠시만요."

위지원 변호사는 잠시 후에 사무실에 들어왔는데, 혁민에게 이야기하려는 찰나 다시 그녀의 핸드폰이 울렸다.

"예. 예. 예에에? 오늘 오기로 한 강형민 씨라고요?"

위지원 변호사는 놀란 눈을 하고는 혁민을 쳐다보았다. 당신은 누구냐는 표정으로. 혁민은 그 말을 듣고는 무슨 일인지 대충 알 수가 있었다.

강형민이라는 사람이 원래 오기로 했었는데 마침 비슷한 시간에 혁민이 내리는 바람에 착오가 있었던 것이다. 통화를 마친 위지원 변호사는 조심스럽게 혁민에게 물었다.

"저기… 누구세요?"

* * *

"죄송합니다. 죄송합니다."

"아닙니다. 제가 확인하지 않은 잘못도 있는데요."

혁민은 아는 사람의 소개로 여기 사무실이 있는 변호사를 만나러 왔다고 이야기했다. 어제 과음을 한 터라 비몽사몽간에 서로 대충 이야기를 해서 이런 일이 벌어진 것이다. 혁민도 나중에 그런 사실을 알았지만, 주소와 호수를 알고 있으니 별 문제 없으리라 생각한 거였고.

"그런데 이쪽으로 잘 아시나 봐요?"

"예, 조금 알죠. 여기 온 것도 보험 사건 관련해서 온 거거든요."

"아, 그러셨구나……."

이야기를 들어보니 올해 사법연수원을 졸업하고 변호사 사무실을 낸 신출내기 변호사였다.

'어쩐지 뭔가가 어설프다 했더니…….'

혁민은 위지원 변호사와 인사를 하고는 바로 옆방에 있는 변호사 사무실로 향했다. 용건을 이야기했더니 변호사가 반갑게 맞이해 주었다. 연락을 받았다면서.

"저기, 제가 언제 꼭 뵙고 싶었습니다. 워낙 유명하신 분이라… 연수원 다닐 때 교수님도 얘기 많이 해주셨구요."

연수원 지도 교수가 혁민의 지도 교수였다면서 연수원 다닐 때 있었던 일이나 시보 나가서 있었던 일도 들었다고 이야기했다. 혁민은 약간은 멋쩍게 웃으면서 대화를 좀 나누다가 사건 자료를 받아서 살폈다.

"지방이라서 아무래도 사건이 많지는 않습니다. 뭐 그 녀석이 있는 깡촌보다야 많지만 말이죠."

변호사는 별것 아닌 말을 하면서도 너털웃음을 터뜨렸다.

"사건이 얘기를 들은 것하고는 약간 다르네요?"

이야기를 들었을 때는 상당히 흥미로운 구석이 있었는데, 직접 보니 별것 아니었다.

"아시잖습니까. 그 녀석 뻥이 워낙 세서요."

혁민은 고개를 저었다. 이건 그냥 평범한 사건이었다. 이런 것을 가지고 붙들고 있는 건 시간낭비였다.

'다음으로 찍어놓은 사건을 보러 가야 하나?'

그런 생각을 하고 있는데, 자꾸만 아까 보았던 그 사건이 생각났다. 분명히 보험사에서도 사기라고 생각할 만한 여지가 충분히 있었다. 그런데 자동차 세 대가 모두 사기인 것 같지는 않았다.

뭔가 이상한 구석이 많았는데, 그렇다고 느낌이 딱 오는 것도 아니었다. 잘못하면 이것도 시간만 낭비할 여지도 있었다.

'아니야. 뭐 그렇게 조급하게 생각할 것 없잖아. 그러자고 지금 돌아다니는 건데.'

혁민은 아직도 서울에서 일할 때처럼 너무 급하게 군다는 걸 깨닫고는 실소를 지을 수밖에 없었다. 습관이라는 게 쉽게 고쳐지지 않는 모양이었다.

'가서 한번 얘기나 해볼까?'

위지원 변호사는 혁민이 아직 변호사인지 모르고 있다. 대충 보험 사건 관련해서 잘 아는 사람 정도로 알고 있을 것이다.

"저기, 옆에 변호사는 어떤 변호산가요?"

"옆에요? 아, 위지원 변호사."

변호사는 웃으면서 얼마 전에 사무실을 개업했다고 이야기 했다.

"뭐, 잘 아시겠지만 변호사 하는 게 어디 쉬운가요. 로펌 들어가지 못하면 개인 사무실 내야 하는데, 서울은 경쟁이 너무 치열하고. 그래서 여기로 온 모양이더라고요."

부모님 고향이 이 근처라서 여기에 사무실을 냈다는 거였다. 그런데 신출내기 변호사에게 누가 사건을 맡기겠는가. 그래서 상당히 고전하고 있다고 했다.

"어저껜가 보니까 첫 사건이 들어왔다고 하던데 맡을지 좀 고민하는 것 같더라고요. 자신이 잘 모르는 분야라서."

변호사는 여기는 바닥이 워낙 좁아서 시시콜콜한 것까지 서로 다 안다고 말했다. 혁민은 그 말을 듣고는 갑자기 관심이 생겼다. 이런 상황이면 어떤 사건이 들어와도 무조건 맡겠다고 할 것 같은데, 고민한다는 게 조금 신선하게 생각되었다.

"그렇군요. 알겠습니다."

혁민은 그만 가보겠다면서 자리에서 일어섰는데, 변호사는 황급하게 그를 말렸다.

"아니, 식사라도 하고 가시지. 제가 대접하겠습니다."

"제가 다시 연락드리겠습니다. 지금은 다른 데 잠깐 들를 일이 있어서요."

"아, 그러셨구나. 꼭 연락 주십시오. 제가 다른 데서는 맛보지 못하는 걸로 대접하겠습니다."

"꼭 그러시지 않으셔도 되는데… 아무튼 제가 이따가 연락드리겠습니다."

이야기를 마치고 변호사 사무실에서 나온 혁민은 바로 옆에 있는 위지원 변호사의 사무실에 들어갔다.

"안녕하세요?"

"어? 안녕하세요."

책상에 앉아 고민하고 있던 위지원 변호사가 혁민을 보더니 놀란 표정을 지었다. 왜 다시 왔는지 잘 모르겠다는 그런 표정.

"혹시 그 사건 계속 진행하실 건가요?"

"사건이요? 글쎄요. 지금 좀 고민 중이라서……."

위지원 변호사는 자신이 잘할 자신이 없으면 다른 사람에게 넘기는 것이 더 좋겠다고 생각하는 거였다. 혹자는 착하다고 할 테고, 혹자는 멍청하다고 할 것이다.

소송의 결과는 상관하지 않고 큰소리 뻥뻥 치면서 일단 사건을 수임해 놓고 보는 변호사도 있다. 어차피 지더라도 수임료는 돌려주지 않으니까.

그런데 아직 개시도 못 했는데 들어온 사건을 무조건 맡지 않고 고민을 하는 변호사. 혁민은 풋풋하다는 느낌을 받았다.

"제가 그 사건에 관심이 좀 있어서요. 만약 사건을 맡으실 거면 제가 좀 도와드릴 수 있을 것 같은데……."

"정말요?"

위지원 변호사의 표정이 확 밝아졌다. 아까 이야기하는 걸 들어보니 보험 사건에 관해서 상당히 잘 아는 것 같았으니까. 그런 혁민이 도움을 준다면 자신이 맡아도 되지 않을까 하는 생각이 들었던 것이다.

그런데 위지원 변호사는 무언가 걸리는 게 있는 듯 말을 하지는 않고 계속 혁민의 눈치만 살폈다. 그녀는 그렇게 머뭇거리다가 겨우 입을 열었다.

"그런데 지금 사무실 사정이 좀……."

"아, 보수나 그런 걸 바라는 건 아닙니다. 제가 그냥 사건 자체에 좀 관심이 생겨서 그런 거거든요. 그러니까 제가 할 수 있는 한 도와드리겠습니다. 그냥 밥이나 챙겨주세요."

"아, 정말요? 아유, 너무 죄송한데."

위지원 변호사는 해맑게 웃으면서 자리에서 일어섰다.

"저기, 이쪽으로 오세요."

위지원 변호사는 자리를 권했고, 둘은 사건 관련해서 이야기를 시작했다.

"의뢰인은 뭐라고 하던가요?"

자료에는 사고와 관련된 내용만 있었고, 진술 같은 건 없었다. 그래서 혁민은 자신이 궁금해하는 부분을 물어보았다.

이야기를 들으면서 느낀 점은 이 사무실에 찾아온 사람들은 사기와는 거리가 먼 것 같다는 거였다. 말만 들어서 그런 걸 확실하게 알 수는 없었지만, 여러 정황으로 볼 때 그럴 가능성이 높다고 보였다.

"그렇군요. 그러니까 여기 온 분들도 뭘 어떻게 해야 할지 몰라서 그냥 물어보러 온 거라는 거네요?"

"예. 지금 형편이 좋지 않아서 하루라도 빨리 보험금을 받아야 하는데, 보험사에서는 줄 수 없다고 나오니까 난감해하시더라고요."

적어도 사기꾼들이라면 이런 식으로 나오지는 않을 것이다.

"저기요, 그냥 가만히 있으면 어떻게 되는 건가요? 보험금을 받을 방법이 없나요?"

"일단은 조사가 끝나면 채무부존재확인소송을 걸 테고, 상대방을 보험 사기로 고발할 것처럼 나올 겁니다."

"고발할 것처럼이요?"

"그렇죠. 그리고 합의를 하자고 나올 테고요."

매뉴얼화되어 있는 진행 방식이다. 그런 식으로 상대방을 압박해서 보험금 청구 포기를 하게 만들거나 약관에 규정된 금액보다 훨씬 적은 금액으로 합의하는 게 일반적인 방식이다.

"아니 뭐 그런 게 다 있어요? 이럴 때 목돈 필요하니까 보험 드는 건데. 이런 식으로 나오는 건 좀 아니잖아요."

위지원 변호사는 흥분해서 소리쳤다.

"뭐, 다 그런 거죠. 현실이 그렇습니다."

"그러니까 가만히 있으면 보험금을 아예 받지 못하거나 받더라도 아주 적은 금액만 받을 수 있다는 거죠?"

"아마도 그렇게 될 확률이 높습니다. 일반인들이 전문가를 상대해서 이긴다는 건 쉽지 않거든요."

보험사에서 이런 일이 얼마나 많이 벌어지겠는가. 그러니 이런 일에는 이골이 난 사람들이 맡을 테니, 일반인들은 붙어도 상대가 되지 않을 것이다.

"그럼 사건을 맡아야겠어요. 그런데 정혁민 씨라고 했죠?"

위지원 변호사는 야물딱지게 손을 꼭 쥐고는 말했다.

"예. 그렇습니다."

"보시기에 이거 소송을 하면 승산이 있을 것 같나요?"

"뭐라고 확실하게 말하기는 그렇지만, 하지 않는 것보다는 그분들에게 나을 겁니다."

"좋아요. 그러면 저 좀 도와주세요. 이번 사건 제가 맡아서 해볼 테니까요."

"알겠습니다. 그럼 잘 부탁드립니다."

위지원 변호사가 사건을 맡았어도 아마 큰 도움은 되지 않았을 것이다. 전문가들을 상대하기에는 아직은 모든 면에서 부족했으니까. 하지만 이제는 상황이 조금 달라졌다.

"그러면 그분들하고 얘기해서 보험금지급청구소송을 걸어야겠네요."

"그렇죠. 이제부터 시작이군요."

혁민은 묘한 기분이 되었다. 이 신출내기 변호사를 도와서 사건을 잘 해결해야 한다. 지금까지 소송을 진행했던 것과는 무척 다른 느낌. 전혀 새로운 경험이 시작되려 하고 있었다.

『괴짜 변호사 : 악마의 저울』 6권에 계속…

가프 장편 소설

관상왕의 1번룸

FUSION FANTASTIC STORY

거대한 도시의 그늘에서 벌어지는
짜릿하고 통쾌한 이야기!

『관상왕의 1번룸』

텐프로의 진상 처리 담당, 홍 부장.
절망적인 삶의 끝에서 만난 남국의 바다는
그를 새로운 인생으로 인도하는데…….

쾌락을 원하는 거부, 성공에 목마른 사업가,
그리고 실패로 절망한 사람들이여.

여기, 관상왕의 1번룸으로 오라!

Book Publishing CHUNGEORAM

유행이 아닌 자유추구 -
WWW.chungeoram.com

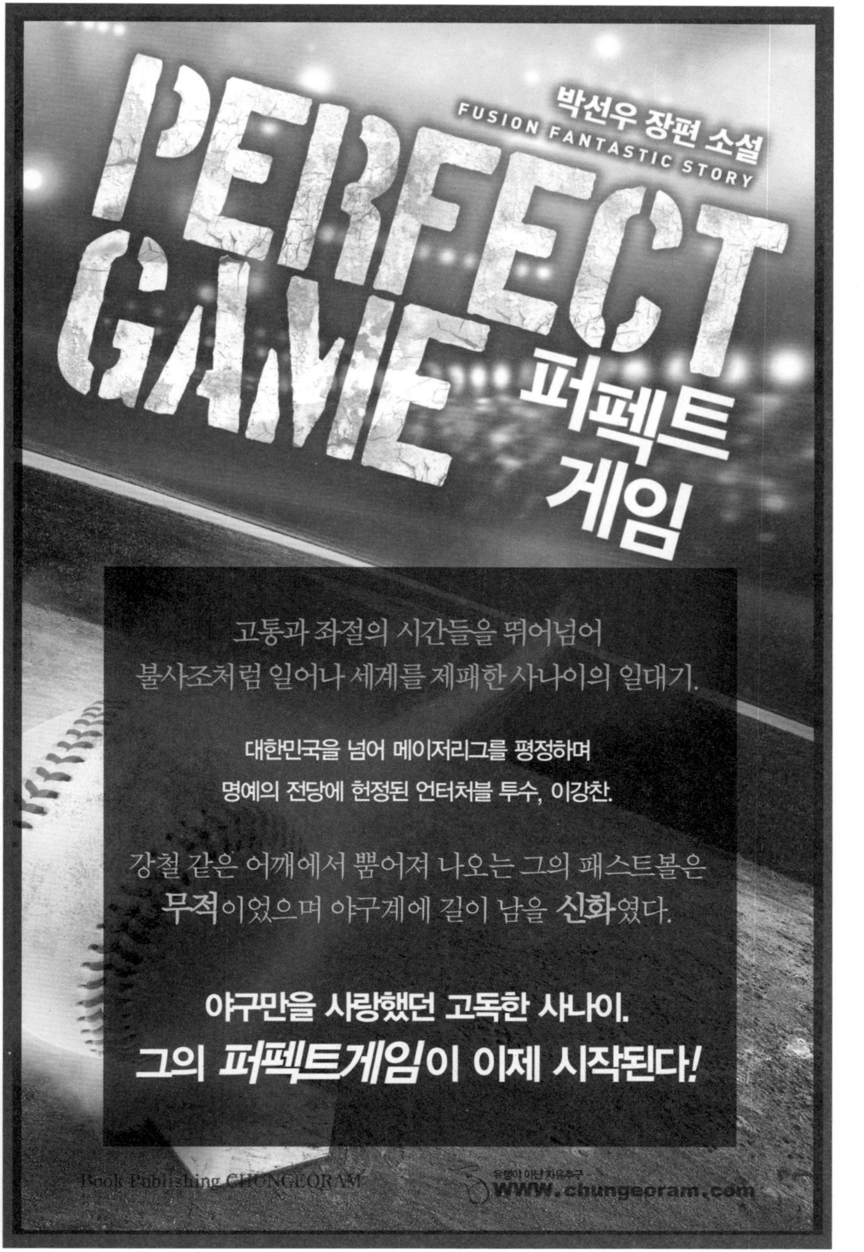
PERFECT GAME
박선우 장편 소설
FUSION FANTASTIC STORY
퍼펙트 게임
고통과 좌절의 시간들을 뛰어넘어
불사조처럼 일어나 세계를 제패한 사나이의 일대기.
대한민국을 넘어 메이저리그를 평정하며
명예의 전당에 헌정된 언터처블 투수, 이강찬.
강철 같은 어깨에서 뿜어져 나오는 그의 패스트볼은
무적이었으며 야구계에 길이 남을 신화였다.
야구만을 사랑했던 고독한 사나이.
그의 퍼펙트게임이 이제 시작된다!
Book Publishing CHUNGEORAM
www.chungeoram.com

가프 장편 소설

관상왕의
1번룸

FUSION FANTASTIC STORY

거대한 도시의 그늘에서 벌어지는
짜릿하고 통쾌한 이야기!

『관상왕의 1번룸』

텐프로의 진상 처리 담당, 홍 부장.
절망적인 삶의 끝에서 만난 남국의 바다는
그를 새로운 인생으로 인도하는데……

쾌락을 원하는 거부, 성공에 목마른 사업가,
그리고 실패로 절망한 사람들이여.

여기, 관상왕의 1번룸으로 오라!

Book Publishing CHUNGEORAM

유행이 아닌 자유추구 -
WWW. chungeoram.com